Une passion imprévue

*

Un papa pour Zoe

LUCY RYDER

Une passion imprévue

Traduction française de
F. JEAN

BLANCHE

HARLEQUIN

Collection : Blanche

Titre original :
CAUGHT IN A STORM OF PASSION

Ce roman a déjà été publié en 2016

HARPERCOLLINS FRANCE
83-85, boulevard Vincent-Auriol, 75646 PARIS CEDEX 13
Service Lectrices — Tél. : 01 45 82 47 47 - www.harlequin.fr
ISBN 978-2-2804-6351-5 — ISSN 0223-5056

Composé et édité par HarperCollins France. Achevé d'imprimer en juin 2021.
par CPI Black Print - Barcelone - Espagne
Dépôt légal : juillet 2021.

MIXTE
Papier issu de sources responsables
FSC® C159065

Pour limiter l'empreinte environnementale de ses livres, HarperCollins France s'engage à n'utiliser que du papier fabriqué à partir de bois provenant de forêts gérées durablement et de manière responsable.

1.

Archipel des Tuamotu — Pacifique Sud

Dans la tempête qui avait surgi de nulle part une heure après le départ de Port Laurent, le gros hydravion vira sur l'aile. Le Dr Evelyn Carmichael ferma les yeux et enfonça les ongles dans les accoudoirs de son siège. La large ceinture de sécurité la maintenait parfaitement en place, mais une pensée la taraudait. *Je vais mourir… Je vais mourir en plein milieu du Pacifique Sud et je n'ai jamais connu l'ombre d'un véritable… enfin… cela.*

Une monstrueuse bourrasque frappa le flanc de l'avion, menaçant de disloquer l'appareil. Le métal agressé hurla, comme s'il lui était impossible de supporter une telle souffrance en silence. Eve le comprenait très bien : une envie de hurler la tenaillait elle aussi. Mais elle ne pouvait que rester assise là, terrifiée, pendant que le monde autour d'elle tournait à l'apocalypse.

En même temps, cette terreur paralysante lui évitait de faire des choses qu'elle aurait pu regretter. Franchement, plutôt mourir que de céder à la panique devant l'homme assis près d'elle — ce pilote venu de l'enfer. Il y aurait pris trop de plaisir.

L'homme en question était imposant et assez effrayant ; entre deux bordées d'injures, il dégageait une tension presque palpable. Ses interjections étaient des plus inventives. Il y en avait qu'Eve n'avait jamais entendues auparavant…

et d'autres auxquelles elle n'aurait jamais pensé — toutes proférées avec un naturel désarmant.

Par chance, il semblait l'avoir oubliée, dans la bataille qu'il livrait contre l'hydravion et contre Mère Nature. Et cela convenait parfaitement à Evelyn, qu'il soit trop occupé pour observer son effondrement mental.

Son *deuxième* effondrement mental. Car, quelques heures plus tôt, elle avait ouvert les yeux sous le regard de cet imposant dieu marin à moitié nu. Ses larges épaules et ses jambes puissantes avaient chargé l'espace d'un cocktail toxique de supériorité masculine et d'intense confiance sexuelle, et elle l'avait instantanément haï.

Bien sûr, cela n'avait absolument rien à voir avec le déplaisant frisson presque primitif qu'il avait suscité en elle — mais plutôt avec le fait qu'il l'ait surprise en pleine déconfiture.

S'il y avait une chose qu'Eve détestait, c'était bien d'être vue en position de faiblesse.

Il lui donnait l'impression qu'elle était de nouveau aussi maladroite et gauche qu'à treize ans, quand elle n'était qu'un objet de pitié ou de dérision qui s'habillait dans les boutiques de bienfaisance.

Il lui avait suffi d'être réveillée par les gouttelettes d'eau dont il l'aspergeait et de le voir penché sur elle pour savoir qu'il s'agissait du pire des mauvais garçons.

Heureusement, Eve n'était plus timide ni coincée, et, contrairement à sa mère, elle n'avait jamais été attirée par les mauvais garçons — une faiblesse qu'elle s'était juré de ne jamais partager. En tant que gynécologue-obstétricienne de trente ans diplômée de fraîche date et promise à une brillante carrière, elle avait appris qu'un regard froid et un haussement de sourcil neutralisaient n'importe quelle intention indésirable.

Mais ce… cet homme de Neandertal, avec son corps

aux muscles compacts, ses yeux gris et son pantalon de treillis usé aux endroits intéressants, avait ri du regard glacial qu'elle lui avait lancé. Ses sourcils virils s'étaient même arqués d'une manière moqueuse.

Cela avait agacé Eve au plus haut point et constituait pour elle une raison suffisante de détester cet homme.

Mais, dans cet avion, rien de tout cela n'avait vraiment d'importance. Toute sa vie défilait devant ses yeux — pourtant obstinément fermés.

Soudain, la voix du pilote couvrit le bruit de la tempête et les grincements du métal torturé.

— Restez calme, bon sang !

— Je *suis* calme ! répondit-elle.

Rouvrant les yeux, elle lui décocha un regard hostile, et ses yeux gris ardoise lui donnèrent un léger vertige.

Vertige dû au décalage horaire, à l'angoisse et à la fatigue. Ou peut-être à l'épais nuage toxique de testostérone qui émanait de cet individu. Elle y était clairement allergique. Ce qu'il lui fallait, c'était l'antihistaminique caché quelque part dans ses bagages !

Seulement, voilà : sa valise était portée disparue. Comme son cerveau, qui battait la campagne.

— « Calme » ? Et c'est pour ça que vous pleurnichez ? demanda-t-il avec un petit sourire.

Elle eut envie de lui clouer le bec ou peut-être, même, de le mordre.

— Contentez-vous de maintenir cet engin en vol et laissez-moi gérer mes derniers instants.

— Nous allons nous en sortir, je vous le promets, répondit-il. Chris ne m'a jamais trahi, et j'ai traversé des tempêtes bien pires.

Bien pires ? Y en avait-il vraiment ?

— Vous avez baptisé votre avion Chris ? De quoi est-ce

le diminutif ? Christine ? Crystal ? Christian ? fit-elle, narquoise.

Il lui décocha un regard faussement consterné, avant de faire danser la médaille de saint Christophe suspendue au-dessus de sa tête.

— *Saint* Chris. Nous avons un accord, lui et moi.

Quel dommage qu'il n'ait pas d'accord avec la météo, au lieu de ce morceau de métal à peu près aussi magique que son satané coucou.

A l'instant où ce regret prenait forme dans l'esprit d'Eve, tout explosa en un éblouissant éclair de lumière d'un blanc bleuté. Elle réprima un cri de terreur, les poumons agressés par du soufre chauffé à blanc, puis des étincelles jaillirent du tableau de bord, suivies de crépitements menaçants.

— *Génial !* fit le pilote, l'air lugubre et tendu.

— Qu'est-ce qui se passe ?

— Bon sang, ne restez pas là sans rien faire ! lança-t-il, les mains volant d'une commande à l'autre. Prenez l'extincteur, derrière mon siège.

— *Qu'est-ce qui brûle ?* demanda-t-elle, horrifiée.

Elle refusait de frire dans une boule de feu, à quinze cents pieds au-dessus de la mer !

— Les flammes sortent de ce satané tableau de bord, aboya-t-il. Bien sûr que nous brûlons. *Maintenant, prenez l'extincteur.*

— Vous avez dit que tout irait bien ! *Vous avez promis !* Mon Dieu, nous allons mourir. Je savais que c'était une mauvaise idée, mais je n'en ai pas tenu compte !

— Nous n'allons *pas* mourir. Et je tiens toujours mes promesses.

Il la fixa, avec une intensité étrangement hypnotisante.

— *Toujours*, répondit-il, furieux. Maintenant, contrôlez-vous et allez chercher ce satané extincteur.

Comme dans un brouillard, elle tâtonna pour détacher

sa ceinture de sécurité, ses mains tremblant si fort qu'il lui fallut plusieurs secondes.

Elle n'avait pas signé pour cela ! Ce n'était qu'un mauvais rêve… Elle aurait dû être à Londres, dans un hôtel chic, pour une conférence sur *Les femmes et la naissance*. En fait, elle était allée à Londres — deux heures en tout — avant de prendre le premier avion au départ de Heathrow ; sa sœur avait laissé un message, elle avait rencontré quelqu'un et allait se marier… *Se marier !* Avec un garçon qu'elle venait de rencontrer. Et dans le Pacifique Sud, par-dessus le marché. Amelia avait-elle perdu l'esprit ? N'avait-elle donc rien appris de leur enfance troublée ?

Eve espérait avec ferveur qu'il n'y aurait pas de mariage. Ou, du moins, pas encore. Parce que, si sa jumelle avait effectivement perdu l'esprit, c'était son rôle à elle, Eve, de l'aider à le retrouver. Elle avait toujours veillé sur sa douce et confiante sœur, cela n'allait sûrement pas changer maintenant. Surtout avec le genre d'hommes qu'Amelia semblait attirer — les individus experts pour profiter d'une âme naïve et généreuse, comme ceux qui avaient défilé dans la vie de leur mère.

De toute évidence, les îles tropicales troublaient l'esprit d'Amelia comme il avait troublé celui de leur mère, c'était dans un cadre similaire qu'elle avait rencontré leur père et s'était mise à le désirer follement. Il n'était que le premier d'une longue série d'hommes qui avaient usé et abusé d'elle.

Le sang d'Eve n'avait fait qu'un tour : elle allait se rendre sur place, ramener sa sœur à la raison et revenir à Londres à temps pour les trois derniers jours de la conférence… de préférence acompagnée d'Amelia. Ce serait comme pendant leur enfance : elles deux contre le monde entier.

Seulement, maintenant, elle ne réussirait peut-être pas à regagner la conférence à temps. Ni à se rendre à Tukamumu pour empêcher la noce. Tukamumu ? Ou était-ce Moratunga ? Peu importait : elle allait finir dans une tombe d'eau salée !

Elle avait l'impression d'être ivre tant l'avion tanguait. D'un mouvement brusque, elle quitta son siège et, titubant sur ses talons de huit centimètres, se dirigea vers l'extincteur fixé derrière l'autre siège.

— Bon sang, dépêchez-vous ! fit le pilote.

Elle faillit l'envoyer au diable. Mais qu'arriverait-il s'il la prenait au mot et s'éjectait de la carlingue avec le seul parachute disponible ?

Elle dégageait le cylindre métallique quand l'avion piqua du nez. Basculant vers l'arrière avec un cri strident, elle heurta la paroi de l'avion et pulvérisa de la mousse partout.

Sauf sur le feu.

— Mais qu'est-ce que vous faites, bon sang ? hurla le pilote.

Tendant la main à l'aveugle derrière lui, il saisit Eve par sa blouse en soie pour l'aider à se redresser.

Sans doute n'avait-il pas conscience que celle-ci valait deux cents dollars, mais la priorité était de rester debout.

— Le *feu*, dit-il avec hargne, plus effrayant que comique malgré la mousse qui lui maculait les cheveux, le nez et le menton. C'est ce satané feu qu'il faut viser !

— Vous devriez empêcher ce satané plancher de bouger, alors !

Elle assena une tape sur sa large main trop proche de ses seins, mais soudain le plancher s'inclina brusquement de nouveau, et elle tomba sur les genoux de Chase, le pilote, provoquant un véritable chaos — bras, jambes, embout et extincteur mêlés.

Poussant un nouveau cri, elle s'efforça de ne pas heurter la tête de Chase avec l'extincteur. Mieux valait ne pas l'assommer. Ce fut donc sa propre tête que l'extincteur frappa avec force. Elle vit trente-six chandelles.

Dans un sursaut, elle lâcha l'extincteur et tomba sur les fesses.

Chase dirigea d'une main l'embout en direction du tableau de bord, tout en tirant sur la goupille avec l'autre main. Quelques secondes plus tard, les commandes étaient recouvertes d'une épaisse couche de mousse carbonique.

Le feu émit un dernier sifflement de défi avant de s'éteindre.

S'éteindre — un peu comme sa dernière relation, pensa confusément Eve, toujours assise sur le plancher. En fait, un peu comme *toutes* ses relations, pour être complètement honnête. Voir sa mère papillonner d'homme en homme l'avait aigrie quand il s'agissait d'amour.

Si toutefois on pouvait appeler « amour » ce que sa mère avait vécu avec ses innombrables amants.

Chase mit l'extincteur de côté et regarda les instruments de vol maintenant recouverts de mousse blanche.

Il poussa un nouveau juron, et l'expression de son visage, tendue et lugubre, déplut à Eve.

— Qu'est-ce qu'il y a encore ? demanda-t-elle. Ne me dites pas que nous tombons ou vous allez avoir une femme hystérique sur les bras !

Il lui décocha un regard signifiant qu'elle avait dépassé depuis une demi-heure le stade de l'hystérie et ne répondit pas à sa question. Ils connaissaient tous les deux la réponse. Chase était trop borné et trop macho pour admettre que saint Chris les avait abandonnés.

Eve retint un sanglot.

Dans la fleur de l'âge et à l'aube d'une carrière prometteuse — la réalisation de tous ses rêves après des années de dur labeur —, elle avait bien le droit d'être hystérique, bon sang !

Elle agrippa le siège et se releva avec difficulté. Chase ne lui prêtait plus aucune attention ; il luttait avec les commandes et tentait, par l'utilisation de la force brute, d'obliger l'hydravion à relever le nez.

En vain.

Oh mon Dieu ! L'appareil plongeait, les entraînant vers une mort atroce. L'hydravion avait beau voler plus bas qu'un avion commercial, cela ne changerait pas grand-chose quand ils heurteraient l'eau.

Déglutissant avec difficulté, elle regarda avec une fascination mêlée de terreur le pilote, dont les muscles des bras et des épaules, contractés, saillaient sous son polo et sa peau bronzée.

— Bouclez votre ceinture, fit-il, la mâchoire crispée. Ça va devenir difficile.

Elle en resta sans voix. Pire que maintenant ? Une plainte jaillit de sa gorge et faillit franchir ses lèvres.

Ils tombaient.

— Nous allons mourir, lâcha-t-elle.

— Nous n'allons *pas* mourir. Je suis un excellent pilote, répondit-il, tranchant.

Et les moteurs protestèrent avec un cri presque humain.

Elle entama un combat pour boucler de nouveau sa ceinture, qui semblait dotée d'une vie autonome.

— Au cas où vous ne l'auriez pas remarqué, dit-elle, ce n'est pas une tempête pour les « excellents pilotes ». Personne ne pourrait s'en sortir. C'est Armageddon. Mais si je meurs, je vous tue. A tout petit feu.

— Je n'ai aucune intention de mourir, moi, répondit-il avec indignation. Quel genre de médecin êtes-vous, pour menacer l'homme qui tente de sauver votre délectable personne ?

Il embrassa son saint Christophe avant de se passer la fine chaîne du médaillon autour du cou. Fascinée, Eve regarda le disque d'argent brillant disparaître dans l'encolure de sa chemise. Pourquoi avait-elle éprouvé ce bref sentiment d'envie en imaginant saint Christophe niché dans la chaleur de ce corps puissant ?

— Ce qui vous manque, c'est un peu de confiance, dit-il.

Au même instant, l'appareil se cabra, et les moteurs émirent un crachotement alarmant.

Eve ravala un autre cri d'angoisse et enfonça les ongles dans les accoudoirs — à défaut de les planter dans la cuisse musclée de Super-Pilote. Sa « délectable personne » allait devenir un appât à requins !

— Vous savez de quoi j'ai *vraiment* besoin ? répliqua-t-elle. C'est que vous nous sortiez de cette tempête. Que je mette la main sur ma sœur, et que je l'empêche de commettre la plus grosse bêtise de sa vie. Et surtout, que je ne rencontre pas mon Créateur sans avoir eu le moindre orgas... Enfin, peu importe.

Le regard du pilote fusa dans sa direction.

— *Quoi ?* Le moindre *quoi* ?

— Aucune importance. Simplement, à presque trente et un ans, je n'ai jamais connu de véritable orgasme — du genre « séisme ». Alors, avant de trépasser, j'aimerais bien en avoir juste un. *Un !* Est-ce trop demander ?

— Vous... *Quoi ?*

Il semblait stupéfait. Si elle n'avait pas été au bord de la désintégration, son incrédulité aurait pu être flatteuse. Ou peut-être insultante, car celle-ci se teintait maintenant d'amusement. Comment avait-elle pu avouer une chose aussi intime — surtout à ce pilote superstitieux ? Mais elle allait mourir, et cela n'avait probablement plus beaucoup d'importance. La dignité était le dernier de ses problèmes.

— Maintenant, je ne connaîtrai *jamais* ça.

Une nouvelle explosion déchirante couvrit la réponse de Super-Pilote, et l'appareil bascula sur le côté, précipitant violemment Eve contre son harnais. Des lumières explosèrent dans sa tête. C'était la fin. Elle allait mourir et elle ne connaîtrait jamais l'orgasme qui fait crier de plaisir.

Dire qu'elle aurait pu être bien en sécurité à Londres, en compagnie d'une centaine d'hommes médecins réunissant tous les critères…

2.

Six heures plus tôt, à Port Laurent, Tangaroa

Quand le taxi s'arrêta, dans un crissement de freins, devant les bureaux de Tiki Sea & Air Charter Services, Evelyn tomba littéralement du véhicule. Après avoir traversé la moitié du globe, elle venait de vivre huit kilomètres de terreur absolue sur le plancher des vaches. A son très grand étonnement, elle avait survécu.

Vacillant dans l'intense chaleur de midi, elle s'agrippa à la poignée de la portière. Se laisser glisser à terre aurait été une mauvaise idée : la chaussée devait être plus brûlante que l'enfer.

Eve avait quitté Boston sous une pluie glacée et atterri à Heathrow en pleine tempête de neige. L'élégant petit tailleur qu'elle avait acheté pour fêter son nouveau statut professionnel lui collait à la peau. De plus, sa valise s'était perdue en route, et son nécessaire de voyage ne contenait rien qui convienne à l'humidité étouffante et aux températures torrides qui régnaient.

Bon. Il n'y avait rien d'adapté non plus dans sa valise, mais au moins aurait-elle pu se changer. Elle avait perdu le compte des fuseaux horaires qu'elle avait traversés pour arriver à… Mince, mais où diable était-elle ?

Battant des paupières, elle regarda autour d'elle, ce qui ne l'avança pas à grand-chose : la fatigue et le décalage horaire lui embrumaient l'esprit, le nom de l'île du Pacifique Sud sur laquelle elle venait d'atterrir lui échappait totalement.

Oh ! mon Dieu… Le Pacifique Sud.

Son pouls s'accéléra, ses oreilles bourdonnèrent, et un frisson brûlant lui traversa le corps. Pendant une seconde épouvantable, elle crut qu'elle allait mourir et prit une profonde inspiration d'air chaud et humide pour s'éclaircir les idées.

Qui aurait pu penser, quand elle était descendue de l'avion à Heathrow, qu'au lieu de se rendre à la conférence *Les femmes et la naissance*, comme initialement prévu, elle prendrait un autre avion, à destination de Tuka-Tuka ?

Ou était-ce Moramumu ?

Elle poussa un profond soupir.

Avant ce jour, elle n'avait jamais entendu parler des îles de la Société, et encore moins de l'archipel des Tuamotu. Ce qui conduisait à la question suivante : que diable pouvait bien faire sa sœur ici ? Aux dernières nouvelles, Amelia chantait dans un palace à Hawaï !

La voix du chauffeur du taxi lui parvint à travers la musique endiablée de la radiocassette posée sur le tableau de bord.

— Madame, vous êtes bien sûre de vouloir rester ici ? Il y a un endroit bien mieux de l'autre côté de la marina.

— C'est très gentil de votre part, répondit-elle, dissimulant de son mieux son aversion à l'idée de se rasseoir dans ce tombeau roulant, même pour un seul kilomètre.

Le chauffeur gloussa sans retenue, dévoilant une étincelante dent en or. Peut-être n'avait-elle pas caché sa consternation si bien que cela ? Après vingt-sept heures sans sommeil, elle était dans un état d'épuisement avancé, et donc incapable de contrôler davantage qu'une envie de pleurer ou peut-être même de hurler.

Riant toujours, le chauffeur lui sortit son sac à main du

taxi et le laissa tomber devant elle avec son lourd manteau d'hiver. Puis il remonta joyeusement dans son véhicule décrépit et démarra, chantant à tue-tête en accompagnement de sa radiocassette.

Pouvait-on vraiment vivre dans un environnement aussi humide sans branchies ? Eve suspendit son sac et son manteau à son épaule, et se dirigea vers le petit bâtiment niché comme une poule satisfaite dans un parterre de fleurs exotiques et de végétation luxuriante.

Elle gravit les marches de pierre qui menaient à un large porche panoramique décoré de jardinières débordantes de fleurs. Leur parfum entêtant, à la fois capiteux et luxueux, lui rappela le rayon parfums chez Bloomingdale's.

Et toujours cet air humide… Elle regarda autour d'elle. Etait-elle en plein rêve ? On aurait dit une brochure publicitaire pour destination de charme. Comment savoir ? Elle n'avait jamais pris de vacances et avait encore moins été tentée d'en prendre.

Bon, d'accord, c'était faux. Enfants, sa sœur et elle rêvaient en permanence de vivre sur une île exotique avec leur père, de se nourrir de fruits et de noix de coco, et peut-être d'apprendre à pêcher. Un endroit où elles auraient vécu adorées, et en sécurité. Mais cela remontait à si longtemps… A une époque où elles croyaient encore aux contes de fées.

Passant sa main sur son front moite, Eve aperçut un vieil homme assoupi sur un vieux canapé en rotin. Que cela lui faisait envie, que n'aurait-elle donné pour un lit confortable, des draps propres, et environ vingt-quatre heures d'oubli… avec l'air conditionné… Elle pesta en sentant une goutte de sueur rouler le long de sa gorge et disparaître entre ses seins. Air conditionné : indispensable.

Décidant qu'elle n'avait pas l'énergie nécessaire pour se faire une place sur le canapé à côté du vieil homme, elle se dirigea vers les portes ouvertes du bâtiment de style colonial français.

A l'intérieur, la pièce semblait tout droit sortie d'un film, avec ses meubles en rotin usé et son sol recouvert de nattes de fibre de coco. Au plafond, un vieux ventilateur brassait mollement l'air épais. Un grand comptoir incurvé, en bambou, occupait la plus grande partie de l'extrémité opposée de la pièce. Derrière, par les portes-fenêtres aux battants à claire-voie, Eve distingua un perron menant à un long et large quai en bois. Un gros hydravion blanc dansait sur l'eau d'un bleu turquoise insensé. Plus loin encore un cap se dessinait, puis le large, qui étincelait comme un million de diamants sous le soleil.

Eve s'approcha du comptoir, espérant trouver quelqu'un qui pourrait l'aider. Mais, à part un mug vide, une poubelle qui débordait et une tonne de boîtes de classement, le seul signe de vie était un ordinateur qui bourdonnait gentiment, et le discret *clunk, clunk, clunk*, du ventilateur au plafond.

Derrière le comptoir, une autre porte ouverte donnait accès à un petit bureau en désordre — vide lui aussi.

— Bon sang, lâcha-t-elle, agacée. Où sont-ils tous passés ?

Soudain, un sonore et rauque *Ia ora na e Maeva !* la fit violemment sursauter. Les yeux écarquillés, elle chercha en vain le propriétaire de cette voix râpeuse.

Génial. En plus de tout le reste, elle entendait des voix.

Décidée à mettre la main sur le pilote de son vol, un certain Chase, elle laissa tomber ses affaires sur un fauteuil et se dirigea vers les portes ouvertes.

Sur le perron de derrière, la lumière de midi était aveuglante. La chaleur montait du quai, et la baie reflétait la lumière du soleil. On aurait dit un spectacle laser.

— *Ia ora na e Maeva !* hurla la voix rauque près de son oreille.

Le cœur battant à tout rompre, Eve se retourna, s'attendant

à se retrouver nez à nez avec un psychopathe brandissant une hache, mais seul un gros perroquet bleu et écarlate, perché sur une souche d'arbre, la fixait d'un œil menaçant.

Elle fit prudemment un pas de côté pour se mettre hors d'atteinte du bec inquiétant.

— Salut. Sais-tu où je pourrais trouver Chase ?

Le perroquet inclina la tête sur le côté, et Eve soupira. Elle parlait aux oiseaux, maintenant ! Le manque de sommeil, combiné au stress et à la panique, était en train de la perturber gravement.

— OK. Et ton maître ?

L'oiseau ébouriffa ses plumes éclatantes.

— Il y a quelqu'un ? insista-t-elle.

Un cri grinçant lui répondit.

— Bien, dit-elle. Dans ce cas, je vais le trouver par mes propres moyens, si tu le veux bien.

Derrière la rambarde du porche, au milieu d'une végétation abondante, une large allée faite de planches de bois menait à une luxueuse marina et à un centre d'affaires bourdonnant d'activité. Sur la droite, l'allée disparaissait, à deux cents mètres du perron, dans une grappe de maisons plantées au bord de l'eau. Aucun signe de vie. Les habitants s'étaient probablement enfermés chez eux pour fuir la chaleur étouffante.

En proie à une vague nausée, Eve s'assit sur la plus haute marche avec un soupir épuisé.

Au même instant, un long bras bronzé sortit de l'eau et s'abattit sur le quai.

Puis un autre bras apparut, tenant un filet rempli de poisson. Le reste de l'homme suivit — un bon mètre quatre-vingts supplémentaire —, émergeant de la baie tel un dieu marin en visite chez les mortels.

Eve écarquilla les yeux et humecta ses lèvres desséchées, suivant du regard les filets d'eau qui coulaient sur le large torse, les épaules et les biceps parfaits. Plus bas, ils caressaient amoureusement des abdominaux bien dessinés et se perdaient sous la ceinture d'un short de surfeur.

Un instant, elle en eut le souffle coupé. Les jambes de l'inconnu étaient aussi longues, bronzées et parfaites que tout le reste. Elle battit des paupières. Etait-ce une hallucination ? Elle poussa un de ces stupides soupirs de fille, qui l'auraient consternée si elle n'avait pas frôlé l'épuisement.

Waouh... Que dire d'autre ?

Sans remarquer son regard fasciné, le dieu marin secoua la tête comme un chien, projetant de l'eau partout, avant de se pencher pour saisir le filet. Puis, chassant l'eau de son visage de sa main libre, il remonta le quai en direction d'Eve.

Elle sut qu'il l'avait vue quand il s'immobilisa un instant, avant de reprendre son chemin de son pas bondissant et souple.

Soudain nerveuse, elle se releva et passa ses mains sur sa jupe — pour lisser l'étoffe ou sécher ses paumes moites, elle n'en savait rien. Presque aussitôt, ses oreilles se mirent à bourdonner fortement. Sa vision tangua de façon alarmante, et elle s'entendit dire d'une voix qui semblait sortir d'un profond tunnel :

— Je suis Evelyn Carmichael et je cherche... Je cherche... Ch...

S'il y avait une chose que Chase Gallagher détestait plus que le fisc, c'étaient les citadines ambitieuses et arrogantes. Mais de longues jambes sculpturales se terminant par une paire d'élégantes chaussures à talons hauts, cela était incroyablement sexy et lui avait manqué.

Aussi dirigea-t-il un regard sévère sur la femme responsable de cette fâcheuse bouffée de désir. La ville ne lui manquait pas, ni l'agitation frénétique, ni la circulation, ni l'obsession des urbains pour leur carrière — et surtout pas ceux qui la faisaient passer avant tout, leur famille et le reste.

Alors, même si cette visiteuse, dont l'allure tirée à quatre épingles craquait aux entournures, avait fait monter son rythme cardiaque, il était décidé à se débarrasser d'elle au plus vite. Il la traiterait avec froideur. Mais c'était une décision qu'il avait prise avant qu'elle vacille et plonge la tête la première par-dessus la rambarde, l'obligeant à bondir pour la rattraper avant qu'elle heurte le sol.

Ensuite, il l'avait détaillée. Taille moyenne, joli corps tout en courbes et chevelure fauve tirée en arrière. Le soleil y aurait probablement fait chatoyer une centaine de nuances différentes — si elle avait été assez détendue pour se lâcher les cheveux. Mais Chase eut un choc en examinant de plus près son visage. L'espace d'un instant, il avait cru voir sa future belle-sœur.

C'était ridicule. Non seulement Amelia était à la résidence avec son frère, Jude, mais surtout, au lieu de la douceur ensoleillée d'Amelia, cette femme-là avait l'hystérie de la grande ville chevillée au corps.

Il devait s'agir de la *sœur* d'Amelia — la mauvaise jumelle, donc. Il lui glissa un bras sous les épaules, et l'autre sous les genoux.

Maudissant sa malchance, il gravit les marches. D'un seul regard, il avait identifié cette femme comme une source de problèmes.

Et Chase Gallagher évitait désormais les problèmes.

Du moins ceux du genre féminin.

Il leva les yeux au ciel devant la jupe ajustée, la chemise à manches longues boutonnée jusqu'au cou et les jambes moulées dans du nylon. Coup de chaleur garanti. Cela mis à part, cette femme était le sosie de la fiancée de son frère.

Précédé du perroquet, il transporta la visiteuse dans la salle d'attente et l'allongea sur le canapé de rotin. Puis il lui glissa un coussin sous la tête et recula.

Il fallait faire quelque chose. Quoi ? Il n'en avait pas la moindre idée.

D'abord, prévenir le coup de chaleur. Après un bref débat intérieur, il se résolut à défaire les petits boutons de la chemise et sursauta quand le perroquet lui roucoula *Ia ora na e Maeva* à l'oreille.

— Oui, bienvenue à toi aussi, mon vieux, dit-il, soulagé.

Ignorer les visions de dentelle et de soie devenait plus facile avec les serres du perroquet enfoncées dans l'épaule. C'était *uniquement* dans un but médical qu'il tirait sur la chemise humide et le caraco pour les sortir de la ceinture de la jupe. Ce n'était pas étonnant que cette femme se soit évanouie : elle était habillée comme une bibliothécaire universitaire ! A cette pensée, il esquissa un pauvre petit sourire.

Bon, d'accord, peut-être pas une bibliothécaire. Plutôt une avocate sexy. Mais elle n'était pas parvenue à cacher toute sa peau claire, ni ses courbes, sous les vêtements stricts.

Il poussa un soupir et alla chercher de l'eau et un linge. Les bas devraient être ôtés. Comme la chemise ou ce qui se trouvait dessous. Mais, avant cela, il fallait qu'il la ranime et qu'il la réhydrate en la faisant boire.

Quand il revint avec un rouleau de papier absorbant et une bouteille d'eau, l'inconnue gémissait doucement.

Il imprégna une serviette en papier d'eau fraîche et essuya son front moite.

A la base du cou, le pouls battait très vite ; elle respirait d'une manière rapide et superficielle.

Génial. Vraiment génial. Devait-il l'emmener à l'hôpital… ou simplement s'enfuir et dire à Amelia que sa sœur n'était pas venue. Ou… La dernière chose qu'il voulait, c'était voir les grands yeux bleus d'Amelia briller de tristesse, surtout s'il était responsable de cette tristesse.

Humectant une autre poignée de serviettes, il baigna rapidement le front moite de la femme, prenant soin de ne pas se perdre dans la contemplation des séduisants globes de chair claire qui remplissaient la soie et la dentelle. Si elle se réveillait brusquement, il ne voulait pas être surpris en train de les scruter.

D'abord, il n'était probablement pas son genre, et ensuite, sa mère avait élevé ses fils dans le respect des femmes.

Un souvenir déplaisant lui arracha une moue douloureuse. Dommage que son ex-femme n'ait pas eu la même éducation, elle qui avait attribué sa longue aventure avec son patron au travail et à la famille de Chase.

Comme si très bien gagner sa vie en faisant du commerce était une chose condamnable ! Il aurait dû poursuivre cette satanée avocate en justice mais, quand il avait été remis du choc de sa trahison, il ne l'aimait plus assez pour cela.

Il avait survécu à la déplaisante découverte que sa femme aimait son argent plus qu'elle ne l'aimait, lui ; mais qu'Avery ait sciemment tenté de faire passer le bébé de ce requin de Mercer Island pour son enfant à lui, cela l'avait achevé.

Heureusement, il n'était pas si stupide que cela. Il avait exigé un test de paternité, et l'affreuse vérité était apparue, écœurante. Ce qui avait vraiment rendu Chase malade, c'était que, chaque fois qu'il avait parlé de fonder une famille, Avery avait prétendu qu'elle n'était pas prête, qu'un bébé aurait été très mauvais pour sa carrière et sa silhouette.

Après le divorce, il avait quitté Seattle et s'était installé dans les îles, dirigeant toujours ses affaires de courtier en Bourse mais depuis ce que son frère appelait son « bunker » — une pièce climatisée et sans fenêtres, qui contenait son énorme batterie d'ordinateurs. C'était de là qu'il restait en contact avec le monde de la finance et le reste de sa famille habitant Seattle.

Oui, son mariage appartenait au passé. Il ne devait pas y penser ou il risquait de jeter la sœur d'Amelia à la mer et de s'enfermer dans son refuge. Mais il aimait vraiment sa presque belle-sœur, et Jude n'aurait pas apprécié qu'il abandonne la sœur jumelle de son épouse.

En attendant, qu'était-il censé faire de cette femme évanouie que la chaleur allait très vite épuiser ? Perplexe, il se passait une main dans les cheveux quand elle gémit de nouveau. Les longs cils fournis et sombres de la jeune femme palpitèrent, puis se soulevèrent, révélant des yeux de la couleur exacte du whisky pur malt à cinq cents dollars qu'il gardait pour les grandes occasions.

L'air quitta brusquement ses poumons, il lui sembla qu'il avait reçu un coup sur la tête. Il n'avait vu des yeux pareils qu'une seule fois auparavant. Deux fois, en réalité. Une fois dans un musée, sur une très ancienne bague viking en ambre, et la seconde fois… c'étaient les yeux de son ami le Dr Alain Broussard. Mais regarder celui-ci dans les yeux ne le laissait pas titubant comme un pingouin ivre.

C'était peut-être lui, Chase, qui avait besoin d'une assistance médicale !

La jeune femme battit des paupières.

— Bonjour, murmura-t-elle.

Sa voix était douce, rauque, et si sensuelle que, pendant un instant, il fut stupéfait… abasourdi, plutôt, pour être honnête.

Parce que… *bon sang*… ce regard l'avait captivé comme celui d'aucune femme ne l'avait fait depuis son ex. Ou peut-être même avant.

L'instant d'après, l'expression ensommeillée s'effaça, et toute ressemblance avec Amelia ou Alain disparut.

Douceur et sensualité cédèrent la place à une intense vivacité intellectuelle. Et à un air outragé.

— Mais… qu'est-ce que vous faites ? demanda-t-elle d'un ton indigné en lui tapant sur les doigts.

Il avait pourtant cessé de lui humecter le front.

Des gouttes d'eau tombèrent des serviettes en papier sur le caraco de soie près du sein gauche, attirant le regard fasciné de Chase. L'inconnue avait probablement suivi son regard, car elle repoussa sa main avec une exclamation indignée et se redressa. Malheureusement, il ne se recula pas assez vite, et la tête de la jeune femme lui heurta violemment la pommette.

Elle poussa un cri affreux, porta la main à sa tête et se renversa sur les coussins, gémissant d'une manière déchirante.

Non !… C'était *lui* qui geignait comme ça !

— Mais qu'est-ce qui vous prend, nom de… ? fit-il d'un ton rageur, se tenant la joue.

Il recula en titubant et s'assit sur la vieille table basse en rotin, qui protesta sous son poids.

Le mouvement fit aussi tomber la bouteille d'eau minérale. Il voulut la rattraper et ne réussit qu'à l'envoyer en l'air, projetant un large demi-cercle d'eau dont la plus grande partie atterrit sur la visiteuse — inondant son caraco déjà humide, et… oh, mon Dieu… rendant la soie fine presque transparente. Ce qu'il aurait peut-être apprécié si elle ne venait pas d'essayer de l'occire.

Elle lui décocha un regard ambre, mauvais mais voilé par la douleur. Il appliqua énergiquement les serviettes en papier sur la bosse qui se formait déjà sur sa joue et vérifia qu'il ne saignait pas.

— Mais… pourquoi avez-vous fait ça ? demanda-t-il.

— Vous… vous…, balbutia-t-elle, le teint soudain verdâtre. Oooh…

Elle se plaqua la main sur les lèvres et, visiblement paniquée, se redressa de nouveau.

— Je crois que je vais…

D'un bond, Chase se remit debout et, prenant la jeune femme dans ses bras, courut jusqu'aux toilettes des dames toutes proches.

Il ouvrait la porte d'un coup d'épaule quand elle fut prise d'horribles haut-le-cœur.

— Tenez bon encore une seconde, on y est presque, dit-il, pris de panique.

Il se précipita dans un box et lui maintint la tête au-dessus de la cuvette des toilettes.

Sans manifester aucune résistance, elle se laissa tomber à genoux. Elle était secouée de nausées infructueuses qui firent perler la sueur au front de Chase. Il battit en retraite hors du box — uniquement pour laisser un peu d'intimité à la jeune femme.

Quelques instants plus tard, il entendit un faible gémissement et passa la tête à l'intérieur. Les yeux fermés, elle s'était affaissée contre le mur et s'essuyait mollement les lèvres avec le poignet. Elle avait l'air si mal en point qu'il fut pris d'un accès de sympathie — qu'il réprima.

Zut ! Il ne voulait *rien* ressentir — et surtout pas de l'empathie. Cela le rendrait aussi stupide que lorsqu'il avait rencontré Avery. *Quel idiot !* Il s'était vraiment fait avoir. Mais cela lui avait servi de leçon, et il ne referait pas cette énorme erreur. Il était désormais plus vieux et plus avisé. Et il avait appris combien les femmes pouvaient être sournoises.

Pourtant, inquiet du teint terreux de la jeune femme, il s'agenouilla près d'elle.

— Ça va ? demanda-t-il.

— Oui… bien, répondit-elle d'une voix rauque. Il me faut juste un…

Elle s'interrompit brusquement.

— Un peu de temps ? suggéra-t-il. Un médecin ?

— Ne... soyez pas ridicule, répondit-elle, posant fermement une main sur le rebord de la cuvette, et l'autre sur l'épaule de Chase.

Ce contact fit naître des pensées perturbantes dans la tête de Chase et l'émut physiquement.

— Je *suis* médecin, dit-elle.

Elle tenta de se relever mais, encore faible et tremblante, retomba immédiatement en arrière.

Un soupçon déplaisant lui vint. Malaise ? Vomissement ? C'était exactement les symptômes d'Avery quand...

— Vous êtes enceinte ? demanda-t-il sans détour.

Piquée au vif, elle leva vers lui un visage indigné.

— *Non !*

Pourquoi était-il soulagé de l'apprendre ? Elle mentait peut-être. Et bon sang, le mensonge, il connaissait !

Glissant la main sous l'aisselle de la jeune femme, il se releva et la remit debout. Elle s'affaissa aussitôt contre lui, et, au lieu de la repousser, il l'étreignit fermement, respirant son doux parfum et appréciant le contact de deux seins généreux contre son torse nu.

Réalisant ce qui était en train de se passer, il sortit rapidement du box et l'entraîna vers le comptoir. Il l'installa sur une chaise et retourna prendre des serviettes en papier au distributeur.

Qu'est-ce qui lui arrivait, bon sang ? C'était peut-être la chaleur qui l'affectait, lui aussi. Il ne pouvait tout simplement *pas* éprouver la moindre attirance envers une femme de la *ville* qui, de plus, était presque sa *sœur*, nom d'un chien !

Enfin, sa sœur à elle était presque sa sœur à lui.

Ce qui revenait au même, non ?

Il passa les serviettes sous l'eau. Se retournant, il s'aperçut qu'elle le détallait de ses yeux sérieux couleur de miel. Quelque chose de brûlant et de fou se noua dans son ventre.

Prenant conscience qu'il restait planté là comme un idiot, il détourna le regard. Décidément, l'abstinence rendait fou !

Il lui tendit la poignée de papier dégoulinant.

— Si vous êtes médecin, que faites-vous dans le Pacifique Sud habillée comme ça ? C'est la déshydratation et le coup de chaleur assurés !

Manifestement contrariée, elle considéra la masse détrempée qu'il lui tendait. Elle semblait avoir une bien piètre opinion de ses compétences médicales.

Ce n'était ni flatteur ni amusant. Alors pourquoi avait-il envie de sourire ? Il n'éprouvait aucune sympathie pour cette femme guindée et impatiente !

Elle se leva, chancelante, saisit les serviettes et alla en tirer d'autres, sèches, au distributeur.

— Si je suis habillée « comme ça », comme vous dites, c'est parce que je me rendais à une conférence à Londres quand j'ai reçu un message très préoccupant : ma sœur va épouser un homme qu'elle vient à peine de rencontrer. Un loser qui veut profiter d'elle, j'imagine. Et, au cas où vous penseriez que le monde entier vit dans un été perpétuel, l'hémisphère Nord connaît une saison nommée « hiver ». J'ai quitté Boston sous une pluie glaciale et j'ai atterri à Londres dans le blizzard.

Jude n'était pas du genre à profiter des femmes ; c'était plutôt l'inverse ! Vexé par la remarque déplaisante, Chase désigna la tenue qui avait cessé d'être élégante.

— Eh bien, de *ça*, il faudra vous en défaire ou vous allez vous évanouir toutes les cinq minutes sur moi.

Dans le miroir, elle lui envoya un regard de tueuse. Il parvint à grand-peine à dissimuler son envie de sourire en fronçant les sourcils.

— Je ne me suis *pas* évanouie, dit-elle avec mépris.

— C'était bien imité, répondit-il.

Il commençait à s'amuser.

— Je ne m'évanouis *jamais*. De toute manière, qu'est-ce que vous en avez à faire ? Nous ne nous reverrons plus, je quitte l'île en avion dans moins d'une heure.

De toute évidence, il lui tardait de s'en aller. Chase s'éloigna du comptoir en soupirant. Son humeur badine s'était brusquement dissipée.

En chemin vers la porte, il se retourna.

— Et comment comptez-vous prendre l'avion pour quitter l'île, Votre Altesse ? En construisant un appareil de vos mains ?

— Ne dites pas de bêtises. Je cherche Chase… Quelquechose.

Elle fronça les sourcils et palpa de ses doigts pâles et tremblants l'hématome qui se formait déjà sur son front.

Il essaya de ne pas se sentir coupable. C'était elle la principale responsable, non ? De plus, son œil à lui était en train d'enfler aussi, et sa joue lui faisait un mal de chien.

La jeune femme laissa retomber sa main et agrippa le comptoir. Elle prit une profonde inspiration qui fit saillir les deux globes clairs au-dessus du caraco bordé de dentelle. Chase en eut le souffle coupé.

Emergeant de ses pensées très osées, il se rendit soudain compte qu'elle le dévisageait d'un air horrifié. Elle venait de comprendre.

— Chase, c'est *vous*, c'est ça ?

Il ne répondit pas, en proie à un sentiment bizarre. Ce n'était pas exactement de la peur, car il n'avait peur de rien, lui, Chase Gallagher. Non non. Pas question d'avoir peur, surtout d'une femme de la ville.

Et surtout pas de *cette* femme de la ville, avec ses cheveux fauves, sa peau claire et ses grands yeux couleur whisky. Elle allait devenir la belle-sœur de son frère, bon sang ! Ce qui faisait pratiquement d'elle un membre de sa famille. S'il y avait une chose qu'un Gallagher ne faisait pas, c'était d'abandonner un parent — quoi qu'il advienne.

— Ne traînez pas, dit-il en sortant. Notre déjeuner va arriver, et il faut encore que je charge l'avion.

3.

Le site du crash —
L'île de Moratunga,
cent soixante kilomètres au nord de Tukamumu

Le vent et la douleur — Chase sentit l'un et l'autre en même temps. Le vent lui cinglait le visage, la pluie le criblait de piqûres d'aiguilles, et la douleur… *horrible…* menaçait de lui pulvériser le cerveau.

Avec un gémissement rauque, il refoula une violente nausée. Mais, s'il souffrait, cela voulait dire qu'il était vivant. Ce qui était bien. Il dériva vers une obscurité réconfortante. Vraiment bien. S'il était vivant, tout cela n'avait été qu'un mauvais rêve…

Le cœur battant à tout rompre, il émergea en sursaut de sa torpeur. Un élancement douloureux le traversa lorsqu'il tourna la tête pour observer le cockpit autour de lui. Il y avait quelque chose d'anormal. L'odeur du plastique brûlé lui souleva le cœur.

Le feu !

A cette pensée, il détacha immédiatement sa ceinture, avant de réaliser — trop tard — qu'il était pratiquement suspendu dedans.

Il tomba sur les commandes, l'épaule gauche en avant. Puis il ne fut plus qu'un corps gémissant recroquevillé sur le sol.

Bon sang de bon sang !

Il resta quelques instants hébété. Une douleur brûlante lui transperçait l'épaule, et sa tête lançait comme une plaie ouverte.

Enfin, la vision lui revint suffisamment pour qu'il distingue... — *mais que diable... ?* — de la végétation dans son avion. Ou bien il avait des hallucinations, ou bien...

Ah oui... La tempête !

Un instant, il oublia de respirer, suffoqué par l'afflux de souvenirs. *Le crash.* Son avion s'était écrasé.

I-ni-ma-gi-nable.

Se tenant l'épaule et marmonnant des insultes contre les stupides tempêtes qui changeaient de trajectoire sans prévenir, Chase s'assit. Son estomac se révolta immédiatement, et il s'immobilisa. OK. A noter. Ne plus bouger jusqu'à ce que le cauchemar se dissipe.

Il inspira avec précaution et plissa les yeux dans l'obscurité.

Pourquoi y avait-il deux mannequins suspendus à trente centimètres de son visage ?

Soudain, il comprit qu'il voyait double et qu'il regardait... Comment elle s'appelait, déjà ? Malgré la douleur, il loucha de son mieux et distingua une cascade de cheveux fauves. Son cœur bondit jusqu'à sa gorge quand il reconnut... Amelia ? Mon Dieu, son frère allait... *Non, attends.* Pas Amelia. *Evelyn* — l'insupportable sœur d'Amelia —, suspendue par la ceinture, et dont les bras, les jambes et les cheveux pendaient mollement.

— Eve... Evelyn ? appela-t-il d'une voix enrouée.

Pendant combien de temps était-il resté inconscient ? Deux minutes ? Plusieurs heures ? Vaguement alarmé par la complète immobilité de sa passagère, il s'éclaircit la gorge.

— Eh, docteur !

Rien. Pas le moindre mouvement. Il inspira profondément pour contrôler la panique et réprima une horrible pensée. Son cœur s'affola. Non, non… *non* ! Il n'était pas question que le fringant médecin soit …

— Eve ! Réveillez-vous, *bon sang* !

Sa tête tournait, et la nausée lui montait à la gorge, mais il se hissa jusqu'à la position debout en utilisant son bras valide. Tout tanguait autour de lui, et il se cala entre le fauteuil et les commandes jusqu'à ce que la nausée se calme, bientôt remplacée par un violent sentiment d'abattement.

Ils venaient à peine de se rencontrer, bon sang, et il ne l'appréciait même pas ! Mais elle était sous sa responsabilité — sans parler du fait qu'elle était aussi sa future belle-sœur, ou presque.

La première chose à faire, c'était de vérifier ses signes vitaux.

Il glissa les doigts sous l'épais rideau de cheveux fauves et trouva enfin, juste au-dessous de la mâchoire, un pouls, fort et régulier.

Attrapant le saint Christophe qu'il avait autour du cou, il le gratifia d'un bruyant baiser de reconnaissance.

Dieu merci, elle était en vie.

Lui aussi, à tel point qu'il fut distrait par la vue de longues jambes nues… Les pieds aussi étaient nus, et la blouse de soie ivoire avait glissé de la jupe, exposant un peu de peau qui semblait plus érotique que si tout le corps avait été dénudé.

Stupide. Il vivait dans un paradis où de nombreuses femmes sortaient beaucoup moins vêtues que cela. Mais pourquoi s'arrêter sur ce détail ? Il y avait bien plus important, le fait qu'elle n'avait pas repris connaissance par exemple. Et aussi qu'il ait crashé son satané avion… quelque part. *Bon sang !* Il n'arrivait pas à le croire. Dire qu'il survolait ces eaux depuis presque cinq ans sans le moindre incident !

Il se passa nerveusement la main dans les cheveux. Mieux

valait regarder la réalité en face. Que cette catastrophe se soit produite le jour où cette femme s'était pratiquement jetée dans ses bras, avant d'essayer de le tuer d'un coup de tête, ne pouvait pas être une coïncidence. Cette Evelyn était une personne à éviter absolument. Une guigne. Une espèce de fléau mortel.

De plus, elle était guindée et insupportable — le contraire de son genre de femmes.

— J'ai fait des milliers de kilomètres pour fuir les femmes comme vous, dit-il d'un ton agacé à sa passagère évanouie. La dernière chose dont j'ai besoin pour me compliquer la vie.

Même temporairement.

Alors pourquoi diable était-il fasciné ? Quel idiot il faisait ! Retenant un juron, il se massa la tempe. Il ne devait plus penser aux sous-vêtements d'Evelyn. Mais plus il essayait de ne *pas* penser à la soie et à la dentelle, et plus il se souvenait des formes parfaites sous la jupe ajustée vert pâle, quand elle s'était penchée sur le comptoir de l'entrée, à Port Laurent. Cette vision avait allumé de jolis et piquants fantasmes qui lui avaient surchauffé le cerveau. Puis son regard avait glissé le long d'une paire de jambes spectaculaires, plus dignes d'une danseuse de Vegas que d'une doctoresse droguée du travail.

Il avait attribué son trouble intense à la testostérone et à l'abstinence, bien sûr.

Etait-ce désormais le signe d'une possible commotion cérébrale ? De toute évidence, un homme qui vivait comme un moine pouvait penser au sexe même juste après avoir crashé son avion. Et le coup à la tête avait été *très* violent. Le cerveau avait-il été atteint ?

Quelle galère !

Pensif, il essuya quelque chose de chaud et de poisseux qui lui coulait sur le visage. Dommage que Mère Nature ait décidé de s'amuser avec lui. Le moteur droit et presque toute l'électronique étaient hors d'usage. Comme si cela ne suffisait pas, il avait perdu la face devant cette femme médecin sexy et guindée à laquelle il avait promis que tout se passerait bien !

L'urgence absolue, c'était de s'assurer qu'ils n'allaient pas glisser dans un volcan en activité. Chase se leva avec difficulté. Mais ce mouvement le rapprocha d'un entêtant parfum féminin… de la tentation.

Il recula promptement. Heureusement, ce genre de femmes, c'était fini pour lui.

Eve refit lentement surface. Un gang d'ouvriers jouait du marteau-piqueur sous son crâne. Elle tenta de s'éloigner du lieu des travaux, mais ce mouvement provoqua un élancement douloureux, une sorte de coup de poignard qui la traversa tout entière.

Aïe ! Mais qu'est-ce que…

Inspirant avec précaution, elle fit le point. Où était-elle, et pourquoi ne se souvenait-elle de rien ? Et pourquoi diable quelqu'un était-il assis sur sa poitrine ?

Quelque chose de froid et humide lui toucha la tête, juste à l'endroit douloureux. Elle ne put retenir un gémissement et frappa sans énergie la main qui l'ennuyait.

— 'vous-en, fit-elle.

Quand un filet d'eau froide lui coula dans la gorge, elle frissonna.

— Tenez-vous tranquille, ordonna une voix grave qu'elle connaissait.

Prise de panique, Eve ouvrit les yeux avec l'intention de dire vertement ce qu'elle pensait, mais les mots moururent sur ses lèvres. Le dieu marin était penché sur elle.

Mince.

Une plainte lui échappa : tout son corps lui faisait mal. Même ses yeux, qu'elle plissa en réaction à la lumière.

— Super, dit-elle d'une voix enrouée. Je suis morte. Le pilote de l'enfer n'a pas fini de me torturer.

Une lueur d'amusement dansa dans le regard gris orage, qui exprimait aussi… de l'inquiétude et un vif soulagement ? Etait-ce possible ? Pourquoi n'avait-elle pas remarqué avant ses cils longs et épais ?

Elle tenta de repousser le linge humide qu'il lui pressait sur les cheveux, mais il lui maintenait doucement la tête.

— Ne bougez pas, dit-il d'un ton agacé. Il a fallu que je vous déplace pour rechercher d'éventuelles lésions internes.

— C'est mon travail, ça ! protesta-t-elle.

L'instant d'après, elle sursauta. Il avait touché un point particulièrement sensible.

— Aïe !

Elle lui saisit mollement le poignet, ce qui n'empêcha pas Chase de tapoter doucement la zone douloureuse ! Pire, elle avait gémi. C'était très embarrassant. C'était *elle* le médecin, bon sang. C'était son travail à elle de soigner les blessés !

— Ça… fait mal…

Ce qui ne faisait pas mal mais était au contraire bizarrement excitant, c'était la chevelure que rencontra sa paume. C'était agréable — une sorte de bouée de sauvetage. Ensuite seulement, Eve remarqua quelque chose de sombre et humide qui poissait ces cheveux épais, la pâleur sous la peau bronzée du visage. En un instant, elle repassa en mode professionnel.

Avec une détermination retrouvée, elle écarta la main de Chase et parvint, en ahanant, à se mettre en position assise.

— Mais qu'est-ce que vous m'avez fait ? demanda-t-elle d'une voix rauque.

Elle avait l'impression qu'on lui avait écrasé la poitrine.

— J'ai sauvé votre peau, grommela Chase. Et, juste au cas où vous l'auriez oublié, c'est la deuxième fois en moins de huit heures.

Ignorant son visage outré, elle regarda derrière ses larges épaules.

Ce qu'elle vit la sidéra et l'horrifia. Les sièges étaient tordus selon des angles bizarres, et leur rembourrage répandu partout. Une grande bâche plastique recouvrait un trou dans le fuselage déchiqueté. Chase devait l'avoir installée tant bien que mal pour les protéger de la tempête, mais l'eau ruisselait sur les côtés.

La vérité se fit jour, et Eve reporta brusquement son regard sur Chase.

— Oh mon Dieu, vous vous êtes crashé ?

— Pas du tout, répondit-il, l'air choqué. La tempête…

— Mais nous sommes sens dessus dessous ! dit-elle, l'interrompant.

Derrière les larges épaules de Chase, ni le plancher ni le plafond ne se trouvaient à leur place normale.

— Vous aviez promis que tout irait bien !

Le regard de Chase s'assombrit, et un muscle saillit dans sa mâchoire.

— Tout *va* bien.

— Vous disiez que vous gériez la situation.

— Je l'ai fait.

Son regard tourmenté avait une telle intensité qu'elle comprit enfin : il n'était pas aussi calme qu'elle l'avait cru. Et il semblait… embarrassé, même.

— Vous l'avez fait ? Ah bon ! Au cas où vous ne l'auriez pas remarqué, vous vous êtes écrasé avec votre avion.

— Sans blague ! fit-il, d'un ton sarcastique qu'elle jugea complètement injustifié. Très observatrice. Félicitations. La foudre, quand on la reçoit directement, a tendance à griller l'électronique, vous voyez. Alors, oui. Nous nous sommes crashés. Vous êtes contente ?

Elle soupira au souvenir de l'hydravion, blanc, rutilant, et de toute évidence entretenu avec soin, qui se balançait gentiment sur les eaux bleu vif de Port Laurent.

— Je suis désolée. C'était un bel avion.

— Mm, répondit-il, l'air complètement abattu.

Elle adopta un ton conciliant.

— Savez-vous… où nous sommes ?

— Oui, dans un hydravion déchiqueté.

Elle en oublia toute idée de conciliation.

— Vous n'avez aucune idée de l'endroit où nous nous trouvons, c'est ça ?

— Eh bien, pas encore…

— Oh mon Dieu. Vous plaisantez… non ? Vous n'en savez rien ! dit-elle d'un ton accusateur.

— Eh bien, pas exactement. Mais vous allez bien, non ? Pas de fractures ou autre ! Vrai ou faux ?

Il aurait au moins pu prendre un air désolé ! La gorge d'Eve se contracta, et elle tenta de reprendre son souffle, une main crispée sur la poitrine. Son cœur battait à lui rompre la cage thoracique.

— « Bien » ? Vous appelez ça « aller bien » ? lança-t-elle, sa voix montant dans des aigus insensés. Oh mon Dieu ! je crois… que je suis en train de faire… une crise cardiaque.

— Vous hyperventilez, c'est tout, répondit-il, avec une insupportable exaspération masculine.

Elle aurait voulu lui taper sur la tête.

Mais au fait… il avait *déjà* reçu un grand coup à la tête — ce qui expliquait probablement son comportement exécrable. Non. Il était déjà comme cela avant le crash.

— Respirez à fond ou vous allez encore vous évanouir.

— Sûrement… pas ! protesta-t-elle sèchement. Mais…

je n'arrive pas… à respirer… à fond. J'ai mal… à la poitrine… comme si… vous… m'aviez donné un coup de poing dedans.

Oh mon Dieu, elle allait tomber dans les pommes.

— Ce sont les contusions dues à la ceinture, rien de plus. Vous devriez peut-être me laisser vous examiner ? dit-il, prêt à rendre service. Vous vous êtes peut-être fracturé des côtes.

— Bas les pattes ! répondit-elle, donnant une tape énergique sur la main qui se tendait pour déboutonner son chemisier en soie. Tout ce que vous voulez, c'est vous rincer l'œil.

L'air exaspéré, Chase s'écarta.

— Je me suis *déjà* « rincé l'œil », comme vous dites si délicatement.

Plissant les yeux, elle lui décocha un regard meurtrier, auquel il répondit par un haussement d'épaules désinvolte.

— Si ça peut vous rassurer, vous n'êtes pas mon genre, déclara-t-il.

Elle mordilla sa sculpturale lèvre inférieure de ses dents nacrées.

Zut et rezut ! Ce n'était pas *du tout* le bon moment pour observer ses lèvres : ils avaient tous deux besoin de soins médicaux.

— Mais si vous le demandez bien gentiment…, reprit-il posément.

Il avala une gorgée d'eau en bouteille et grimaça.

— Quand nous sortirons de là, reprit-il, je vous aiderai à régler ce petit problème qui vous a fait *crier* quand vous croyiez votre dernière heure arrivée.

Elle le regarda de ses grands yeux couleur d'ambre. Elle se souvenait manifestement de quoi elle avait parlé et savait pourquoi elle avait *crié*… avant le crash.

— Qu-quel problème ? balbutia-t-elle. Le seul problème

que j'aie ici, c'est vous, répondit-elle, regardant l'intérieur de la cabine. Vous, et le fait que vous vous soyez écrasé au sol.

Ignorant délibérément ses tentatives de diversion, il lui tendit la bouteille.

— Eh bien… c'était difficile d'entendre avec tout ce bruit, mais je crois bien que vous disiez n'avoir jamais connu le genre d'orgasme qui fait crier de plaisir.

L'air horrifié, elle lui arracha la bouteille des mains. Dans son visage clair, ses pommettes déjà roses avaient viré au fuchsia.

— Je n'ai *sûrement pas* dit une chose pareille.

— Oh que si !

A présent, il s'amusait beaucoup.

— Ne soyez pas ridicule. J'ai tr-trente ans. Bien sûr que j'ai eu des org… des centaines.

Il pointa l'index dans sa direction.

— Vous voyez ? Vous n'arrivez même pas à prononcer le mot, dit-il, réprimant un gloussement. Vous n'êtes pas mon genre, ni rien, mais après ça j'ai eu un mal fou à me concentrer sur mon pilotage. Alors je pense que le crash, c'est votre faute.

— Vous êtes… complètement fou.

Il haussa une épaule évasive.

— Je pensais que… survivre ensemble et tout ça…

En toussotant, il masqua un gloussement : le visage d'Eve exprimait un mélange de soulagement, d'indignation, de stupéfaction et d'incrédulité. *Impayable.*

— De plus, fit-il, peu de types se retrouvent naufragés sur une île tropicale déserte avec un mannequin en sous-vêtements exotiques !

Eve écarquilla les yeux et fit un faux mouvement. De l'eau remonta dans le goulot de la bouteille, lui aspergeant la main et le devant de la chemise. Pendant une dizaine de secondes, elle bredouilla, ouvrant et fermant la bouche plusieurs fois. Elle semblait sur le point de lui jeter de l'eau au visage. Ou peut-être de le frapper sur la tête avec la bouteille. Considérant qu'il avait déjà la migraine maximale, il se plaça prudemment hors d'atteinte.

— Vous feriez mieux de ne pas gaspiller l'eau, dit-il. C'est la seule bouteille que nous ayons.

Mortifiée de cette allusion à sa brève perte de contrôle, elle tira nerveusement sur sa jupe.

Elle n'était pas son genre. *Mais pourquoi diable s'arrêter à une remarque pareille ?*

— Lingerie, rectifia-t-elle d'un air guindé, se contorsionnant pour tirer sur sa jupe étroite.

— Mm ?

— *Lingerie* — pas sous-vêtements. Ce sont les hommes qui portent des sous-vêtements.

— Mm…, murmura-t-il, fixant sa poitrine avec acuité.

Elle vérifia d'un discret coup d'œil que l'étoffe restait opaque et soupira de soulagement.

— Alors comme ça, vous êtes vraiment mannequin pour de la lingerie ?

Il savait bien que non. Il était juste en train de la provoquer. Le *mufle*.

— Bien sûr que non, répondit-elle, mordant quand même à l'hameçon. Qu'est-ce qui a bien pu vous donner cette idée ?

— Vous.

— Je crois que vous avez reçu un coup à la tête, dit-elle, soudain inquiète.

Elle venait de prendre conscience de son visage marqué d'ecchymoses et du sang poisseux dans ses cheveux bruns. Mais, malgré les ridules de douleur autour de ses yeux, il était… beau comme un pirate irrévérencieux et ébouriffé. Sexy ! Et elle éprouva un pincement de désir…

Il afficha un petit sourire, comme s'il avait deviné ses pensées.

— Vous devriez peut-être me laisser vérifier ça par moi-même. Dans un but éducatif, évidemment, ajouta-t-il innocemment. Pour me montrer la différence entre lingerie et sous-vêtements.

Exaspérée par sa malice, elle plissa les yeux, qui devinrent deux fentes au regard dangereux.

— Vous. Etes. Démoniaque, dit-elle, s'éloignant de lui — ce qui ne lui permit pas d'aller assez loin, étant donné l'espace restreint dans lequel ils se trouvaient. Et, au lieu de vous intéresser à mes sous-vêtements, vous feriez mieux de songer à notre localisation, et…

Soudain, la situation lui apparut dans toute son horreur.

— Et, mon Dieu, au moyen de nous sortir de là.

Il lui adressa un regard noir, comme si elle avait insulté sa virilité, mais il ne dit rien et ferma même les yeux.

La blessure à la tête avait-elle affecté sa mémoire ? La peur s'insinua dans son ventre.

— Et la radio ? Vous avez essayé la radio ?

Les épaules de Chase retombèrent.

— *Bien sûr*, répondit-il, exaspéré, sans ouvrir les paupières. Et, avant que vous me harceliez sur notre position exacte, et la manière dont nous allons être secourus, tout ce que je peux vous dire, c'est que je n'en sais rien.

Il ouvrit brusquement les yeux et fixa sur elle son regard sombre, étrangement sérieux et fascinant.

— J'ai jeté un coup d'œil tout à l'heure, et tout ce que j'ai vu, c'est de la jungle. Nous nous sommes écrasés dans la jungle. Pas de chance — mais c'est mieux que la mer, non ?

Que répondre à un tel raisonnement ? Après un court silence, Chase afficha une expression plus sereine et la toisa des pieds à la tête, s'attardant sur ses seins.

— Alors comme ça, dit-il, changeant délibérément de sujet, vous êtes généraliste ?

— Non. Gynécologue-obstétricienne.

— Et vous n'avez *jamais* posé pour de la lingerie ?

— Non, répondit-elle, agacée. Je n'ai *jamais* été mannequin. J'ai été serveuse, femme de chambre dans un motel, vendeuse dans une boutique de donuts, puis dans une…

Elle s'interrompit avant de mentionner qu'elle avait aussi travaillé dans une boutique de luxe, où elle avait contracté un goût prononcé pour la belle lingerie. Comment aurait-il réagi à cette révélation ?

— Enfin, peu importe. Je n'ai jamais éprouvé le moindre désir de défiler en sous-vêtements.

Avec un petit sourire, il la scruta délibérément, jusqu'à ce qu'elle s'empourpre.

— Mm.

— Qu'y a-t-il ?

— A l'université, j'avais un copain de chambre qui se spécialisait en gynécologie. Une espèce d'ours incapable de changer de chaussettes, et encore moins de savoir d'où viennent les bébés. Vous ne lui ressemblez pas du tout.

Comment prendre la remarque ? Elle leva les yeux au ciel.

— Vous êtes allé à l'université ? demanda-t-elle, examinant la plaie qu'il avait à la tête.

— A l'université ? Oui, répondit-il sans enthousiasme. Même réussi à obtenir un diplôme, et tout ça.

— Et qu'avez-vous appris ? s'enquit-elle distraitement, plus inquiète de son élocution difficile et de sa pâleur que de la quantité de sang perdu. A persuader les filles d'ôter leurs sous-vêtements ?

Il eut un petit rire las.

— Leur lingerie, murmura-t-il, fermant les yeux.

— Quoi ?

— On dit « lingerie ». Vous l'avez précisé vous-même. Ce sont les hommes qui portent des sous-vêtements.

Sans prêter attention à son bavardage, elle se concentra sur les détails importants.

— Si vous êtes diplômé, pourquoi promenez-vous les touristes en hydravion dans le Pacifique Sud ?

Il lui décocha un regard gris aussi vif qu'un laser et referma les yeux.

— C'est une histoire longue et ennuyeuse. Mais si vous voulez vraiment le savoir...

Il s'interrompit et bâilla.

— Ça me permet de boire de délicieux cocktails.

Déçue malgré elle, elle se renversa en arrière, s'éclaircit la gorge et replaça une longue mèche de cheveux derrière son oreille.

— Vous ne devriez pas fermer les yeux.

— Je suis fatigué, et ma tête me fait mal. J'ai mal *partout*, en fait.

Elle pouvait comprendre cela. Ses propres contusions, combinées à la diminution de l'adrénaline, lui donnaient une envie folle de s'abandonner à un sommeil réparateur.

— Je veux dire, je pense *vraiment* que vous ne devriez pas dormir.

Quelque chose dans le ton de sa voix avait dû alerter Chase, car, se redressant brusquement, il regarda autour de lui comme s'il s'attendait à ce qu'une horde de sauvages surgisse de derrière les sièges.

— Pourquoi ? Qu'est-ce qu'il y a ? Vous aussi vous êtes blessée à la tête, dit-il, agitant la main dans sa direction.

A la grande surprise d'Eve, la mention de sa propre tête réveilla sous son crâne un martèlement digne d'un concert de heavy metal.

— Mais... je n'ai pas de traumatisme, affirma-t-elle malgré sa migraine insoutenable.

Deux analgésiques et une bouteille d'eau en viendraient à bout. Plus une douzaine d'heures de sommeil, si possible.

— Comment le savez-vous ? demanda-t-il, se renversant en arrière avec un grognement sourd. Vous êtes restée *longtemps* évanouie.

Elle digéra l'information.

— Combien de temps ?

— Je n'en sais rien. Un bon moment.

Ce qui signifiait qu'il avait perdu conscience lui aussi.

Du regard, elle inspecta la cabine.

— Avez-vous une trousse d'urgence ?

— Fixée à la cloison, derrière vous. Nous allons jouer au docteur, docteur ?

Elle décrocha la boîte et eut la surprise d'y trouver un équipement plus qu'adéquat pour les urgences bénignes — ou même pour de petites interventions.

— Non, répondit-elle distraitement. Je vais faire ce que j'ai appris à faire.

Après avoir sorti de la boîte des tampons d'ouate, des bandes adhésives sous emballage et un spray d'antiseptique, elle les posa près d'elle.

— Dois-je m'inquiéter ? demanda-t-il avec un petit sourire narquois.

— Vous inquiéter ? répéta-t-elle avec une légère appréhension.

Comment réagirait-elle ? Air sombre et jurons étaient plus faciles à affronter qu'un Chase Gallagher moqueur et dangereusement attirant. Mais peut-être le coup sur la tête avait-il modifié sa personnalité. Ou, pire encore, peut-être son traumatisme à elle lui avait-il fait perdre son bon sens.

— Je suis un excellent médecin.

— Mais une fracture du crâne n'a pas grand-chose à

voir avec un accouchement et des… comment dire… des organes reproducteurs féminins, répondit-il, imitant à la perfection le ton doctoral qu'elle venait d'adopter.

— Si j'étais vous, je ne me ferais pas de souci pour ma blessure, dit-elle doucement. C'est seulement gros et dur.

Elle regretta les mots dès qu'ils eurent franchi ses lèvres : le sourire malicieux de Chase se transforma en un rire sans retenue. Elle lui décocha un regard noir qui le fit encore plus rire, jusqu'à ce qu'elle lui applique sur le crâne une poignée de tampons alcoolisés.

Le souffle coupé, il lui saisit le poignet.

— Vous êtes sûre que vous êtes médecin ? Mentionner la reproduction humaine vous fait rougir, et vous vous comportez curieusement avec les patients.

— Avec moi, les nouveau-nés et leurs mères sont parfaitement en sécurité ! Ce sont seulement les *grands* bébés qui doivent se méfier.

— Vous me traitez de gros bébé ? fit-il avec un froncement de sourcils terriblement sexy. Est-ce que vous flirtez avec moi, docteur Carmichael ?

— Ne soyez pas ridicule, répondit-elle en glissant les mains dans les cheveux humides de Chase pour examiner sa blessure.

Tu flirtais, Eve. Cette prise de conscience lui fit durcir la pointe des seins et fit naître dans son ventre un frisson d'alerte. Mais elle n'avait *rien* à voir avec sa propre mère. *Rien du tout.* Sa mère, qui avait commencé de travailler à l'âge de treize ans, avait eu une série d'aventures qui s'étaient conclues par deux grossesses non désirées, plus des ruptures douloureuses, des comptes bancaires à découvert et des ecchymoses.

— Ce n'est ni l'heure ni l'endroit pour flirter, dit-elle.

— Vous avez mieux à proposer ? fit-il, goguenard.

Elle lui décocha un long regard glacial et saisit d'autres tampons d'ouate.

— Par exemple : détecter une fuite de matière grise ? C'est inutile, monsieur Gallagher. Il semble que vous ayez déjà perdu toute la vôtre.

4.

Chase trouva extraordinairement érotique la sensation des doigts d'Evelyn Carmichael dans ses cheveux. Aucun doute n'était plus permis : il avait bel et bien perdu des neurones.

Il ferma les yeux en soupirant. Super. Super cool. Il n'avait plus d'avion, et son cerveau aussi avait pris un coup. L'appareil était assuré, mais son cerveau… Il ne savait pas lequel des deux allait lui manquer le plus.

Il se concentra malgré lui sur le parfum follement érotique d'Evelyn penchée sur lui. *C'est bien ma chance d'avoir envie de coucher avec la sœur d'Amelia.* C'était mal et c'était étrange, car il n'avait jamais éprouvé le moindre désir pour sa future belle-sœur. Mais il avait envie de renverser Eve, de la faire basculer sous lui et de prendre ses jolies lèvres.

Justement, voilà qu'elle se mordillait la lèvre inférieure — une lèvre rose et pleine ! Il inspira bruyamment, ce qui intrigua Eve. Leurs regards se croisèrent, et ils se figèrent.

Des ondes vibraient dans l'air, et le pouls de Chase entama un brusque galop.

La seconde s'étira, et les pupilles d'Eve s'agrandirent jusqu'à ce qu'il ne reste qu'un mince cercle d'ambre brillant. Les oreilles de Chase bourdonnaient…

Avant de comprendre ce qu'il faisait, il saisit le chemisier de soie pour attirer Eve à lui. Mais, au lieu de l'embrasser comme il en rêvait, il marqua une pause à quelques centimètres des lèvres pulpeuses.

Elle laissa échapper un petit cri étranglé, et il rêva de prendre ces lèvres pour avaler ce bruit-là. Et tous les autres sons qu'elle produirait. Encore et encore…

Pendant de longues minutes, ils restèrent figés, leurs regards fondus l'un dans l'autre, et leurs bouches se frôlant presque. Le monde, silencieux, ne contenait plus que de la chaleur, des souffles entrecoupés, et un désir incroyable et fou.

Finalement, Chase prit conscience que c'était l'inquiétude, autant que le désir, qui dilatait les grands yeux d'Eve. *Bon sang*, mais qu'est-ce qui lui prenait ? Il n'avait pas pour habitude d'embrasser les femmes de force !

Déstabilisé par son propre comportement, il donna un petit coup de coude à Eve pour l'écarter de lui, avec l'espoir d'éloigner la tentation.

Désarçonnée, elle porta une main tremblante à ses lèvres et détourna le regard. Elle respirait aussi vite que lui, et il se maudit d'avoir fait naître cette inquiétude. Mais cela valait mieux que le désir brûlant qui l'avait envahie — qui les avait envahis.

Elle faillit parler, puis se ravisa. Un pli d'agacement et de trouble mêlés barrait son front.

— Qu'est-ce qui nous a pris ? demanda-t-elle d'une voix enrouée.

Il eut un rire sans chaleur.

— Si je le savais…

Et il lui tourna le dos pour qu'elle ne le voie pas s'empourprer.

Le silence s'éternisa, puis Eve s'éclaircit la voix.

— Je dois encore poser un pansement sur votre plaie à la tête, dit-elle d'un ton faussement enjoué.

— Non, mais ça va, fit-il.

Il ne lui présenterait pas d'excuses. De toute façon, tout était sa faute à elle. L'avoir regardé avec ces yeux brillants... Ah oui, et aussi avoir mordillé ses lèvres pulpeuses... devant lui ! Ça faisait un bon moment qu'il n'avait pas fait l'amour. Elle n'aurait pas dû tenter un homme en manque.

— Si j'ai besoin de soins médicaux, fit-il d'un ton rogue, je vous le ferai savoir. Là, je suis fatigué. Alors... bonne nuit.

Sa déclaration fut accueillie par un silence médusé, puis Eve remua, marmonnant à propos de lobotomiser les aviateurs grincheux pour leur améliorer le caractère.

Mais lui, il avait bon caractère — en tout cas, c'était vrai avant qu'Eve entre dans sa vie en faisant une syncope ! Peut-être était-ce son attitude à elle qui avait besoin d'être revue. Ne savait-elle pas que les hommes étaient attirés par les femmes douces et féminines ? Les femmes qui ne les regardaient pas comme des délinquants à mettre au pas. Les femmes qui ne prenaient pas un pilote qui avait crashé son hydravion pour un idiot.

Mais, si c'était vrai, alors pourquoi trouvait-il ses belles lèvres et ses reparties mordantes si incroyablement... *sexy* ?

Le cœur battant, Eve regarda, incrédule, l'allée irrégulière que l'hydravion de Chase avait ouverte dans la jungle sur une bonne quarantaine de mètres, avant de s'immobiliser dans une posture improbable. Une aile et un flotteur s'étaient cassés net, laissant la carlingue à demi ensevelie dans une épaisse végétation tropicale.

A cette vue, ses genoux flageolèrent.

La dernière chose dont elle se souvenait, c'était l'appareil se renversant sur le dos, et le cri qu'elle avait poussé, convaincue qu'elle allait mourir.

Ensuite... Elle prit une profonde inspiration pour ralentir

son rythme cardiaque. A son réveil, un dieu marin à demi nu était penché sur elle, pour la seconde fois en moins de douze heures.

Tout cela semblait… surréaliste. Comme si ce cauchemar était arrivé à quelqu'un d'autre, sur fond de cris aigus ou rauques. Des animaux hostiles avaient-ils envahi la « chambre » ?

Non. Elle se trouvait dans une épave d'avion. Loin de la mer.

Pendant un long moment, elle était restée là, allongée, parfaitement immobile, absorbant le choc et espérant que tout ne soit qu'un mauvais rêve.

Si la veille, à Oahu, elle avait pu prévoir ce désastre, elle serait rentrée à Londres…

Mais à propos de désastre… Où était passé Chase ?

Après leur brûlant et intense étrange presque-baiser, elle s'était enfuie de l'avion dans l'espoir de reprendre le contrôle de ses émotions avant de se retrouver de nouveau devant lui. Mais elle n'aurait pas dû s'inquiéter : à son retour, il dormait profondément. N'ayant rien à faire, elle avait avalé deux comprimés d'analgésique et s'était étendue à côté de lui. Quelques secondes plus tard, elle dormait aussi.

Elle s'était réveillée une fois, douillettement blottie contre son grand corps. Quand, dans un sursaut, elle s'était assise, *horrifiée*, il avait prononcé quelques mots agacés et l'avait recouchée contre lui.

Elle avait tenté de résister, mais Chase l'avait immobilisée, lui ordonnant, d'un ton bourru, de dormir. Finalement, elle avait succombé, enveloppée d'une délicieuse chaleur et gagnée par un étrange sentiment de décontraction et de contentement.

A son réveil, elle était seule.

Guettant la présence éventuelle de serpents et d'araignées — tout le monde savait que ce paradis en était infesté —, elle vaqua à ses occupations matinales avant de se mettre en route vers la plage. Elle ignora courageusement les bruits étranges venus du sous-bois dense et avança aussi vite que le lui permettaient ses pieds nus et ses muscles raides.

Quelle image ridicule elle devait donner d'elle ! Elle se frayait un chemin, en jupe verte moulante et chemisier de soie crème, à travers des branches cassées, des plantes hautes aux feuilles découpées et des plantes plus basses détrempées, tout cela avec ses sandales à hauts talons à la main !… Avec ses égratignures et ses hématomes, elle devait ressembler à une campagne d'information contre les violences domestiques.

Envolée, son image professionnelle, ce qui, à la réflexion, remontait au moment précis où elle avait atterri au paradis.

Et où elle avait rencontré Chase Gallagher, bien sûr.

Clairement, il ne lui portait pas chance. Et elle en avait assez de la malchance. Plus qu'assez.

Quand, enfin, elle sortit des arbres et foula un sable frais et doux, teinté de rose par la lumière du petit matin et jonché de débris à cause de la tempête, elle était essoufflée. Depuis quand négligeait-elle sa forme à ce point-là ?

A la réflexion, sa méforme avait peut-être un rapport avec les hématomes violacés de sa poitrine et de son ventre, ou avec les nombreuses heures écoulées depuis son dernier repas digne de ce nom…

La seule idée de nourriture fit gémir son estomac, même si elle aurait préféré un long bain chaud. Elle se rêvait enfoncée jusqu'au cou dans de la mousse parfumée, avec des bougies, une bouteille de vin… et un dieu marin pour masser son corps endolori…

Respirant l'air étonnamment frais du matin, elle leva les yeux — et se figea. Le dieu marin était en train de sortir des flots. Et elle ouvrit de grands yeux.

Il était… il était… *Oh mon Dieu !*

Nu. Glorieusement nu. De ses cheveux bruns humides à ses pieds bronzés, en passant par tout — absolument *tout* — ce qui se trouvait entre les deux.

Elle avait dû faire du bruit, parce qu'il cessa de s'ébrouer et leva la tête vers elle. Ses yeux gris orage la localisèrent avec une précision de pointeur laser.

Pendant un long instant, ils se dévisagèrent. Cinq mètres les séparaient, et le souvenir de la nuit précédente, brûlant comme un incendie. Finalement, Chase haussa avec arrogance ses sourcils bruns sous son front marqué d'ecchymoses, ce qui ramena Eve à la réalité.

Elle se plaqua à retardement la main sur les yeux avec un « oh ! » choqué et se retourna à demi, mortellement embarrassée. Elle avait été surprise en train de fixer un entrejambe dont l'image s'était imprimée pour toujours sur sa rétine — et dans son cerveau.

— La vue vous plaît ? demanda une voix grave au ton amusé.

Elle se serait volontiers giflée, elle réagissait comme une adolescente de quatorze ans surprise dans le vestiaire des garçons.

— Mais que… que diable f-faites-vous là ? demanda-t-elle, l'épiant par les interstices entre ses doigts.

Elle admira — professionnellement, bien sûr — les épaules larges, les deltoïdes bien dessinés mais pas trop massifs, les biceps, les pectoraux, les huit… *huit ?*… abdominaux et, plus bas, le V profond plongeant en direction de…

— Je prends un bain matinal.

Il interrompit ce passage en revue anatomique en ramassant sa chemise, avec laquelle il entreprit de se sécher — pas le moins du monde embarrassé par sa nudité.

Eve ferma les yeux et agita la main dans sa direction.

— Mais vous êtes…

Décidément, elle se conduisait comme une vieille fille

scandalisée, elle, la praticienne qui avait vu tant de corps dénudés !

— Je veux dire, votre tête. Vous êtes… euh… contusionné.

Il eut un petit « Mm » sceptique — il avait compris.

Il y eut un bruissement d'étoffe, puis la voix grave et amusée résonna de nouveau.

— Ça va. Je me sens très bien. Plus aucun danger maintenant, docteur Coincé. Vous pouvez regarder.

Il se tenait à une trentaine de centimètres d'elle, en jean, frais et humide et… *amusé*, le monstre. Mais il bougeait la tête et les épaules avec raideur et précaution, comme si tout mouvement lui faisait mal.

— Très bien ? Non. Vous mentez, dit-elle, soulagée de pouvoir se concentrer sur autre chose que cette ahurissante beauté virile.

Elle posa la main à plat sur sa nuque brune pour examiner ses yeux. Il se raidit, comme si ce contact le surprenait, et, un instant, elle fut prise de court elle aussi. Mais ils avaient survécu à une terrible épreuve et avaient même dormi ensemble. Ce geste-là était un acte professionnel, et… *évidemment pas* le résultat d'un élan de désir !

Chase avait l'air fatigué et il s'efforçait de cacher qu'il souffrait. C'était exaspérant. Les hommes faisaient vraiment des patients insupportables — c'était la première raison pour laquelle elle avait opté pour la gynécologie-obstétrique.

L'autre raison était personnelle. Sa grand-mère, Isadora, sage-femme, avait souvent appelé Eve en renfort. Parfois, les choses avaient mal tourné, comme la nuit où la mère d'Eve était morte en accouchant pour la deuxième fois de jumelles. Le souvenir de ces instants de désespoir avait motivé Eve au cours de ses longues et difficiles années d'études de médecine, financées par trois petits boulots successifs.

Chase la fixait droit dans les yeux, avec un regard intense d'un gris qui s'était assombri, et elle sentit son cœur battre bizarrement. Il lui prit la main, et l'irrégularité rythmique devint un tambour fou qui résonna jusqu'à la plante de ses pieds. Ses seins se tendirent, et ses genoux flageolèrent.

C'était… pour le moins inattendu. Et complètement déplacé. Elle tenta de libérer sa main. Or il la tenait, doucement mais fermement, et elle n'aurait pu se dégager qu'en se débattant, ce qui aurait été très ennuyeux.

Du pouce, il entama une caresse délicieuse.

— Si je vous dis à quel endroit mes lèvres sont douloureuses, murmura-t-il, est-ce que vous les embrasserez mieux ?

— Que…

Sa phrase interloquée se termina en un *oumpf* étouffé quand il la tira par la main pour la serrer contre son sublime torse couvert de contusions.

— Si nous commencions ? demanda-t-il d'une voix rauque.

Avant qu'elle ait pu réagir, il la bâillonna de ses lèvres, sans hésitation — et sans douceur.

Elle ouvrit des yeux stupéfaits et émit une sourde protestation, qu'il étouffa aussi promptement. Quand elle tenta de se dégager, il glissa les mains dans ses cheveux pour la tenir captive pendant qu'il s'appliquait à subjuguer ses sens. Il ne demanda aucune permission et n'essaya même pas de la convaincre. Il se contenta de prendre, faisant tomber ses défenses de ses lèvres et de sa langue, et anéantissant toute idée de résistance.

Prise de vertiges, Eve trouva sous ses mains une peau masculine douce et chaude. C'était bien. Plus que bien, même. Inconsciemment, elle explora, avide et possessive, un abdomen dont les muscles durs frémirent et roulèrent sous ses doigts, pendant que ses lèvres répondaient aux baisers de Chase. Et elle oublia tout, perdue dans une brume heureuse.

Elle n'avait jamais rien connu de comparable. Il l'embrassa jusqu'à ce qu'elle s'affaisse contre lui, presque liquéfiée, et brûlante de désir.

Quand enfin il quitta ses lèvres pour respirer, Eve, le souffle court, parvint à articuler quelques mots.

— Ce… ce n'est pas comme ça qu'on embrasse… euh… mieux, quel que… soit l'endroit… qu'on embrasse.

Elle n'en revenait pas qu'une phrase à peu près cohérente soit sortie de sa bouche. Et que le simple baiser d'un homme puisse la laisser aussi… *changée.*

Il haussa un sourcil brun, et ses yeux brillèrent, à la fois d'amusement et d'une sorte d'indignation, comme si personne auparavant n'avait osé critiquer sa technique. Mais, à la satisfaction d'Eve, le cœur de Chase battait fort sous sa main — toujours posée sur la peau chaude et tendue de ses muscles pectoraux. De l'autre main, elle sentait également sa peau douce, car elle avait agrippé la ceinture de son pantalon de treillis — afin de ne pas s'écrouler en flaque informe à ses pieds.

— Ah bon ? Vraiment ? fit-il.

— Non, répondit-elle. Ce n'est pas… comme ça.

Pourquoi ne fuyait-elle pas cet homme dangereux ? Elle ne l'appréciait même pas, bon sang, et ce baiser était complètement à l'opposé de l'idée qu'elle se faisait d'une histoire d'amour. Il avait été trop intense — une agression de ses sens — et l'avait laissée hors d'haleine et étourdie. D'autant plus étourdie, peut-être, qu'en déplaçant sa main très légèrement vers la gauche elle s'était figée en réalisant ce qu'elle touchait, en dessous de la ceinture du treillis.

Oh mon Dieu ! Chase s'était apparemment rhabillé très vite et avait oublié son sous-vêtement.

Les sens d'Eve s'affolèrent.

Elle posa sa main libre sur la joue de Chase, puis se dressa sur la pointe des pieds et se pressa contre lui — et contre cette preuve d'une réaction très virile à leur petite expérience.

— Voilà comment on fait, murmura-t-elle.

Le regardant dans les yeux, elle posa doucement les lèvres sur l'ecchymose de son épaule, avant de remonter vers la joue, couverte d'une barbe sexy de deux jours et d'un hématome sombre. Le délicieux picotement contre ses lèvres la fit frissonner de délice et lui donna la chair de poule… Une incitation à se rapprocher encore davantage.

Elle sourit contre une joue rugueuse, et les mains de Chase, lourdes sur ses hanches, se crispèrent presque convulsivement.

Le regard gris orage devint brûlant, et dans le ventre d'Eve naquit une sensation qui ressemblait beaucoup à… du désir ?

Elle se figea. *Non. Pas d'excitation, Evelyn. Ce n'est pas une séance de flirt adolescent qu'on peut contrôler ou désamorcer d'un éclat de rire.*

C'était un adulte, avec trente centimètres et cinquante kilos de plus qu'elle. Impossible de le contrôler, lui — ni la manière dont il faisait réagir son corps à elle.

— Ne vous arrêtez pas, dit-il doucement, ses lèvres sculpturales frôlant les siennes et la faisant frissonner.

Si. Il était vraiment temps d'arrêter.

Elle posa les mains sur les épaules musclées et tenta de s'écarter, mais il la maintint plus fort encore par les hanches, la serrant contre lui. Contre cette délicieuse… dureté.

Elle respirait d'une manière entrecoupée. Le parfum d'un homme rempli de désir la rendait folle. Que faire ?

Se blottir contre lui et lui offrir ses lèvres — et *tout* lui offrir — ou… fuir ?

D'instinct, elle sut quelle option choisir et s'écarta.

Comme s'il avait deviné ses pensées, il rit doucement.

— La frousse, docteur ?

— Ne s-soyez pas ridicule.

Apeurée, elle ? Terrifiée, plutôt.

— Je… je pense seulement que la leçon est terminée, c'est tout.

Ses paumes rencontrèrent accidentellement deux pointes tendues sur les pectoraux de Chase.

— Je vois que vous allez mieux maintenant, dit-elle.

— Menteuse.

Il la plaqua plus fort contre lui, trahissant un désir brûlant…

Je ne sens rien, décida-t-elle.

— C'est ailleurs que j'ai mal maintenant, murmura-t-il contre l'oreille d'Eve. Vous voulez savoir où ?

Son « oh ! » indigné fut couvert par un rire moqueur. D'une bourrade énergique, elle se dégagea.

— Vous… vous…, balbutia-t-elle, furieuse.

Il croisa les bras, exposant une autre ecchymose.

— C'est de mon coude que je voulais parler, déclara-t-il. A quoi d'autre pensiez-vous ?

— En tout cas, aucun baiser ne guérira votre énorme ego.

Il pouffa et se baissa pour ramasser sa chemise.

— Je vous laisse. Vous aimeriez peut-être prendre un petit bain…

Aussitôt, elle eut une vision de Chase nu en train de la rejoindre nue, dans l'eau fraîche et claire, et elle fit un pas chancelant en arrière, la main crispée sur les pans de son chemisier.

Il sourit. Craignait-elle qu'il lui propose son aide pour se dévêtir ?

— Mais… mais… ne devrions-nous pas trouver au plus tôt un moyen de quitter cette île ?

Il secoua la tête d'un air désapprobateur.

— Docteur, docteur, docteur… Regardez ce paysage. Est-ce qu'on voit souvent ceci en se réveillant ? De plus, j'ai faim. Je vais chercher quelque chose à manger. Bonne baignade. Je promets de ne pas vous épier.

Au lieu de répondre, elle pinça les lèvres, ce qui le fit sourire. Il lui tourna le dos pour traverser la plage.

— Comme vous voudrez. Au fait, l'eau est très bonne, lâcha-t-il. Avec un peu de chance, elle va vous rafraîchir.

C'était peu vraisemblable : quelque part au milieu de son corps, un incendie faisait rage, qui ne serait pas facile à éteindre.

Elle se retourna et posa un regard d'envie sur l'eau cristalline. Deux jours plus tôt, elle avait pris une douche rapide… Cherchant du regard un endroit sûr où se dévêtir, elle aperçut un recoin discret — une petite anse entre des affleurements rocheux — et s'avança dans cette direction.

Après une courte hésitation, elle quitta rapidement sa jupe et sa blouse.

Sur une impulsion subite, elle dégrafa son soutien-gorge. Avant de changer d'avis, elle l'ôta, comme sa petite culotte en dentelle assortie crème et vert.

Nue, elle entra rapidement dans l'eau, le cœur battant à l'idée de sa propre audace.

Une vaguelette la frappa à mi-cuisses et — *oh mon Dieu !* — lui procura une sensation incroyable.

Pendant un instant, son projet de travailler et de vivre à Washington s'éloigna à des années-lumière. A quoi aurait ressemblé une existence entière dans le jardin d'Eden, où la vie était si simple ?

Puis elle chassa ses pensées vagabondes. Cela n'était rien de plus qu'un incroyable interlude. Un fantasme inoffensif comme ceux qu'elle se construisait avec Amelia quand elles étaient enfants.

Son univers, sa vie se trouvaient aux Etats-Unis. Tout ce qu'elle avait à faire, c'était de trouver un moyen d'y retourner.

5.

Chase se mit en quête de nourriture. Il trouva des bananes, quelques petites papayes mûres et des baies de goji. Il enveloppait ses trouvailles dans une feuille de bananier quand un cri perçant troubla le calme alentour. Il reconnut la voix d'Eve et se fraya aussitôt à la hâte un chemin à travers la végétation pour regagner la plage.

Zut, zut et *rezut* ! Il n'aurait jamais dû la laisser seule. Il aurait dû ignorer sa promesse de ne pas la regarder et rester monter la garde. Mais non. Il avait fallu qu'il fasse une promesse stupide. *Oh mon Dieu*, était-elle attaquée par un requin ? Piquée par une méduse ? Ou, pire encore, kidnappée par des pirates ?

Débouchant sur la plage avec un cri guerrier à glacer le sang, il s'arrêta net dans une gerbe de sable humide en découvrant une scène ahurissante qui le laissa bouche bée.

Une Eve nue lui tournait le dos, faisant face à la petite anse et dissimulant maladroitement le devant de son corps de ses bras et de ses mains. Il fut comme aimanté par la vue de son dos mince, de son postérieur adorable et de ses longues jambes de danseuse de Las Vegas, avant de prendre conscience qu'en face d'elle des insulaires, sur un bateau, la regardaient comme si elle venait juste de descendre du ravitailleur.

Puis ils le virent, et leur attention se reporta sur lui. Ils se figèrent tous en un tableau qui aurait été comique si le cœur de Chase n'avait pas menacé d'éclater après sa course folle vers la plage.

Soulagé, il leva le bras en un geste amical. L'avion ne s'était pas du tout écrasé sur une île déserte !

Se dirigeant vers le bord de l'eau, il aperçut quelques morceaux de dentelle, qui auraient pu passer pour de l'écume de mer, et s'arrêta pour les récupérer. Il les fourra dans sa poche avant de ramasser aussi la blouse et la jupe.

Eve avait dû sentir une présence derrière elle et jeta un regard paniqué par-dessus son épaule, comme si elle s'attendait à une attaque dans le dos. A la vue de Chase regardant son postérieur *nu*, elle émit une protestation chevrotante et plaqua une main sur son anatomie rebondie, ne dissimulant absolument rien.

Il lui tendit ses vêtements, et elle se réfugia en crabe derrière lui, l'utilisant comme paravent improvisé.

— Quel protecteur hors pair ! Comment avez-vous pu me laisser tomber comme ça ? dit-elle, furieuse.

Pourquoi était-elle en colère contre lui ? Il tenta de se tourner vers elle, mais elle poussa un cri aigu et lui assena un grand coup dans l'épaule. Avec un soupir résigné, il reporta son attention vers la mer. *Ah les femmes…*

Deux insulaires avaient sauté dans l'eau peu profonde et tiraient le bateau en direction du rivage. Chase s'avança pour les aider, mais Eve le retint par la ceinture.

— Un pas de plus et vous êtes mort, lui dit-elle à l'oreille.

Il aurait volontiers ri si le contact des doigts fins enfoncés dans le bas de son dos n'avait pas menacé de le rendre fou. Sa peau se couvrit de chair de poule, et un frisson de pur désir rayonna dans toutes les directions, le transformant en un grand générateur électromagnétique. Incroyable. Il n'avait jamais été aussi excité. A un doigt d'enlacer Eve pour l'emmener au septième ciel.

Devant un public — visiblement intéressé ?

Peut-être le crash lui avait-il causé des dégâts irréversibles au cerveau ...

— Où sont mes sous-vêtements ? demanda-t-elle sèchement derrière lui.

Il l'imagina avec délice et amusement enfilant à grand-peine la soie sur sa peau *nue* et humide.

— C'est *maintenant* que vous vous inquiétez de cela ?

— Comment... comment ça ?

— Vous le savez bien, non ? Nous sommes sur une île perdue du Pacifique Sud. Méfiez-vous des pirates et des trafiquants d'êtres humains.

— Qu-quoi ? lança-t-elle derrière lui.

Sa crédulité faillit le faire pouffer.

Mais elle s'était collée à son dos. Aussitôt, tout le corps de Chase se mobilisa, ses pensées se brouillèrent, et ses poils se dressèrent pour saluer le soleil — et *bon sang*, ils n'étaient pas les seuls à se dresser.

Un instant, il oublia de respirer. *Pas maintenant, Gallagher. Jamais. Pas avec elle.*

— Chase Gallagher, c'est toi ? demanda un des hommes.

Chase plissa les yeux et reconnut Teiki Manea, un professeur. Un an plus tôt, l'épouse de celui-ci avait failli perdre son bébé à un stade avancé de grossesse. Chase venait juste de déposer un couple de touristes quand Teiki était arrivé comme fou, menaçant de couler l'avion de Chase s'il ne les emmenait pas à l'hôpital de Rikirua.

Chase leva les mains en signe de reddition.

— Teiki ? Ne me dis pas que ta femme est encore en train d'accoucher !

— Et si c'était le cas ?

Avec un rire tonitruant, l'insulaire remonta la plage au pas de course pour échanger une accolade avec Chase — des claques gigantesques dans le dos.

— La tempête a réussi là où tu as échoué, dit Chase. Elle a détruit mon avion.

Se reculant, Teiki scruta le couple tuméfié et épuisé.

— C'était toi ? On a entendu quelque chose pendant la tempête la nuit dernière mais…

Chase l'interrompit.

— Eh, ne t'en fais pas. Nous allons bien tous les deux.

L'homme jeta un coup d'œil en direction d'Eve qui, derrière Chase, remontait le zip de sa jupe, et lui adressa un sourire charmeur.

— Toi, tu es encore plus laid qu'avant, mais ta femme, elle est vraiment très bien.

Chase éclata de rire. Il s'apprêtait à préciser qu'Eve n'était pas sa femme quand elle passa devant lui et adressa un sourire éblouissant à Teiki, comme si celui-ci venait de la sauver d'un destin pire que la mort.

Comme si lui, Chase, n'existait plus !

— Teiki, je te présente le Dr Carmichael, des Etats-Unis, dit-il d'un ton sec.

Puis il croisa les bras pour ne pas céder aux instincts primitifs d'un mâle défendant son territoire.

— Elle rend visite à sa sœur à Tukamumu.

Eve lui adressa un regard perplexe, comme si elle ne comprenait pas la raison de sa mauvaise humeur.

Bon sang, il était aussi perplexe qu'elle.

— Un médecin ? demanda Teiki, l'air encore plus réjoui — et impressionné. Kanaloa doit avoir entendu nos prières. Le Dr Tahuru ne s'en sort plus avec tous les blessés de la tempête de cette nuit… Et la prochaine va être encore pire, dit-il, regardant le ciel.

— La prochaine ? Vous savez prévoir ça juste en regardant le ciel ? s'enquit Eve. Mais il est tout clair maintenant !

— Eh bien, les anciens savent, oui, répondit Teiki,

malicieux… Mon beau-frère s'occupe de la station météo locale.

— Oh ! je suis d-désolée, bégaya Eve, rougissant. Bien sûr, vous possédez des équipements modernes …

— Pas de souci, docteur, fit Teiki, hilare. Nous sommes aussi fiers de la beauté intacte de notre île que de notre hôpital, de notre école et de notre centre météo. Si nous voulons rivaliser avec des destinations touristiques comme Tahiti, Bora Bora et…

Avant de poursuivre, il adressa à Chase un clin d'œil dont elle ne comprit pas la signification.

— … Tukamumu, nous devons être capables de prévoir les tempêtes et de rester en contact avec le monde extérieur. Et au fait, j'y pense…

Il désigna son bateau d'un geste de la main.

— Pourquoi ne vous emmènerions-nous pas au village ? Vous pourriez prendre un bain et vous reposer. Vous devez mourir de faim. Je vous hébergerais bien, mais nous avons dû accueillir des parents dont les maisons ont été abîmées par la tempête.

Chase faillit refuser. Pourquoi, il n'en avait aucune idée. Il *mourait* de faim. Depuis le village, ils pourraient contacter son frère et repartir au plus tôt. Il pourrait placer Eve sous la responsabilité de quelqu'un d'autre. Et ainsi sauver ce qui restait de son propre cerveau.

— C'est une super idée, dit-il, fourrant les mains dans ses poches.

Ses doigts rencontrèrent quelque chose de doux, qu'il faillit sortir, avant de se souvenir à la dernière seconde qu'il s'agissait des sous-vêtements d'Eve.

Non. De sa *lingerie*.

Le mot fit naître une image d'elle seulement vêtue de ces dérisoires morceaux de soie et de dentelle. Troublé, il sortit trop vite sa main de sa poche et, pour se donner une contenance, se passa les doigts dans les cheveux.

— Pourquoi est-ce que vous… n'y… allez pas, docteur ? fit-il, désemparé.

On aurait dit un adolescent maladroit !

Elle le regarda comme s'il l'abandonnait à une tribu hostile, et il dut se raidir pour ne pas faire de promesses qu'il ne pourrait pas tenir. Des promesses qu'il n'avait *aucune envie* de tenir.

— Et vous, Chase ?

— Il faut que je récupère ma cargaison… Teiki, pourras-tu me renvoyer le bateau ?

— J'ai une meilleure solution, répondit le professeur, désignant les hommes qui attendaient à côté de l'embarcation tirée sur le sable. Timéo et Bradley peuvent emmener le docteur à la station et revenir avec un second bateau. Les autres donneront un coup de main pour votre cargaison.

Sans savoir pourquoi, Eve eut un instant de panique à l'idée de quitter Chase. Mais le sublime pirate sexy était redevenu l'étranger distant de la veille…

Puisqu'il semblait presque pressé de se débarrasser d'elle, elle accepta la proposition de Teiki.

Timéo, qui avait sauté à quai avant que le bateau ne heurte doucement la rangée de pneus au-dessus de la ligne d'eau, tendit la main à Eve.

— Je vais vous accompagner à l'hôtel, dit-il timidement. M. Gallagher souhaite que vous ayez votre confort.

Elle saisit la main tendue et sauta sur les solides planches de bois.

Ce que voulait « M. Gallagher », c'était se débarrasser d'elle…

Ecartant cette pensée désagréable, Eve remercia Bradley

pour son aide et suivit Timéo. Elle mourait de faim. Il lui fallait d'urgence un bain et du café, et elle n'avait pas besoin de Chase pour se les procurer !

Dans le hall de l'hôtel, des clients tournèrent des regards intrigués vers elle. Faisait-elle pitié à ce point ?

Quand Timéo s'approcha du comptoir, la réceptionniste leva la tête, et ses yeux sombres s'agrandirent quand elle aperçut Eve.

Bon, voilà qui répondait à la question. L'expression de la réceptionniste ne flattait guère sa fierté féminine, mais que faire ? Elle n'avait pas d'argent, pas de chaussures, aucun vêtement de rechange, et… même pas de sous-vêtements !

L'employée lui adressa un sourire de sympathie et hocha la tête en réponse à quelques mots incompréhensibles de Timéo. Celui-ci se tourna finalement vers Eve.

— Kimiki est ma cousine. Elle s'occupera bien de vous.

Eve lui toucha le bras.

— Merci pour votre aide.

— Pas de problème, docteur, répondit-il avec un sourire éblouissant. Nous sommes contents que vous soyez saine et sauve. *Ia ora na e Maeva.*

Une fois seule dans une spacieuse salle de bains, Eve aperçut son reflet dans le grand miroir et en fut sidérée. *Mon Dieu !* Pas étonnant que Chase, le sublime pirate, ait eu une telle envie de se débarrasser d'elle ! On aurait dit un débris rejeté par la tempête, avec ses vêtements froissés et sales, ses cheveux humides et emmêlés, ses éraflures et ses bleus.

Otant rapidement sa jupe et son chemisier, elle entra dans le bac à douche et eut un soupir de plaisir quand le jet chaud et apaisant coula sur sa peau.

C'était le paradis. Pour la première fois depuis qu'elle

avait ouvert les yeux à Port Laurent, la veille, elle eut le sentiment que les choses allaient s'arranger. Tout ce qu'il lui fallait, c'étaient du café brûlant et un petit déjeuner copieux, avec deux heures de sommeil. Ensuite, elle pourrait affronter n'importe quoi.

Chase entra dans la suite et se dirigea vers les volets, avec l'intention de laisser entrer la brillante lumière du matin.

Il avait besoin d'une douche, de vêtements propres, de nourriture et de sommeil.

Ce fut seulement quand il posa la main sur le volet qu'il prit conscience qu'il n'était pas seul. Il tourna la tête si vivement qu'il fut pris d'un bref vertige. Quand sa vision s'éclaircit, il resta bouche bée.

Les couvertures du grand lit avaient été repoussées. Et là… au milieu… une Eve *nue* était allongée sur le ventre, la tête tournée sur le côté. Sa longue forme toute en courbes n'était que partiellement couverte par un drap immaculé.

Nom d'un petit bonhomme !

Comme dans un rêve, ses pieds le portèrent jusqu'au lit, et son regard balaya une longue jambe découverte jusqu'à la jolie courbe — déjà connue — d'une fesse nue. Mais il ne l'avait aperçue que brièvement sur la plage et il laissa son regard avide se promener à loisir sur cette peau claire et satinée.

Les cheveux fauves étaient répandus sur l'oreiller en un nuage luxueux et là, sous un bras levé, il distinguait la courbe généreuse d'un sein.

Soudain, malgré l'épuisement et la migraine, l'eau lui vint à la bouche. Un intérêt dangereux… Mieux valait partir, mais la peau douce qui appelait les caresses se trouvait à portée de sa main, tentante et plus redoutable qu'un lit rempli de serpents à sonnette.

Passant une main nerveuse dans ses cheveux, il s'éloigna. Il ne devait pas rester dans la chambre avec… ce genre de pensée — surtout pour une femme qui serait bientôt la belle-sœur de son frère.

Il décrocha le téléphone et appela l'accueil pour demander une autre suite. Peu après, sourcils froncés, il reposa doucement le combiné.

Super. Même pas un placard à balais de libre. En fait, cela n'avait rien de surprenant. On était au pic de la saison touristique, et les quelques chambres disponibles étaient occupées par des personnes venues des résidences endommagées par la tempête de la veille. Selon la réceptionniste, Eve et lui avaient déjà de la chance d'avoir cette suite-là.

Mais ce n'était pas grave. Il ferait comme si Eve était son ex, et cela éteindrait toute étincelle d'intérêt. *Pfft.* Envolé, l'intérêt. Comme ça. Et donc, oui, ils pourraient partager un lit. Il contrôlerait ses mains — et tout son corps.

Aucun problème.

No problemo.

6.

Chase avait un problème. Plusieurs, en réalité — le moins grave étant son avion détruit. Pour ne rien arranger, son frère, Jude, qu'il avait appelé, lui avait fait promettre de ne pas révéler le petit secret d'Amelia. Deux secrets, en fait — et aucun des deux ne pouvait être qualifié de « petit ».

Chase avait accepté tout de suite, ce n'était pas son rôle de discuter les affaires de famille qui ne le concernaient pas. Et franchement, sa loyauté allait à Jude, pas à une femme qu'il venait de rencontrer.

Mais tout cela, c'était pour plus tard. Dans l'immédiat, son problème très réel était plongé dans le sommeil et occupait une bonne partie du lit.

Surtout, il ne fallait pas penser à cette longue cuisse nue.

Avec un profond soupir, il jeta la serviette mouillée sur son épaule, passa dans la chambre et se dirigea vers le tentant nuage de draps blancs et frais. Il était bien trop fatigué et meurtri pour se préoccuper de l'endroit où il allait s'écrouler dans quelques instants. L'essentiel, c'était qu'il s'écroule ! Morose, il palpa l'hématome douloureux qui lui couvrait l'épaule gauche. Il méritait bien un peu de repos après les vingt-quatre heures qu'il venait de passer !

Il bâilla, passa la main dans ses cheveux humides et envisagea les choix limités qui s'offraient à lui.

Un : dormir par terre. Deux : éjecter le médecin sexy et prendre le lit. Ou trois…

Il réprima un ricanement incrédule quand il prit conscience

de ce qu'il était en train de faire. Quand était-il devenu une poule mouillée qui avait peur d'une *femme* — une femme froide et focalisée sur son travail ? Agacé, il décida que le lit était assez grand pour deux. De plus, il était épuisé. Trop épuisé pour oser le moindre des gestes qui l'obsédaient.

Resserrant le nœud du drap de bain autour de sa taille, il fit un pas décidé en direction du lit, essayant de ne pas penser qu'il se dirigeait tout droit vers une tempête, qui lui coûterait peut-être plus que son avion.

Une sonnerie insistante s'insinua dans le cerveau embrumé d'Eve. Protestant en sourdine, elle parcourut mentalement la liste des patientes qui pourraient être en travail. En vain.

Elle tenta d'atteindre le téléphone, mais quelque chose de chaud et de lourd l'empêcha de bouger. Quand elle comprit qu'il s'agissait d'un corps, la sonnerie s'était arrêtée.

Pendant deux secondes, elle paniqua, tentant de se rappeler *qui* était là dans le lit. Les aventures alcoolisées d'une nuit n'avaient jamais été sa tasse de thé et, de toute façon, sa dernière relation remontait à… *très* longtemps. Au début de son internat de gynéco-obsté, en fait. Ensuite, franchement, elle n'en avait eu ni le temps ni l'énergie.

Pourtant, ce grand corps collé au sien lui rappelait quelque chose…

Soudain, la mémoire lui revint : peu de temps auparavant, elle s'était réveillée dans un avion écrasé, exactement dans la même position. Seulement, là, elle était — ils étaient — *nue*.

Elle ouvrit brusquement les yeux et, choquée, inspira par grands à-coups. Elle avait roulé du côté qui était inoccupé quand elle s'était allongée pour réfléchir à son avenir immédiat. Et ce côté était maintenant occupé — poitrine bronzée et tablettes de chocolat — par son pilote sexy et grincheux.

Mais le pire n'était pas là : elle s'était pratiquement *lovée* contre le corps *nu*, délicieux et viril comme si elle était un missile à tête chercheuse, et lui, le centre du soleil !

Que diable faisait-il dans son lit ? Et que diable faisait-elle nichée contre un individu qui se baladait d'île en île dans le Pacifique Sud ?

Avec précaution, sans bouger, ni même respirer, elle évalua la situation. Chase était allongé sur le dos, son grand corps détendu dans le sommeil, avec ses cheveux bruns soyeux qui retombaient en désordre sur son front. Et elle… eh bien, elle s'était blottie contre lui, une jambe reposant sur deux jambes musclées. Elle avait la main gauche posée bas sur un ventre plat, dangereusement près de…

Elle n'avait rien à faire là, sa main !

Mais son corps semblait vouloir rester blotti contre le grand corps viril. Et celui de Chase semblait vouloir la même chose, car il avait passé un bras musclé autour d'elle, et sa grande main calleuse épousait en un geste possessif une moitié de son postérieur.

Elle ferma les yeux avec force. Il ne fallait pas qu'elle frissonne, ni qu'elle fonde intérieurement. C'était à éviter à tout prix.

Expulsant avec prudence l'air de ses poumons, elle entreprit de se dégager. Mais au premier mouvement qu'elle fit, les muscles de Chase se contractèrent, roulant comme ceux d'un gros chat affamé dont le repas allait lui échapper.

Elle s'immobilisa et attendit deux secondes. Comme la respiration de Chase restait lente et régulière, elle leva prudemment la tête… pour trouver son regard ensommeillé qui la fixait.

Son cœur s'affola comme un lapin effrayé, et son sang se rua dans ses veines. Cela lui coupa brièvement le souffle.

La meilleure défense, c'était l'attaque.

— Vous êtes dans mon lit ! dit-elle, accusatrice.

Chase souligna qu'Eve était de son côté du lit à lui… avec la main toujours toute proche de son point sensible — qui était sur le point de se réveiller aussi.

D'un geste brusque, elle tenta de se dégager, mais il la retint. Et, avant qu'elle ait pu se demander ce qu'il faisait, il la fit basculer sur le dos et se plaça au-dessus d'elle, la fixant comme s'il avait l'intention de la dévorer.

Une cuisse puissante placée entre celles d'Eve la cloua au lit, rapprochant dangereusement leurs deux points sensibles.

Choquée par l'aisance avec laquelle il avait accompli ce mouvement, elle regarda, ébahie, son visage dur et beau. Brûlant, le regard gris de Chase fixa ses lèvres, où il s'attarda avant de descendre vers ses seins, nus, excités, et écrasés contre un torse magnifiquement sculpté.

Quand il baissa la tête pour tracer un chemin le long de sa joue jusqu'à la commissure de ses lèvres, elle en oublia de respirer et attendit son geste suivant.

Il gloussa en sourdine, provoquant un frisson d'excitation à la racine de ses cheveux. En même temps, elle avait envie de le gifler : il trouvait cela amusant ! Ce n'était *pas* amusant de se sentir désemparée à ce point-là avec lui.

Les lèvres souriantes de Chase effleurèrent les siennes, y laissant un picotement d'anticipation et de frustration. Il poursuivit son manège, lui taquina le menton, puis lui mordilla doucement le cou, avant de descendre vers la courbe entre le cou et l'épaule.

Elle sentit tout son corps réagir quand il lui mordilla la peau de ses lèvres brûlantes. Et elle fut horrifiée quand elle entendit un gémissement sortir de sa propre gorge. Pire encore, ses seins durcirent d'une manière incroyable qu'il allait forcément remarquer. Puis une vague de feu liquide déferla dans son ventre. Frissonnante, elle resserra les cuisses sur celle de Chase.

Il apprécia probablement, car il eut un soupir bruyant et pressa sa cuisse plus haut, entre les jambes d'Eve.

Un autre frisson se produisit, suivi d'un nouveau flot de chaleur liquide.

— Chase…

Oh mon Dieu ! Etait-ce vraiment sa voix à *elle*, si rauque et… et vibrante de désir ? Quelque chose chez Chase Gallagher éveillait le *pire* en elle. Déjà, son dos se cambrait, et elle poussa un soupir de plaisir sorti du plus profond d'elle-même.

Il leva la tête et plongea son regard ardent dans le sien. Des étincelles crépitaient entre eux.

Oh mon Dieu ! Personne ne l'avait jamais contemplée avec un regard aussi lubrique ! C'était follement excitant et complètement déconcertant. Si déconcertant que, quand Chase murmura : « Voulez-vous que j'arrête ? », Eve balbutia : « Non. *Oui !* Je ne sais pas… »

Le rire de Chase résonna dans la pièce sombre, et Eve, mortifiée, ressentit un curieux frisson d'anticipation.

Où est passée ta sophistication, Evelyn ?

— Si je vous aidais à vous décider ? susurra-t-il contre sa peau.

Elle se mordit la lèvre pour retenir un « Oh oui, s'il vous plaît ! »

C'était très embarrassant, comme la manière impatiente dont son propre corps remuait contre celui de Chase..

Leurs regards se fondirent l'un dans l'autre pendant un instant qui s'étira. Les mains de Chase décrivirent des cercles brûlants sur sa hanche, puis sur sa cuisse, puis remontèrent vers sa taille… et, finalement, le pouce de

Chase s'arrêta sur la courbe du sein, dont il fit un monticule de désir et d'attente suppliante.

Quand elle lui griffa la nuque, ce fut au tour de Chase de frissonner. Ainsi, elle avait du pouvoir sur lui ! Cela accrut encore son excitation, et, tous ses sens exaspérés, elle fit rouler ses hanches contre lui.

Mais — *zut* — au lieu de prendre entre ses lèvres les pointes de ses seins impatients, il effleura le sillon qui les séparait, riant quand elle émit un « oh ! » frustré, et plus bas encore sa langue chaude plongea dans le nombril, puis il lui mordilla doucement la hanche.

Au bord de l'explosion, elle se raidit.

— Chase…, murmura-t-elle, avant d'oublier ce qu'elle allait dire.

Il avait niché la tête entre ses jambes… en zone sensible. S'il ne posait pas les lèvres sur elle, elle allait mourir. Soudain, le téléphone sonna dans le silence vibrant.

Furieux, Chase saisit le téléphone avec une violence mal contenue.

— Oui ? fit-il entre ses dents.

Son regard s'éclaircit.

— La dame médecin ? Elle est… obstétricienne ? demanda une voix au téléphone.

Il haussait un sourcil interrogateur en direction d'Eve, qui acquiesça de la tête.

— Un médecin, c'est un médecin, non ? Entendu, je le lui dirai.

Il écouta pendant quelques secondes encore, puis s'assit, tournant le dos à Eve, et reposa le récepteur avec une fausse désinvolture. Il se passa les mains dans les cheveux et eut un petit rire. De toute évidence, il se demandait ce qui leur était passé par la tête.

Rien. Ils n'avaient plus pensé à rien. Chase avait posé les lèvres sur elle, et elle avait perdu la raison ! Pourtant, les aventures d'une nuit, ce n'était pas son genre, alors que lui… il n'était probablement intéressé que par cela.

De plus, elle ne savait pas grand-chose sur lui, à part qu'il était pilote, sexy, grincheux, qu'il pleurait la perte de son avion comme s'il s'agissait de son meilleur ami et qu'il embrassait en expert le corps féminin.

S'apercevant qu'elle était allongée là, nue et exposée, elle saisit le drap et le remonta jusqu'à son menton. Etait-elle soulagée ou déçue qu'ils aient été dérangés ?

Chase la regarda par-dessus son épaule, l'air de nouveau distant et indéchiffrable. Clairement, il n'était pas aussi affecté qu'elle par ce qui avait failli arriver. Inspirant de son mieux, elle tenta de paraître détendue — comme si tout cela n'était rien.

Mais elle n'était pas aveugle ! Et, quand il se leva pour passer dans la salle de bains, elle entrevit son érection et sentit une bouffée de chaleur l'envahir, parce que… waouh… les dimensions — et la vigueur.

Elle devait regarder la réalité en face. Il n'y avait pas de quoi se mettre dans tous ses états. Ce n'était qu'un homme. Et un homme insupportable, en plus.

Pas si séduisant que cela.

Elle leva les yeux au ciel. A quoi bon se raconter des histoires ? Il était superbe. Tout en muscles. Magnifique et attirant de la tête aux pieds. Un appel aux caresses…

Mais pas à ses caresses à elle. Non. Il n'était pas un homme pour elle. Point.

Soudain, il se retourna et la surprit en train de scruter son corps. Son rire grave résonna dans le calme de la chambre. Cela l'amusait d'être l'objet de ses regards concupiscents !

Elle se sentit rougir. *Zut !* Pourquoi cet homme-là lui inspirait-il le comportement d'une adolescente stupide ? Il fallait que cela cesse. Tout de suite.

Glissant le drap sous ses aisselles, elle se réfugia de l'autre côté du lit.

Il est temps d'agir en adulte, Evelyn.

— Qui était-ce, au téléphone ?

D'un geste dégagé, Chase revint prendre une serviette-éponge sur le lit et, quand il l'eut drapée autour de sa taille étroite, elle se sentit soulagée. Maintenant, elle allait peut-être pouvoir réfléchir.

— L'accueil. Une cliente a des douleurs d'estomac, et son mari réclame un médecin.

— Il n'y a pas de clinique sur l'île ?

— Si. Mais apparemment les douleurs ont redoublé d'intensité et, comme vous êtes là, il se demande si vous accepteriez de l'examiner rapidement. Il ne veut pas faire le trajet jusqu'à la ville si ce n'est qu'un problème mineur, avec la tempête suivante qui arrive.

— Ils savent que je suis gynécologue ?

— Maintenant, oui. Mais vous avez étudié la médecine avant de vous spécialiser, des douleurs d'estomac devraient être un jeu d'enfant pour vous.

Se mordillant la lèvre, elle passa rapidement en revue les causes possibles de sérieuses douleurs abdominales.

— Est-ce qu'elle est ballonnée ou enflée au niveau de l'abdomen ? A-t-elle des douleurs dans les jambes, ou au ventre avant ses règles ? Des rapports douloureux ? Des seins douloureux ? Des nausées… ou des vomissements ?

Il y eut un court silence, puis Chase posa sur elle un regard interloqué.

— Vous n'espérez quand même pas que je réponde à ça, n'est-ce pas ? Quel homme peut poser à une femme des questions sur des douleurs pendant ses rapports sexuels ? Et sur ses règles ? Vous plaisantez !… Alors ?

— Alors, quoi ?

— Eh bien, allez faire… ce que font les femmes médecins. Et trouvez quelqu'un d'autre à qui poser vos questions.

Elle réprima une envie de sourire.

— Je ne peux décemment pas sortir vêtue d'un drap ! Mes vêtements sont en piteux état, et…

Elle rougit.

— Et vous… m'avez… volé mes sous-vêtements.

Enveloppée dans un drap, toute rougissante et gênée, Eve représentait une énorme tentation dont Chase n'avait vraiment pas besoin.

Une seconde de plus, et il aurait été plongé profondément dans ce corps — heureusement, ils avaient été interrompus. D'autant plus qu'il n'avait pas pensé à utiliser une protection.

Cette pensée, à elle seule, suffisait à le terrifier.

De plus, cette femme n'était pas son genre et, de toute évidence, il n'était pas son genre d'hommes.

En résumé, ils n'étaient pas du tout faits l'un pour l'autre.

Message reçu.

— Par hasard, Chase, vous n'auriez pas… cherché mes bagages ? Dans l'épave, je veux dire ?

Il faillit répondre qu'il n'y avait même pas pensé.

— Je croyais que vous n'aviez pas de vêtements de rechange dans vos bagages ? dit-il.

— Je n'en ai pas, mais j'ai besoin de mon porte-monnaie pour… euh… acheter quelques affaires à la boutique de l'hôtel.

— Ne vous inquiétez pas pour ça. La compagnie paiera tout ce dont vous avez besoin.

— Je préférerais régler moi-même, répliqua Mlle Indépendante. Et j'ai besoin de mon passeport et de mes billets d'avion. S'il vous plaît, dites-moi que vous avez trouvé mon sac. J'ai… j'ai besoin de mon téléphone. Il faut que je rentre chez moi.

— Je croyais que vous vouliez empêcher votre sœur de commettre une grave erreur en épousant un loser qu'elle vient juste de rencontrer ! répondit-il, sarcastique.

— Eh bien, oui… Mais après cela, j'ai l'intention de retourner à Londres. Je suis censée assister à une conférence médicale. J'attends aussi la réponse d'un centre médical de Washington pour un poste.

Il secoua négativement la tête.

— Nous n'avons rien trouvé. Nous nous sommes écrasés dans une partie de l'île vraiment dense, expliqua-t-il. Fouiller la zone pourrait prendre des jours… des semaines, et vous ne trouveriez probablement rien. C'est si humide ici que la jungle recouvre tout en quelques jours.

Elle lutta visiblement pour rester calme.

— Donc… Vous êtes en train de me dire que je suis bloquée ici, au milieu du Pacifique Sud… pour une durée indéterminée ? Sans passeport et sans moyen de rentrer chez moi ?

— C'est à peu près ça. Vous pourrez utiliser mon ordinateur sur Tukamumu pour contacter l'ambassade. Mais il faut que je vous avertisse : la vie… la vie administrative… se déroule sur un rythme différent ici.

Elle pâlit, et, de nouveau, il se maudit. La perte de son passeport signifiait qu'elle allait rester là quelque temps. Ce qui, soudain, apparaissait comme la pire chose qui pouvait lui arriver, à *lui*.

Il étudia l'image qu'elle offrait, assise là, toute douce et sexy, mordillant sa pulpeuse lèvre inférieure, et se souvint d'une chose que Jude avait dite au sujet de l'enfance d'Amelia.

Elle avait eu une enfance difficile. Suffisamment difficile pour qu'Eve ait assumé très tôt le rôle de nounou et de protectrice — tout en effectuant ses études secondaires et supérieures.

Pourtant, elle avait l'air jeune, fraîche, et aussi innocente qu'une adolescente. Aucun signe de son tempérament d'acier.

Il passa dans ses cheveux une main qui tremblait imperceptiblement. On ne pouvait qu'admirer une personne aussi courageuse. Mais, s'il l'admirait, il avait un problème.

Un grooooos problème.

Un problème sexy, depuis la chevelure fauve, et les yeux d'ambre, jusqu'aux petits pieds élégants.

Oui. Il était piégé.

7.

Eve traversa la terrasse derrière un employé en uniforme. L'inquiétude la tenaillait : pendant qu'elle dormait — blottie contre un certain pilote sexy —, un banc de nuages menaçants venus de la mer avait envahi le ciel, chassant l'image d'un Eden oublié.

Apparemment, les problèmes aussi s'amoncelaient.

Des rafales de vent venues de la baie faisaient bruisser les palmiers et les bananiers, comme pour prévenir que la tempête arrivait, et la mer turquoise avait viré au gris fer.

Il ne faisait pas froid, mais Eve frissonna. La vue de ces nuages noirs et de ces éclairs ravivait les souvenirs du crash, et… de choses auxquelles elle préférait ne pas penser. Le fait qu'elle était coincée là, sans argent ni passeport, par exemple.

Il y avait beaucoup plus agréable, comme pensée — *oh mon Dieu !* Elle se sentit rougir… jusqu'à l'incandescence.

Au lieu de *cela*, elle aurait plutôt dû réfléchir à la raison qui lui avait fait quitter Londres pour ce très vulnérable caillou volcanique, perdu au milieu du Pacifique. Cette raison, c'était Amelia — sa sœur, qui l'avait probablement attendue la veille et qui devait à présent redouter le pire.

Qui devait l'imaginer transformée en appât à requins.

Et Eve, elle, rêvait d'abdominaux en tablettes de chocolat, de longues jambes musclées et de hanches sculpturales, au lieu de réfléchir à une manière de joindre sa sœur.

Il suffirait qu'elle entende la voix d'Amelia, et toutes ces émotions indésirables disparaîtraient.

Avec le sentiment de ne pas être du tout professionnelle, vêtue comme elle l'était d'un *muumuu* de couleurs vives — la version insulaire du sarong —, d'un slip de soie et d'une paire de tongs, Eve attendit pendant que le concierge frappait à la porte d'une suite.

Un homme de trente-cinq ans environ ouvrit et parut étonné en la voyant. Etait-ce dû à son âge, à sa tenue ou à ses ecchymoses ?

— Bonjour. Je m'appelle… Mark. Etes-vous… ?

— Bonjour. Je suis le Dr Eve Carmichael. Que puis-je faire pour vous ?

— C'est ma… femme Raina. Je… je ne sais pas ce qu'elle a, répondit-il d'un ton précipité. Elle souffre beaucoup. Nous pensions que ce matin ça irait, mais son état a empiré. Je ne sais pas quoi faire…

Eve l'interrompit doucement.

— Est-ce que je peux entrer ?

Il hésita encore.

— Oui. Venez…

Comme il restait sur le seuil de la chambre, Eve dut passer devant lui.

La jeune femme recroquevillée sur le lit était pâle, et la douleur crispait son joli visage brillant de sueur.

Eve lui prit doucement le poignet et trouva le pouls.

— Bonjour. Je suis médecin. Gynécologue-obstétricienne.

— Vraiment ? dit Mark. Vous êtes très jeune, non ? Et vous êtes…

Il désigna de la main le visage et le corps meurtris d'Eve.

— Nous avons dû atterrir en pleine tempête. C'était un peu rude.

— Je dirais plus qu'« un peu rude ». Vous devriez peut-être porter plainte contre la compagnie aérienne ?

— La compagnie et le pilote n'étaient pas en faute. Le moteur a été touché par la foudre.

Eve se retourna vers sa patiente.

— Etes-vous enceinte ?

— *Enceinte ?* répéta Mark, l'air horrifié.

Des larmes firent briller les yeux de la jeune femme.

— Tu ne m'as pas parlé de grossesse, Raina, fit Mark d'un ton accusateur.

— Je ne suis pas… Je te le promets, répondit Raina d'une voix tremblante. Ça ne peut pas être ça.

— Est-ce que vous préféreriez que Mark quitte la pièce pour que je vous examine ? demanda Eve.

Se mordillant la lèvre inférieure, la patiente acquiesça, évitant de regarder son compagnon.

Après quelques instants chargés de tension, Mark sortit, refermant la porte derrière lui avec un soupir.

Eve palpa avec précaution le ventre de la jeune femme, et celle-ci émit une plainte douloureuse.

— Pourquoi ne voulez-vous pas qu'il sache ?

— Je ne suis pas enceinte. Je *ne peux pas* l'être.

— Raina…

La patiente détourna le regard.

— Ecoutez, Mark n'est pas mon mari, murmura-t-elle, des sanglots dans la voix. C'est mon p-patron. Je ne peux pas… Il va me licencier. En plus, je ne peux pas… être enceinte. Ce n'est pas possible. J'ai pensé… que c'était peut-être une appendicite ?

Eve poursuivit son examen.

Raina expliqua qu'elle avait de légères pertes de sang depuis quelques jours, avec les douleurs abdominales et dorsales qui, assura-t-elle, lui étaient habituelles les deux premiers jours du cycle.

La douleur avait commencé du côté droit et avait gagné le côté gauche, jusqu'à ce que toute la zone du bassin devienne très douloureuse. Raina avait du mal à marcher en restant droite — ce qui lui avait fait penser à une crise d'appendicite. Elle était nauséeuse, épuisée, et avait besoin d'aller fréquemment aux toilettes.

L'examen permit d'écarter plusieurs hypothèses : dysménorrhée, appendicite et kystes ovariens. La patiente allait devoir être opérée. Très vite. Surtout si le saignement s'aggravait ou si elle déclenchait un état de choc.

Eve écarta les cheveux qui collaient au front moite de Raina.

— Il ne faut pas vous inquiéter, dit-elle fermement. Nous allons prendre soin de vous.

Puis elle se leva et quitta la pièce.

Mark, très pâle, attendait dans le petit salon ; il sirotait trois doigts de whisky tout en arpentant la pièce. Ignorant son comportement agité, Eve lui fit part de ses conclusions.

— Elle est enceinte, c'est ça ? demanda-t-il avec emportement. Bon Dieu, j'en étais sûr.

— Quelques tests seront nécessaires pour confirmer mon diagnostic, et je ne peux les faire qu'à l'hôpital. Il faut agir vite, Raina risque le pire… Vous ne voudriez pas qu'un malheur arrive à votre femme, n'est-ce pas ?

Mark s'empourpra.

— Ce n'est pas ma… Mais… non, je ne veux pas que ça arrive.

— Bien. Dans ce cas, je vous suggère d'appeler le concierge pour demander une voiture. Il n'y a pas une seconde à perdre.

Le vent soufflait fort, courbant les arbres et les palmiers. Soudain, une violente bourrasque heurta le côté de la voiture.

Cela n'annonçait rien de bon. Eve croisa les doigts.

Heureusement, le chauffeur ne perdit pas de temps,

roulant à vive allure le long des routes désertes qui menaient à la ville.

L'hôtel avait probablement prévenu car, aux urgences, deux ambulanciers sortirent en hâte avec une chaise roulante. Eve se présenta, et les hommes échangèrent des regards pleins de sous-entendus.

— Il y a un problème ? demanda-t-elle.

Avec Mark, elle aida Raina à descendre de la voiture.

— Non, non, répondit le plus âgé des ambulanciers. Nous avons entendu parler de votre crash avec M. Chase pendant la tempête de la nuit dernière.

Qu'avait-on bien pu leur dire ? Savaient-ils qu'un équipage d'habitants ébahis l'avait surprise en train de se baigner nue ?

— Oui, renchérit le plus jeune des ambulanciers avec un sourire chaleureux mais un peu gêné. Teiki dit que Lono et Kanaloa devaient vous avoir amenée ici dans un but précis.

— Lono ? Kanaloa ? Qui est-ce ?

Entrant dans l'hôpital derrière Raina et les ambulanciers, Eve tenait fermement Mark par le bras. Il était tendu comme un ressort, et sa tension ne demandait sûrement qu'à exploser à la première occasion.

— Des divinités polynésiennes, fit derrière eux une voix douce.

Se retournant, Eve vit une femme d'une cinquantaine d'années qui s'avançait dans leur direction.

Une blouse blanche, un stéthoscope autour du cou, une attitude posée et l'autorité naturelle qu'elle dégageait l'identifiaient comme médecin.

— Vous êtes le Dr Tahuru, je suppose ? dit Eve.

La femme lui sourit, et elles échangèrent une vigoureuse poignée de main.

— Oui. Et vous, le Dr Carmichael — la spécialiste que la tempête a amenée sur notre île.

Eve se sentit rougir sous le regard amusé du Dr Tahuru.

— Vous avez entendu parler du crash ?

Et peut-être aussi de la manière dont on nous a retrouvés ?

— Nous sommes une petite communauté ici. Les nouvelles vont vite.

Le Dr Tahuru demanda à un ambulancier d'emmener la patiente et son mari dans une salle d'examen toute proche, avant de se tourner vers Eve.

— Vous l'avez examinée, docteur Carmichael ?

— Oui. A la demande de son… mari.

— Et ?

— Je pense à une possible grossesse extra-utérine, mais il faudra quelques tests pour confirmer.

— Je suis généraliste, et cette structure est toute petite, répondit le Dr Tahuru, manifestement inquiète. Tous les cas graves sont transférés à Rangiroa ou à Raiatea.

— J'ai bien peur qu'on n'en ait pas le temps. Si j'ai vu juste, une intervention sera nécessaire dès ce soir.

Le Dr Tahuru jaugea posément Eve, qui savait très bien quelle image elle donnait : en tongs et en sarong, sans maquillage, elle avait l'air d'une adolescente.

Elle retint son souffle et attendit. Elle n'avait aucune envie d'offenser cette femme, ni d'enfreindre les coutumes de l'île, ni de donner l'impression de décider à la place du médecin en poste.

— Très bien, docteur Carmichael, nous allons vous procurer une tenue.

Une heure et demie plus tard, Eve et Jasmine Tahuru discutaient de la procédure en se brossant les mains. Le test de grossesse et l'échographie étaient revenus positifs : un fœtus se développait dans la trompe de Fallope droite.

Vu les symptômes, la jeune femme n'aurait probablement pas le temps de passer d'autres tests. Au dernier contrôle, la pression artérielle avait baissé, et elle se plaignait de douleurs à l'épaule, ce qui signifiait que la trompe de Fallope s'était rompue, créant une hémorragie dans l'abdomen. Mais avec un peu de chance, la déchirure ne serait pas grave, et Eve ne serait pas obligée d'ôter toute la trompe.

En entrant dans la petite salle d'opération contiguë au vestiaire, elle éprouva un instant l'habituel sentiment d'appréhension et d'excitation mêlées. Cette fois, la salle ne contenait qu'un équipement basique : Eve devrait compter sur ses compétences, sans l'aide d'équipements sophistiqués.

Raina se trouvait déjà sur la table et attendait, angoissée. Quand elle aperçut Eve en tenue de chirurgien, elle eut un sanglot sourd.

Eve lui prit la main et lui adressa un sourire rassurant.

— Vous allez vous rétablir, je vous le promets. Quand le Dr Tahuru a pris la tête de cet hôpital, vous étiez encore toute petite. Elle est très expérimentée. Vous êtes en de bonnes mains, ne vous inquiétez pas.

— Je n'arrive toujours pas à croire que je suis enceinte. Comment est-ce que j'ai pu l'ignorer ?

Jasmine posait des électrodes sur le haut du thorax de Raina.

— Beaucoup de femmes enceintes continuent d'avoir leurs règles, dit-elle doucement. Ce n'est pas rare… Mais vous devriez peut-être songer à changer certaines choses quand vous rentrerez chez vous, par respect pour vous-même.

Des larmes brillèrent dans les yeux de la patiente.

— Vous avez raison, admit-elle d'une voix sourde mais résolue. Il faut que je le fasse. J'ai fini par le comprendre : Mark m'a bercée de faux espoirs. J'avais entendu des rumeurs sur lui, mais je croyais… Avec lui, je me sentais si… différente. Il n'a aucune intention de quitter sa femme, c'est ça ?

— Je n'en sais rien, répondit, à regret, Eve.

A en juger par la réaction de Mark à son diagnostic, il ne le ferait probablement pas.

— Mais vous méritez un homme qui désire s'engager totalement.

Raina inspira en hoquetant.

— Vous restez là, hein ?

Eve sourit et posa un capteur d'oxymètre sur l'index de Raina. Un bip paisible résonna dans la salle.

— Je ne pars pas, promit-elle, échangeant un regard avec l'autre médecin. A votre réveil, vous pourrez commencer de faire des projets.

Dès que l'anesthésie fit effet, Eve leva son scalpel.

— Il faut faire vite. Même avec une anesthésie légère, nous ne pourrons pas opérer longtemps sans anesthésiste.

— Florine contrôlera les signes vitaux, dit le Dr Tahuru.

Elle adressa un signe de tête à l'infirmière avant de poursuivre :

— Quand vous voudrez, docteur.

Eve mit son masque en place avant d'effectuer la première incision transversale en suivant la ligne du bikini.

— Le souci principal est de stopper toute hémorragie et d'ôter toutes traces de cellules trophoblastiques. Sinon, elles pourraient s'agréger de nouveau et recommencer de grossir.

Elle marqua une pause pendant que l'autre médecin épongeait le sang. Puis elle dégagea doucement la trompe de Fallope et attendit pendant que Jasmine, penchée pour mieux voir, posait des clamps de chaque côté du sac gestationnel.

— Quel stade ? Environ quatre, cinq semaines ?

— Oui, murmura Eve, examinant avec soin l'ovaire et l'utérus.

A son grand soulagement, tout était intact.

— Ça s'annonce plutôt bien. La rupture est toute proche de l'utérus. Nous pourrons opérer avec un minimum de dégâts.

Une demi-heure plus tard, et après une hémorragie inquiétante qui faillit l'obliger à ôter toute la trompe de Fallope, Eve défit la ligature qu'elle avait effectuée et attendit.

Comme aucune nouvelle hémorragie ne se produisait, elle s'écarta pendant que Jasmine nettoyait la trompe. Puis elle reprit sa place pour suturer la déchirure et refermer l'abdomen.

— Et la cicatrisation le long de la trompe ? Ça ne va pas la rétrécir ? demanda Jasmine, injectant des antibiotiques dans une poche de Ringer lactate et stoppant la perfusion qui délivrait l'anesthésique.

— C'est un risque. Il faudra que Raina voie son gynécologue, une fois rentrée chez elle. Une laparoscopie déterminera s'il y a une cicatrice qui pourrait empêcher la future implantation d'un autre œuf. Si cela arrive — j'espère que non —, on ôtera probablement toute la trompe.

Elle termina la suture et contrôla les signes vitaux. L'intervention avait duré quarante minutes.

— Beau travail, docteur, dit Jasmine. Si vous parliez au « mari » pendant que je termine ici ? Si cela vient de vous, je pense que cela passera mieux.

Un moment plus tôt, Mark avait tonné contre « les hôpitaux paumés et le personnel médical incompétent ».

— Il vaudrait mieux que ça vienne d'un homme, vous voulez dire, répondit Eve. C'est encore un de *ces hommes-là*.

— « Ces hommes-là » ?

— Vous savez bien — ceux qui pensent que la femme n'est bonne qu'à une seule chose.

— Nous en rencontrons souvent. Certains hommes ne sont pas encore entrés dans le XXIe siècle.

Surtout quand des femmes, comme sa propre mère, les laissaient persister dans leurs croyances dépassées. Sa mère, enceinte et abandonnée — à deux reprises.

Elle s'éloigna de la table d'opération et ôta ses gants de latex, qu'elle jeta dans la poubelle avant de quitter la salle. Elle avait l'habitude d'affronter des familles difficiles. C'était déplaisant — mais on pouvait comprendre que certaines personnes réagissent à la peur et au stress en se montrant odieuses.

Elle trouva Mark en train d'arpenter la petite salle d'attente. Il la repéra immédiatement et vint vers elle, l'air furieux.

Eve s'apprêtait à lui dire qu'il allait faire une attaque et qu'il devait apprendre à se détendre, quand l'ironie de la situation la frappa. Voilà qu'elle, la reine du stress, voulait conseiller à quelqu'un de se détendre !

Mark braqua un regard accusateur sur elle, comme s'il avait l'habitude d'intimider.

— Qu'est-ce que c'est que cet hôpital ? Il n'y a pas de cafétéria, ni même de distributeur de boissons !

Eve ignora délibérément ses éclats de voix.

— L'intervention s'est bien passée.

— Elle n'est plus enceinte ?

— Non. Elle n'est plus enceinte.

— Oh ! Dieu merci ! s'exclama Mark. Enfin… Je veux dire… Je ne… Vous ne pouvez pas savoir…

Elle interrompit son balbutiement embarrassé.

— Dès que le temps le permettra, Raina sera transférée dans un plus grand hôpital. Elle ne pourra pas prendre l'avion avant plusieurs jours.

— Mais, moi, je ne peux pas attendre plusieurs jours ! Il faut que je rentre chez moi… Vous comprenez pourquoi.

— Votre relation avec Raina ne me regarde pas, répliqua Eve. Ce qui me regarde, c'est sa santé et son rétablissement. Ecoutez… Elle a besoin de temps, sur le plan émotionnel comme sur le plan physique, monsieur Greenway. J'espère que vous prendrez les bonnes décisions.

Sans attendre de réponse, elle lui tourna le dos et sortit, pour regagner la salle d'opération.

— J'ai l'impression que ça ne s'est pas bien passé ! dit Jasmine.

— C'est… un sombre idiot, répondit Eve, choisissant ses mots avec soin. Il était tellement soulagé de savoir qu'elle n'était plus enceinte qu'il n'a même pas demandé comment elle allait, ni s'il pouvait la voir !

Jasmine lui tapota le bras.

— Un imbécile sans cœur. Mais tous les hommes ne fuient pas leurs responsabilités quand la fête est finie…

8.

Eve entendait la tempête rugir à l'extérieur de l'hôpital. Quelque chose de lourd donnait des coups contre le bâtiment. Elle sursauta et dirigea un regard inquiet vers la porte. Fenêtres et volets battirent violemment. Les lumières vacillèrent. Un véritable enfer semblait se déchaîner…

Jasmine, qui plaçait les instruments sur des plateaux de stérilisation, lui adressa un regard rassurant.

— C'est le vent.

Eve ne répondit pas. On aurait dit qu'un train de marchandises hors de contrôle fonçait dans leur direction ! Un craquement résonna au-dessus de leurs têtes, et elle craignit presque que le toit ne s'envole dans la nuit.

Comme il y avait peu de chances qu'elle puisse rentrer à la résidence, autant se rendre utile…

— Vous avez besoin d'aide ?

Jasmine ôta sa tunique verte et sourit en enfilant une blouse blanche.

— C'est une proposition sérieuse ?

— Si vous le voulez bien.

— Dans ce cas, c'est d'accord. Je viens juste d'apprendre que des sauveteurs vont amener des urgences. Apparemment, des yachts de la marina ont percuté des maisons le long du front de mer. D'après ce qu'on m'a dit, nous aurons besoin de toute l'aide disponible — mais je doute qu'il y ait beaucoup de cas gynécologiques.

Eve était soulagée d'avoir quelque chose à faire.

— Je suis sûre d'avoir gardé des souvenirs de mon stage aux urgences.

Jasmine éclata de rire.

— C'est un peu comme le sexe. Ça ne s'oublie pas.

Le sexe ! Eve, elle, craignait d'avoir oublié. Cela faisait si longtemps ! Mais pour le travail d'urgentiste, c'était différent. Elle aurait sûrement pu faire ça les yeux fermés.

Les deux médecins franchissaient les portes des urgences quand le monde au-dehors s'illumina un bref instant, puis explosa dans un bruit qui secoua le bâtiment. Brusquement, toutes les lumières s'éteignirent.

Eve s'immobilisa dans le noir d'encre qui régnait. Elle ne connaissait pas les locaux et craignait de trébucher sur quelque chose ou — *quelle horreur !* — sur quelqu'un.

Il y eut un instant de silence complet, puis la voix désincarnée de Jasmine Tahuru lança un « Bon sang » agacé.

Eve tendit une main hésitante et fut soulagée de sentir du plâtre froid sous ses doigts. Elle appuya son dos contre le mur, prête à faire face à tous les dangers.

Il y eut des bruits étouffés de murmures et de pas, puis un lourd fracas, suivi par des jurons. Puis un rire un peu nerveux, destiné à relâcher la forte tension.

— Tout le monde, restez où vous êtes jusqu'à ce que j'aie trouvé des lampes, dit Jasmine d'une voix forte. Nous avons assez d'urgences qui arrivent sans en rajouter.

Un cliquetis se fit entendre tout près, et un étroit faisceau lumineux coupa l'obscurité. Il s'éloigna. Il y eut le bruit d'une porte qui s'ouvrait, et le faisceau disparut, comme avalé par l'obscurité.

Malgré quelques murmures dans la pièce, Eve se sentit terriblement seule.

Et effrayée par les bruits d'une respiration toute proche.

Venus du dehors, des éclairs lumineux fendirent l'obscurité autour d'elle, et Eve frissonna.

Et alors… là… juste derrière elle résonnèrent le bruit d'une chaussure sur le linoléum et un bruissement d'étoffe. Le cœur battant, elle se retourna, regrettant de ne pas avoir une grosse seringue — ou un scalpel —, et se heurta à une paroi de muscles.

Au même instant, un éclair zébra brièvement le ciel, et l'ombre qui la dominait la fit réagir instinctivement. Il s'agissait peut-être de restes de souvenirs de son enfance — les hommes de sa mère à affronter en plein milieu de la nuit — ou de films d'horreur qu'elle avait vus : elle eut un cri étranglé et recula vivement, avec l'intention de s'enfuir.

Mais des mains dures lui emprisonnèrent les épaules.

Avec un petit cri surpris, elle leva machinalement le genou et, au même instant, reconnut l'homme qui l'avait saisie. Par chance, il réagit tout aussi rapidement et pivota juste à temps pour éviter son genou. Un « Bon sang… » résonna, et un parfum viril et vibrant qu'Eve connaissait bien flotta jusqu'à ses narines.

Sous l'effet du soulagement, ses épaules s'affaissèrent, et l'homme les lâcha pour plaquer les paumes sur le mur, à droite et à gauche de son visage.

— Chase ? murmura-t-elle.

Il inclina la tête, et sa barbe naissante lui piqua la joue, éveillant en elle des endroits secrets de son anatomie, en sommeil depuis une éternité.

— Vous attendiez quelqu'un d'autre ? répondit-il sur le même ton.

Avec un petit rire nerveux, elle froissa la chemise de Chase dans ses poings crispés.

— Je n'attendais *personne*. Et sûrement pas quelqu'un qui me surprenne comme ça.

Il pouffa doucement contre son cou, comme s'il soupçonnait qu'elle mentait, et son souffle chaud lui donna la chair de poule. Puis il lui lécha l'oreille d'un bout de langue expert.

— Je n'ai rien fait pour vous surprendre, murmura-t-il, soufflant sur l'endroit humide.

Elle ne put retenir un petit soupir de plaisir, et les bouts de ses seins se dressèrent.

— Votre cœur bat à toute vitesse ! déclara-t-il.

— Oui — je vous ai pris pour un psychopathe armé d'une hache !

Les larges mains de Chase descendirent sur sa taille.

— Qui vous dit que je n'en suis pas un ? Je suis peut-être un tueur en série qui terrorise les îles, décollant toujours avant d'être pris, dit-il tout bas.

Ses doigts remontèrent et caressèrent le torse d'Eve, la faisant frissonner.

— Dans ce cas..., balbutia-t-elle, je... je... crois que j'aurais dû vous avertir que je suis ceinture noire. Alors... alors vous devriez peut-être vous reculer maintenant, avant que... avant que je...

Il laissa échapper un petit rire sexy et glissa la main sous sa tunique verte pour lui caresser le ventre d'une manière un peu brusque mais très érotique, et elle se sentit fondre sous ses mains... magiques !

Soudain, les lampes clignotèrent et se rallumèrent, et une voix amusée résonna dans le silence rempli d'ondes brûlantes.

— Waouh ! fit Jasmine Tahuru. Nous devrions éteindre les lampes de nouveau. Qui sait qui apparaîtrait la prochaine fois !

Eve s'éclaircit la voix avec difficulté. Tous les regards étaient braqués sur eux ! Elle tenta de se comporter comme si elle n'avait pas été surprise dans une posture embarrassante.

— Que voulez-vous que je fasse en premier ?

D'une main tremblante, elle écarta les cheveux qui retombaient sur son visage. Elle ressentait avec une telle intensité la présence de Chase !

— Vous me remplacez, dit Jasmine, jusqu'à ce que je trouve ce qui se passe avec le groupe électrogène.

— Je m'en occupe, déclara Chase. Vous allez bientôt avoir assez de choses sur les bras.

A peine avait-il terminé sa phrase que la porte des urgences s'ouvrait et claquait contre le mur, laissant entrer et la tempête et leurs premiers patients.

Jasmine se dirigea rapidement vers eux.

— J'espère que vous savez vous servir de vos mains, Chase. Le groupe électrogène est parfois capricieux.

— Je sais très bien me servir de mes mains, répondit-il, regardant Eve, qui, un instant, craignit de se liquéfier.

— Je n'en doute pas, rétorqua Jasmine, ironique… Mon fils va vous donner un coup de main !

Le groupe démarra. Et après quelques secondes de suspense, les lampes clignotèrent, la lumière se fit plus intense, et, finalement, elles restèrent allumées.

Echangeant un sourire de satisfaction, Chase et Henri Tahuru, le fils de Jasmine, se tapèrent dans la main avant de quitter en courant le local du groupe électrogène sous une pluie torrentielle.

Aux urgences, Chase observa un instant le chaos organisé qui régnait dans le minuscule service. Le Dr Eve Carmichael était dans son élément… Vêtue d'une tenue bleu clair, un stéthoscope autour du cou et ses cheveux relevés en queue-de-cheval, elle n'avait plus rien de l'arrogante professionnelle de la grande ville qu'il avait vue deux jours plus tôt. Il découvrit qu'il aimait ce look-là, qui la faisait paraître plus juvénile… plus douce… Quand elle croisa son regard, ses yeux d'ambre lui donnèrent un coup au cœur.

Ce regard exprimait une vive intelligence, enrichie d'une touche de vulnérabilité. Waouh ! Elle ne pouvait pas savoir qu'il était génétiquement incapable de résister à la vulnérabilité.

Quel idiot il faisait, d'imaginer des choses comme ça ! Il n'y avait rien de vulnérable dans une spécialiste venue de Boston !

Lui tournant le dos, il passa des mains tremblantes dans ses cheveux.

— Eh !

Le mot, prononcé doucement derrière lui, le fit se retourner. Et il vit une femme sublime. Même couverte de bleus et de contusions, et vêtue d'une tenue d'hôpital trop grande, elle était belle à couper le souffle.

— Eh, répondit-il faiblement, incapable de trouver un commentaire plus élaboré.

Elle le fixait avec intensité.

— Ça va ?

Il se gratta la joue.

— Oui… et vous ?

Elle fut visiblement étonnée par sa question, comme si on ne lui demandait jamais comment elle allait.

— Bien sûr que je vais *bien*, répondit-elle, l'air amusé. Je vais toujours *bien*.

— Toujours ?

Un pli se forma entre les sourcils d'Eve, et il réprima une envie de lui lisser le front du bout des doigts.

— Eh bien… Hier encore, vous aviez peur de mourir avant d'avoir connu un véritable orgasme. Vous n'alliez pas *bien*, à ce moment-là.

Les joues d'Eve se teintèrent de rose vif, et tout son visage exprima l'agacement. Cela réjouit Chase. Mais pourquoi éprouvait-il en permanence ce besoin de la déstabiliser ?

— Je n'arrive pas à croire que vous reparliez de ça, dit-elle, pivotant sur ses talons.

Avec un éclat de rire, il la saisit par la tunique pour la plaquer contre lui.

En fait, il avait reparlé de cela pour une seule raison : chasser l'air inquiet d'Eve, qui lui serrait le cœur. Et voilà… Ça avait marché. Il pensait à autre chose. Et elle aussi. Mission accomplie.

Avec un soupir désapprobateur, elle se libéra. Malheureusement, ses superbes formes étaient cachées sous des vêtements amples, mais cela n'empêcha pas l'esprit de Chase de s'aventurer en territoire dangereux.

Il ne devrait peut-être plus rêver de voir de très près l'anatomie d'Eve… C'était une erreur. De plus, elle n'était là que pour semer la pagaïe dans la vie de son frère. Il n'avait aucune intention de la laisser gâcher sa vie *à lui* ! Donc, affaire classée.

Il fallait souhaiter que certaines parties de son anatomie *à lui* reçoivent aussi le message.

9.

Il était presque 2 heures du matin quand Chase entra dans la suite de l'hôtel. Trempé et en colère, il avait du mal à garder son calme. Son agacement monta d'un cran quand il ne trouva aucun signe de la présence d'Eve — ni seule ni accompagnée.

Il passa ses doigts dans ses cheveux mouillés, écœuré par ses propres réactions.

Son mariage était loin derrière lui, et il avait depuis longtemps surmonté cet échec. Aussi, jamais, au cours des cinq années qu'il avait passées dans le Pacifique Sud, il n'avait connu ce sentiment d'impuissance mêlée de colère. Jamais — avant qu'Eve débarque dans sa vie, avec ses cheveux acajou et ses yeux cent pour cent whisky, mettant sens dessus dessous sa vie construite avec soin.

Pendant qu'elle s'activait aux urgences, il s'était joint aux opérations de sauvetage et avait passé les quelques heures suivantes à donner un coup de main. Au moins jusqu'à ce que le vent tombe à trente nœuds. Le déluge continuait, mais tous les gens de la marina avaient été évacués.

N'ayant rien d'autre à faire que d'attendre le matin, Chase était retourné à l'hôpital, sale, exalté, avec quelques éraflures et hématomes supplémentaires. A son exaltation se mêlait une étrange impatience de revoir un certain médecin sexy. Il pourrait la ramener à l'hôtel et…

L'idée de ce « et » l'avait surexcité en quelques secondes. Du moins, jusqu'à ce qu'il apprenne que Jasmine Tahuru avait envoyé Henri raccompagner Eve à l'hôtel plus d'une heure auparavant — et que Henri n'était pas revenu.

Chase avait imaginé toutes sortes de scénarios, et son sang s'était rapidement glacé dans ses veines. Bon, il n'était pas vraiment fier du premier — Eve et le jeune étudiant emportés par la passion —, mais ensuite avaient surgi l'image d'une vague géante qui les engloutissait tous les deux et celle de la voiture de Henri heurtant un arbre abattu. Une horrible angoisse l'avait étreint.

Il avait quitté l'hôpital comme s'il avait eu le diable aux trousses. Mais il n'avait rencontré aucune voiture accidentée.

A ce moment-là, il avait pensé trouver Eve dormant à poings fermés à l'hôtel — seule — et rire d'avoir imaginé des choses aussi absurdes.

Seulement voilà : c'était lui qui était seul.

Mm. C'était l'histoire de sa vie.

Il contempla le lit inoccupé si longtemps qu'une petite flaque d'eau de pluie se forma autour de ses pieds, puis il pivota sur les talons avec un juron.

Mais qu'est-ce qu'il avait cru ? Qu'elle l'attendrait dans le lit, la lumière de bougies faisant danser des ombres sur sa peau nue ? Et qu'elle l'inviterait d'un doux sourire à la rejoindre ? Quel crétin il faisait d'imaginer des bêtises pareilles !

Soudain, un bruit de l'autre côté de la porte lui fit tourner la tête.

Le battant s'ouvrit brusquement et claqua contre le mur, livrant passage à Eve qui entrait à reculons dans la chambre et referma la porte avec la hanche.

Ses bras n'entouraient pas Henri, le jeune étudiant ; ils soutenaient un plateau surchargé de nourriture, où trônait une bouteille de vin débouchée.

Elle s'arrêta net en le découvrant dans la pièce.

— Oh mon Dieu ! Chase ?

Il fit un pas dans sa direction, mais elle émit un cri inarticulé, recula et heurta la table du hall d'entrée.

Les plats commencèrent à basculer avec un bruit de vaisselle qui s'entrechoquait, et Chase saisit instinctivement le plateau juste à temps.

— Oui, c'est moi, fit-il avec aigreur. Qui voulez-vous que ce soit ?

Elle porta la main à son cœur, puis s'affaissa contre la table, les yeux fermés et le souffle court.

— Bon sang ! Il faut arrêter de faire ça.

Une fois qu'elle eut contrôlé sa respiration, elle rouvrit les yeux et fixa sur lui un regard de reproche.

— Vous m'avez fait une peur épouvantable !

Il éprouva un mélange de colère et de soulagement en la voyant indemne, et cela lui donna une légère nausée.

N'avait-il pas fini par se laisser séduire par elle ?

Cette question stupide ne méritait pas la moindre réponse.

Il s'apprêtait à plaquer Eve contre la cloison la plus proche quand il réalisa qu'il avait toujours le plateau dans les mains. Agacé, il marmonna un juron et le déposa sans ménagement au sol, fléchissant les genoux pour rattraper le vin au dernier moment.

Encore dans cette position, il vit, du coin de l'œil, Eve qui glissait furtivement le long du mur, le fixant comme s'il était un prédateur affamé prêt à bondir sur elle.

Eh bien, oui. Il avait effectivement envie de lui bondir dessus. Et cette fois, il ne lui laisserait aucune chance.

Quand il se redressa et la rejoignit — ou plutôt, *se précipita* sur elle —, elle s'immobilisa comme un cerf pris dans les phares. Quand il la poussa contre le mur et l'emprisonna entre ses bras, elle leva vers lui un regard stupéfait.

— Que… que faites-vous ?

— Savez-vous *vraiment* ce que je viens de vivre ? lui

murmura-t-il à l'oreille. Je croyais vous avoir dit de ne pas quitter l'hôpital.

Voilà qui allait plaire à Mlle Indépendante !

Elle se raidit instantanément et le repoussa de nouveau, sans ménagement cette fois, une lueur belliqueuse dans son regard doré. Il décida qu'il adorait ça.

Afin de l'exaspérer davantage, il la coinça entre son propre corps, le mur et la table du hall, ce dont il fut récompensé par une sourde protestation et une bourrade énergique.

Ouiiii. C'est mieux, pensa-t-il, affichant un sourire cruel. *Bagarrons-nous.*

— Je ne vous répondrai même pas, espèce d'imbécile arrogant, répliqua-t-elle, furieuse.

— Je suis retourné à l'hôpital. Quand le Dr Tahuru m'a dit que vous étiez partie depuis plusieurs heures avec Henri, je n'ai pas pu m'empêcher de l'imaginer perdant le contrôle de son véhicule et vous précipitant tous les deux du haut d'une falaise.

Il avait imaginé d'autres choses aussi — qu'il ne lui raconterait pas. Stupide, mais pas à ce point-là.

La tension entre eux devint presque palpable. Lentement, Eve fit glisser une main apaisante sur le torse de Chase, qu'elle tapota.

— Je regrette que vous vous soyez inquiété, dit-elle avec circonspection. Mais comme vous pouvez le voir, je vais bien. Je mourais de faim, alors nous avons fait un raid dans la cuisine.

— Nous… ?

Elle tenta de lui échapper, mais il n'était pas décidé à la lâcher et se déplaça très légèrement, lui bloquant le passage.

— Ecoutez…, commença-t-elle.

De nouveau, il l'exaspérait — pourquoi trouvait-il cela excitant, il n'en avait aucune idée. Mais il ne pouvait être tenu pour responsable de ses actes, il était au bord de la folie.

— Je suis vraiment navrée que vous vous soyez inquiété, poursuivit-elle avec une politesse exagérée, mais je me débrouille seule depuis un bon nombre d'années. Et puis… vous aviez disparu, je ne pensais pas que ce que je faisais avait de l'importance pour vous.

— Mais pourquoi cela n'aurait-il pas d'importance ? demanda-t-il, outré.

Elle s'étonnait qu'on prenne soin d'elle. Un élancement douloureux pinça le cœur de Chase. D'une main, il se frotta le torse. Peut-être était-ce sérieux. S'il lui demandait de l'examiner ? Elle était médecin, non ?

Il parcourut du regard la tenue d'hôpital humide et froissée qui collait à son très beau corps.

Mm. Bonne idée, la consultation.

L'idée serait encore meilleure s'ils faisaient ça nus.

D'une main, il retira son T-shirt humide. Ensuite, il ôta ses baskets et s'attaqua à son jean.

— Mais que faites-vous ?

Il coula un regard dans sa direction et s'aperçut qu'elle fixait ses mains. Elle avait l'air choqué, et les joues trop roses. Il sentit une chaleur dangereuse s'accumuler au bas de son ventre. Une chaleur qui avait augmenté de jour en jour depuis qu'Eve s'était évanouie à ses pieds.

Il n'avait qu'une seule chose en tête… Deux, en fait.

La première : se déshabiller.

La seconde : déshabiller Eve.

— J'ôte mes vêtements, répondit-il.

Le bruit du zip qu'il défaisait fendit le silence tendu.

— Vous… Quoi ? dit-elle d'une voix éraillée. Vous n'avez pas… euh… faim ?

Le rose de ses joues était plus vif encore, et ses seins pointaient sous le coton humide de sa tunique d'hôpital. Elle laissa son regard fasciné descendre le long du torse de Chase, puis s'arrêter sur le jean entrouvert comme si elle se demandait ce qu'elle allait goûter en premier.

Il avait plusieurs suggestions à lui faire.

— Oh que si ! répondit-il avec une lenteur volontaire. Je meurs de faim.

Le regard d'Eve remonta brusquement et devint glacial quand elle vit la manière dont il la fixait. N'y tenant plus, il afficha un petit sourire supérieur.

— Chase…, fit-elle, d'un ton à la fois ferme et patient, comme si elle s'adressait à un préadolescent.

— Eve ?

Il vint tout près d'elle.

— Vous devriez vous déshabiller, dit-il.

— Mais… non ! Non, sûrement pas ! balbutia-t-elle, crispant les doigts sur la tunique entre ses seins.

— Si, si. Vous ne pouvez pas prendre une douche toute habillée.

— Une… douche ?

L'air méfiant d'Eve devint un air traqué quand il se pencha un peu plus encore vers elle, et il faillit éclater de rire.

— Oui, lui murmura-t-il à l'oreille. D-o-u-c-h-e…

Avec un large sourire, il posa les mains sur ses hanches rondes, ce qui la fit sursauter. Quand il entreprit de lui ôter sa tunique, elle se raidit et, avec de petits cris de protestation, lui donna des tapes sur les mains. Il les glissa donc sous la tunique.

— A-arrêtez ça, ordonna-t-elle, le souffle court.

Il plia les genoux pour la regarder dans les yeux.

— Vous avez quelque chose à dire, docteur ?

— C'est une… une erreur.

— Permettez-moi de ne pas être de votre avis.

— C'est une erreur, répéta-t-elle.

Elle se mordilla nerveusement la lèvre, ce qui trahissait

son excitation et fit monter en flèche la pression artérielle de Chase.

Il glissa une cuisse entre les jambes d'Eve et pressa son érection contre elle. Elle respirait plus vite, ses pupilles se dilatèrent, et ce n'était pas seulement parce que le jean de Chase était froid et humide.

— Pas une erreur — du sexe façon j'ai-envie-de-toi-comme ce-n'est-pas-permis, dit-il d'une voix rauque. Ou si-je-ne-te-fais-pas-l'amour-tout-de-suite-je-vais-exploser.

L'air à la fois flatté et indigné, mais le regard fuyant, elle marmonna quelques mots à peine audibles.

— Qu'est-ce que vous dites ?

— Ça fait longtemps, lâcha-t-elle à haute voix, l'air embarrassé.

— Longtemps ? fit-il distraitement, le regard aimanté par la lèvre qu'elle venait d'humecter, la laissant brillante et humide. Vous pouvez préciser ?

Elle le repoussa sans ménagement.

— Ça ne fait rien, déclara-t-il. Je me souviens d'assez de choses pour nous deux.

Sur ces mots, il lui ôta sa tunique et la jeta derrière lui.

Dessous, il y avait un minuscule caraco. Et pas de soutien-gorge, l'étoffe fine et ajustée moulait les généreux seins nus — qui, de toute évidence, étaient très, *très* contents de le voir.

Elle plaqua les mains dessus.

— Vous ne vouliez pas... prendre une douche ? demanda-t-elle, pleine d'espoir, en fixant ses pectoraux.

— Si, si, répondit-il dans un souffle, caressant ses épaules nues.

Elle frissonna sous ses doigts.

— A-arrêtez ça, balbutia-t-elle. Vous avez peut-être besoin d'une douche f-froide. *Vraiment* froide.

— Non, non. Il n'y aura pas de douche froide ce soir.

Ce qu'il vous faut, c'est une expérience… fumante… et brûlante.

— B-brûlante ? fit-elle, l'air à la fois sidéré et intéressé.

— Mm, répondit-il, examinant la cabine de douche pour voir si elle pourrait les accueillir tous les deux.

Il était d'une stature imposante, mais il n'avait pas l'intention qu'Eve s'écarte beaucoup de lui, cela devrait donc aller.

Il l'entraîna dans la salle de bains et referma la porte, lui coupant toute possibilité de fuir. Se plaçant à genoux devant elle, il posa les mains sur ses hanches et lui ôta à la fois son pantalon d'hôpital et sa petite culotte.

Les yeux d'Eve, sombres comme du vieil or, brillèrent dans la lumière douce, et il sentit son cœur battre à tout rompre. Il lui prit la main, qu'il posa sur sa propre épaule.

Elle s'appuya sur lui pendant qu'il l'aidait à quitter le petit tas de vêtements qu'elle avait autour des pieds. Puis, se relevant, il lui ôta son petit caraco, la laissant nue.

Ils se regardèrent un moment en silence, chacun attendant que l'autre fasse le geste suivant.

Chase se décida. Il ouvrit la cabine à tâtons et fit couler l'eau. Le bruit résonna, insolite dans le silence vibrant qui protégeait leur intimité et les isolait du reste du monde. Il n'y avait plus qu'eux. Là. Maintenant.

Le lendemain, elle s'en irait, et il pourrait reprendre sa vie tranquille.

Il allait lui préciser qu'il n'était pas intéressé par autre chose que par une nuit, quand elle prit son visage entre ses mains.

— Je vais partir, dit-elle, avec une intensité qui le laissa perplexe et choqué.

— Quoi ? Maintenant ?

Elle eut un petit rire enroué.

— Non. Bientôt. Je veux juste que vous sachiez que… que…

— Quoi donc ?

Elle le regarda droit dans les yeux.

— Que c'est une aventure d'une nuit. Liée à… la situation.

Il n'était pas question qu'il soit vexé, puisqu'il souhaitait la même chose.

— La situation… Vous voulez dire : l'adrénaline, le fait d'avoir survécu à un crash aérien, partagé quelque chose d'intense ?

— Oui, quelque chose comme ça, répondit-elle.

Ses mains délicates vagabondèrent jusqu'à la ceinture de son jean.

— Pourquoi êtes-vous encore habillé ?

— Eh bien… Vous devriez peut-être arranger ça…

Il fit entrer Eve dans la cabine, la bâillonna d'un baiser et la rejoignit.

Il avait des projets qui, avec un peu de chance, les occuperaient agréablement pour le reste de la nuit…

10.

Eve caressa Chase par-dessus son jean, qu'elle fit ensuite glisser sur ses hanches musclées.

Comme elle ondulait contre lui, savourant la lueur qui brillait dans ses yeux gris orage, il lui saisit les poignets et les bloqua derrière son dos.

— *Attends !* fit-il. Bon sang, Eve. Rien… ne presse !

Si. S'ils arrêtaient ne fût-ce qu'une seconde, tout serait fini avant qu'elle l'ait senti en elle. Et de *ça* — et de *lui* —, elle en avait vraiment besoin. Très, très fort.

— Tu es trop habillé, répondit-elle, avant de mordre dans le muscle dur de son épaule.

Il émit une protestation indistincte, et elle profita de la diversion pour libérer une de ses mains.

— Bon sang ! murmura-t-il d'une voix rauque sous ses caresses encore plus précises.

Il lui saisit la main et la plaqua contre le mur.

— A ce régime-là, je ne tiendrai pas plus de deux secondes ! dit-il, le regard brûlant de désir.

Elle sentit ses propres muscles internes se contracter. Oh mon Dieu ! Elle était elle-même au bord de l'orgasme. Et il ne l'avait même pas encore vraiment touchée !

Choquée par la tempête de sensations qui l'agitait, elle ferma les yeux et serra les cuisses, mouvement qui faillit précipiter le paroxysme. Elle s'immobilisa, respirant très vite.

Avec les mains captives de part et d'autre de la tête, le dos plaqué contre le carrelage dur et froid, et le corps brûlant de Chase tout près du sien, elle avait l'impression d'être une victime consentante sacrifiée aux dieux du volcan. Comme l'attente la rendait folle, elle fit jouer ses hanches contre Chase. C'était délicieux.

— Arrête, fit-il, la mâchoire contractée.

Mais il ne s'écarta pas, et elle recommença, encore et encore, jusqu'à ce qu'il émette un juron guttural.

D'un geste brusque, il fit tomber son jean, dont il se débarrassa d'un coup de pied. Puis il regarda Eve avec l'intensité d'un mâle sauvage et affamé qui guette son prochain repas.

Mais, déterminée, elle s'écarta du mur. Surpris par son audace, il trébucha. Ravie qu'il soit à son tour coincé contre le mur, elle saisit le savon.

Quand Chase eut séché Eve dans une grande et douce serviette-éponge, ils regagnèrent la chambre.

Elle n'avait aucun doute sur ses intentions. Il allait la pousser sur le lit et l'y suivre. Alors, rapide comme l'éclair, elle lança une jambe autour de celles de Chase. D'une poussée de l'épaule, elle le fit rouler sur le lit et se réceptionna sur lui, chevauchant ses hanches. L'effet de surprise lui permit de s'emparer du préservatif emballé qu'il serrait entre ses dents.

Au lieu de protester ou de se dégager, il lui sourit, comme amusé par sa prise de pouvoir. Et se cala les mains sous la tête, comme un touriste se relaxant sur la plage.

— Nous allons jouer au docteur, docteur ?

— Non, répondit-elle joyeusement. A une autre sorte de jeu.

— Faites de votre… pire, docteur.

Ce qu'elle fit.

Il y avait six cent quarante muscles dans le corps humain,

qu'elle connaissait tous par leur petit nom. Elle décida de savourer ceux de Chase, qui étaient… *impressionnants*, en effectuant une petite revue anatomique.

Elle lécha un pectoral, puis l'autre. Ensuite, parce que la dimension de ses bras la fascinait, elle s'y attarda, murmurant chaque nom juste avant de lécher d'abord le deltoïde, puis le triceps, suivi du biceps. Chaque muscle était dur et frémissant sous la peau lisse et humide, qui avait si bon goût ! Cela donnait envie de… *mordre.*

Chase réagit comme si on lui avait tiré dessus : avec un grognement sauvage, il se redressa et inversa leurs positions.

Prise au dépourvu par la rapidité du renversement de situation, elle le regarda, médusée.

— Zut ! murmura-t-elle, déçue. J'étais… *occupée.*

— Plus tard… tu joueras plus tard, répondit-il, haletant… Si j'attends deux secondes de plus, je ne réponds plus de rien.

Il déchira le petit paquet avec les dents et mit le préservatif en place avec des gestes hâtifs.

Ensuite, fixant Eve dans les yeux, il plaqua ses paumes sur ses mains et d'une seule poussée, il plongea en elle.

Un instant, elle eut le souffle coupé. Oh mon Dieu ! Même si elle était prête, cette *énorme* invasion soudaine — après une longue abstinence — déclencha un léger pincement de douleur.

Il dut sentir sa petite réaction involontaire, car il s'immobilisa.

— Excuse-moi, lui murmura-t-il à l'oreille. Laisse-moi une seconde, et ça va devenir bon, je te le promets.

Mais, déjà, elle fondait littéralement. Jamais elle ne s'était sentie aussi bien. Déjà, elle s'ajustait à lui…

— Oh oui ! Comme… ça, dit-il, le souffle court et les muscles tendus.

Tout en commençant à bouger en elle, il l'embrassa avec

l'immense désir qu'il retenait depuis plusieurs jours ; elle répondit avec passion, et ils oublièrent tout le reste.

Chase se réveilla blotti entre des bras féminins. Pendant quelques secondes de demi-sommeil, il savoura la sensation d'un corps tout en courbes pressé contre le sien. Depuis son divorce, il avait eu quelques aventures, mais jamais il n'avait dormi avec ces femmes. Il ne voulait pas de ce genre d'intimité, ou il n'en avait pas besoin, peut-être.

Il ne voulait plus connaître cela — et surtout avec une femme prête à ruiner la vie de son frère ! Une femme qui, telle une comète, brûlerait l'homme devenu captif de sa beauté.

Mais voilà : il était prisonnier — pris dans l'étau d'un désir qui exigeait qu'il la prenne encore, et tout de suite !

Cette pensée lui fit battre le cœur à coups redoublés. Mais pas de panique ! Il s'écarta de sa douce chaleur féminine. Ils étaient bien d'accord : il ne s'agissait que d'une aventure d'un soir. Alors la solution la plus douce, pour tous les deux, était qu'il s'en aille maintenant, pendant qu'elle dormait encore.

Ouais. Bonne idée.

Avec précaution, il quitta le lit, rassembla son paquetage et ses affaires en hâte, et gagna la salle de bains.

Juste avant de refermer la porte, il aperçut Eve se nichant contre l'oreiller qu'il venait de quitter, comme si elle cherchait sa chaleur. Il grava avec gourmandise cette longue silhouette dans sa mémoire.

Puis, dans le noir, il enfila ses vêtements. A présent, il comprenait pourquoi Adam avait mordu dans la pomme !

Lui, Chase, avait péché avec entrain — il avait été conscient de commettre une erreur. Il ignorait ce qui, en elle, le transformait en idiot obsédé par le désir, mais il n'était pas assez stupide pour s'attarder et finir par souffrir.

S'il restait, cela lui coûterait autrement plus cher qu'un avion fracassé. Et il n'avait aucune envie de payer ce prix-là.

Elle était… *nue* ? Alarmée, Eve leva la tête et découvrit, à travers le rideau de ses cheveux emmêlés, qu'elle était également *seule.*

Ensuite seulement, elle se souvint.

Chase Gallagher.

Elle frissonna. Le pilote sexy et grincheux avait une manière tellement incroyable d'utiliser ses mains… et ses lèvres — cela était complètement nouveau pour elle.

Abasourdie par les événements de la nuit et en proie à une panique croissante, elle resta immobile sur le lit jusqu'à ce qu'on frappe à sa porte. Le cœur battant comme sous l'effet d'un défibrillateur, elle quitta le lit d'un bond.

Ce mouvement fit protester ses six cent quarante muscles, sans exception, et lui donna le vertige. *Mince.*

On frappa de nouveau, et avec un « J'arrive » hâtif, elle trouva le drap — et les oreillers — de l'autre côté de la chambre. Comment tout cela avait-il atterri là-bas ? Son cerveau privé de sommeil ne lui fournit aucune réponse.

S'enroulant dans le doux coton, elle clopina jusqu'à la porte. A sa grande surprise, un plateau garni de café — *merci, mon Dieu !* — d'une assiette de fruits exotiques et d'un assortiment de gâteaux était posé sur la moquette du couloir. Avec une longue boîte plate…

Elle s'apprêtait à remercier l'employé de l'hôtel, mais il n'y avait plus personne. Resserrant le drap autour d'elle, elle prit le plateau et poussa la boîte dans la suite d'un pied avec lequel elle referma la porte.

Elle déposa tout sur le lit et se versa une tasse de café

noir. Une fois la caféine en circulation dans son corps, elle souleva le couvercle de la boîte.

Cachés sous un nuage de papier de soie, il y avait une robe portefeuille vert tendre, des dessous de soie — *de la lingerie*, précisa-t-elle mentalement —, une paire de sandales à lanières du même vert, des lunettes de soleil, une brosse à cheveux, quelques produits cosmétiques d'une grande marque française et un sac à main de grand couturier.

Elle resta bouche bée devant le luxueux étalage.

Que diable… ?

Aucun message ?

Ah si ! Elle avisa un morceau de papier plié.

Elle le déplia de ses doigts fébriles.

Il n'y avait aucun nom au bas du message, mais il provenait de Chase : cette écriture audacieuse et illisible ne pouvait appartenir qu'au pilote sexy.

Elle dut relire le texte trois fois avant d'assimiler pour de bon le sens du griffonnage.

« Parti pour Port Laurent en stop.
Visite urgente chez l'assureur.
Note d'hôtel réglée.
Al te conduira à Tukamumu.
Bonne journée. »

« Bonne journée » ? C'était tout ?

Bonne journée ? *Bonne ?* Grâce à quoi ? Au petit déjeuner ? A la boîte de cadeaux ? Aux retrouvailles avec sa sœur ? Au fait qu'il l'avait abandonnée ? A quoi ?

Aucun *Chère Eve.* Aucun *Je t'embrasse.* Aucun *Merci pour cette nuit mémorable, je ne l'oublierai jamais.* Aucun *C'était incroyable. Revoyons-nous.* Aucun *Au revoir, je te souhaite le meilleur.*

Elle refoula les larmes d'humiliation qui montaient. Les questions se bousculaient dans sa tête.

Un : qu'est-ce qu'elle avait cru ?
Deux : qui était Al ?
Et trois…

Elle réalisa soudain qu'on venait vraiment de la laisser tomber avec, pour toute explication, juste quelques mots griffonnés. Quelle goujaterie, après la nuit la plus excitante et la plus passionnée de sa vie !

Elle plaqua la main sur ses lèvres et étouffa un sanglot. Oh mon Dieu ! *Plaquée*. En plein milieu du Pacifique Sud. Sans argent, sans passeport, sans billet d'avion ni vêtements. A part le contenu de la boîte, bien sûr. Des objets de luxe, que Chase avait très vraisemblablement payés lui-même.

La prenait-il pour une escort-girl qu'on rémunère pour services rendus ?

Elle poussa tout de côté et, prise d'une nausée, alla regarder par la grande fenêtre, l'esprit ailleurs.

S'il vous plaît, dites-moi que je ne suis pas devenue ma mère.

Des taches noires dansèrent devant ses yeux. Allait-elle s'évanouir ? Mais sa poitrine devint douloureuse, et elle s'aperçut qu'elle retenait sa respiration. Elle poussa un long soupir syncopé.

Mince. Elle avait trente ans, et un métier — médecin spécialiste. Elle n'avait plus rien d'une fille de dix ans effrayée, paniquée, même, parce qu'on l'avait une fois de plus abandonnée à des étrangers. D'ailleurs, même dans ces conditions-là, elle avait relevé la tête et fait le nécessaire pour protéger sa sœur.

Mais maintenant elle était *seule*. Sa sœur jumelle avait trouvé quelqu'un d'autre à aimer. Dorénavant, ce ne serait plus Eve-et-Amelia-contre-le-monde-entier. Il n'y aurait plus… qu'Eve.

Elle s'efforça de calmer sa respiration. Ruminer ce sentiment d'abandon, cette colère et ce dégoût d'elle-même était puéril et ridicule. De plus, il y avait des problèmes plus urgents. Par exemple, faire remplacer son passeport et sa carte de crédit, ne serait-ce que pour rembourser Chase et restaurer sa fierté en lambeaux. Il devait avoir dépensé au moins deux mille dollars ! Sans compter la chambre d'hôtel de luxe…

Mais au fait… comment un pilote des mers du Sud pouvait-il se permettre d'acheter des marques de luxe ? Surtout quand sa principale source de revenus n'était plus qu'une masse informe de tôles tordues ?

Malheureusement, elle n'eut pas le temps de s'appesantir sur le mystère Chase Gallagher, car le téléphone sonna. Pensant qu'il n'était peut-être pas parti sans au moins un *au revoir*, elle écarta ces questions dérangeantes et décrocha.

Une voix douce et féminine résonna dans le récepteur.

— Docteur Carmichael, c'est Kimiki de la réception. Le pilote vous attend pour vous emmener.

Eve tenta de se convaincre que c'était la fatigue, et pas la déception, qui lui mettait ce goût amer dans la gorge.

Mensonge. Elle *était* déçue. Stupidement, ridiculement déçue.

Pour couronner le tout, elle allait devoir monter dans un autre avion !

— Quoi ? *Déjà ?*

Sans valise, et vêtue d'un drap ?

— Ecoutez, je…, reprit-elle avec difficulté. Bon, peu importe. Dites-lui que je descends dans vingt minutes. Oh ! et aussi, Kimiki, pouvez-vous s'il vous plaît appeler le Dr Tahuru et lui demander des nouvelles de la cliente de l'hôtel que j'ai vue hier ?

— On m'a dit qu'elle se remettait très bien, répondit Kimiki. M. Chase les a emmenés en avion tôt ce matin, elle et son mari.

— Ah b-bon ? balbutia Eve, stupéfaite. Il les a… emmenés ? Lui-même ?

— Oui. Il a acheté un des petits hydravions que l'hôtel utilise pour les visites de l'île et il est parti avant 7 heures.

Acheté ?

— Je… je v-vois.

Elle voyait ? Non. Elle n'y comprenait absolument rien.

Eve, très perturbée, remercia Kimiki et raccrocha. Que faire de cette information ? Une conclusion émergea du chaos. Chase Gallagher avait été tellement pressé de quitter l'île qu'il avait *acheté* le premier moyen de transport disponible pour s'en aller.

Etait-il parti parce qu'il pensait qu'elle ferait une scène ? Qu'elle s'accrocherait ? Ou — quelle humiliation — était-il parti parce qu'il ne voulait plus la revoir ?

C'était une hypothèse stupide, elle avait clairement dit qu'*elle* partirait et avait même *insisté* : c'était une aventure d'une nuit. Seulement, voilà : maintenant, elle avait la nausée, parce que ce qui s'était passé ressemblait à tout sauf à une aventure d'une nuit. A présent, elle savait ce que sa mère avait ressenti quand le dernier homme de sa vie l'avait quittée.

Eve redressa les épaules et se dirigea vers la salle de bains. Elle n'était pas sa mère, il n'était donc pas question de s'effondrer, ni de sombrer dans les dépenses incontrôlées et l'alcool. Ni de rentrer à la maison avec le cœur brisé ou d'enchaîner les aventures débridées pour oublier celle-là !

Eve Carmichael était bien plus forte qu'on ne l'imaginait — elle, une survivante, qui avait surmonté des choses bien plus graves qu'un abandon après la plus belle nuit de sa vie, même s'il s'agissait d'une terrible trahison personnelle !

Elle enfila les vêtements, appliqua le maquillage fourni par Chase et quitta la chambre sans un regard en arrière.

Ses aventures dans les mers du Sud étaient apparemment

terminées. Le soleil brillait, et l'île était de nouveau baignée d'une lumière surnaturelle et d'une brise embaumée. Tout était comme d'habitude.

Sauf elle.

Mais elle s'en sortirait. Tout allait bien. Elle ravala des larmes amères. Il était temps de revenir à la véritable raison de sa présence sur cette île. Amelia. Une fois la question réglée avec son efficacité et son calme habituels, elle rentrerait à la maison et reprendrait le cours de sa vie.

A la réception, Kimiki sourit en apercevant Eve. De fait, elle ne ressemblait plus à une rescapée, elle avait même réussi à masquer ses hématomes et sa pâleur à la perspective de monter dans un autre hydravion. Son enfance lui avait appris à dissimuler ses sentiments. Le cran et la fierté la poussèrent à suivre les indications de Kimiki, et elle alla rejoindre sur la terrasse le pilote qui buvait un café.

Il se leva si promptement qu'il faillit renverser sa chaise. Il était grand et devait avoir une cinquantaine d'années, mais semblait plus jeune.

— Je suis Evelyn Carmichael, dit-elle froidement pour cacher sa nervosité. Désolée de vous avoir fait attendre.

Ils échangèrent une poignée de main.

— Alain Broussard, murmura-t-il, la fixant avec intensité. Je suis très heureux de faire votre connaissance, Evie.

Evie ? Un curieux frisson la parcourut, et elle dégagea sa main.

Devant son trouble, l'homme eut l'air penaud.

— Excusez-moi. Votre sœur vous appelle Evie tout le temps, alors j'ai l'impression de vous connaître.

— Pas de problème. Va pour Evie, déclara-t-elle poliment.

Mais une idée vraiment horrible lui était venue. Il n'y avait qu'une explication possible au fait que sa sœur partage des choses personnelles avec cet homme.

Oh mon Dieu, non !

— Etes-vous… ?

Elle s'interrompit brusquement et eut un rire embarrassé. Elle savait depuis toujours qu'Amelia se cherchait un père, et cet homme-là était assez vieux pour l'être, bon sang !

Comment, sans être impolie, demander à un quinquagénaire s'il est le fiancé de votre sœur ?

Elle en oublia ses propres problèmes. Amelia s'apprêtait à commettre une erreur gravissime…

— Nous pourrons parler pendant le vol jusqu'à Tukamumu, si vous le voulez bien, dit gentiment Al. Amelia meurt d'impatience de vous voir.

L'hydravion survolait à faible altitude une poignée de petites îles à la végétation dense, groupées autour d'une île volcanique beaucoup plus grande. Comme pour embrasser le petit archipel, une langue de sable entourait ces îles.

Waouh ! C'était beau à couper le souffle.

La stupéfaction d'Eve amusait manifestement le pilote.

— Tukamumu, dit-il, criant presque. L'île la plus proche est Rangi-ura — l'hôtel.

Jamais — même dans ses rêves les plus fous — Eve n'aurait pu imaginer d'endroit plus parfait. Pas étonnant qu'Amelia soit tombée sous le charme : on aurait cru cette île sortie d'un roman d'amour.

— Et là-bas ? demanda-t-elle, pointant l'index en direction d'une autre île, plus petite et plus rocailleuse.

— Ça, c'est Matariki. C'est une île privée. Si vous regardez bien, vous verrez la maison.

Plissant les yeux, elle distingua vaguement une structure basse, sur un sol recouvert d'une jungle épaisse. Un escalier de pierre menait à une plage immaculée et une jetée en bois.

Tout cela formait un cadre irréel, et comme sorti d'un film.

— Et quelqu'un vit là ?

Alain dirigea vers elle un regard intrigant et acquiesça d'un signe de la tête. Mais elle n'eut pas le temps de poser plus de questions. Ils approchaient d'un lagon d'un bleu transparent.

Al posa l'hydravion et le dirigea tout droit vers une partie de la plage qui, à en juger par les parasols en paille et les chaises longues, appartenait à l'hôtel.

Il ne fallut qu'une seconde à Eve pour repérer sa sœur jumelle. Malgré le soulagement intense et la joie, elle eut un énorme choc.

— Oh mon Dieu ! Elle est… *enceinte* ?

11.

Stupéfaite, Eve regarda longuement, par la vitre du cockpit, la silhouette qui agitait la main avec enthousiasme dans sa direction. Puis elle se tourna, furieuse, vers le pilote. Il avait profité d'une femme beaucoup plus jeune que lui et en manque d'amour et de tendresse !

— Elle est *enceinte* ? dit-elle de nouveau.

Alain vint placer l'hydravion tout près du rivage et coupa les moteurs.

— Je lui avais conseillé de vous préparer, mais elle a tenu à vous faire la surprise.

L'indignation d'Eve monta d'un cran. Pour une surprise, c'était une surprise ! Et un choc, aussi — parce que le ventre de sa sœur était énorme.

Et elle ne lui avait même pas parlé de sa grossesse.

Au fil des années, elles avaient tout partagé. Leurs premiers mots, leurs premières dents, leurs premiers pas. Leurs premiers rendez-vous, aussi, et la première fois où elles avaient fait l'amour. Comment Amelia avait-elle pu lui cacher une nouvelle aussi énorme, un pareil bouleversement ? Et elle avait fait un enfant avec un homme assez âgé pour être son père !

Heureusement, Eve n'eut pas le temps de développer sa crise d'indignation. Alain la libéra de sa ceinture et l'aida à descendre de l'appareil. L'instant d'après, Amelia se jetait sur Eve et la serrait avec force — autant que le lui permettait son énorme ventre.

— Tu es saine et sauve, dit-elle avec ferveur. J'ai cru… J'ai cru… oh mon Dieu !

Elle se recula, et son regard bleu plein de larmes repéra les ecchymoses habilement masquées par sa sœur.

— Voilà que je te gronde, maintenant, alors que c'est toi qui devrais me gronder.

Elle renifla et pouffa en même temps. Etait-ce en réaction à l'expression du visage d'Eve, qui devait être à la fois angoissée et choquée. Non, elle n'était plus la personne qui comptait le plus dans la vie d'Amelia…

— Apparemment, tu ne m'as pas caché seulement ton fiancé, dit posément Eve en essuyant les larmes qui coulaient sur les joues de sa jumelle.

— Je sais — et je regrette, vraiment. Mais tu vois…

Amelia se mordit la lèvre, et adressa à l'homme debout derrière Eve un regard rempli de culpabilité et d'appréhension.

— Tu aurais dû lui en parler, Lia, dit-il. Ce n'est pas bien de tout déballer d'un seul coup, comme ça.

Amelia — *Lia ?* — adressa un regard inquiet à Eve.

— Je sais, papa. Je regrette. Mais, si je lui en avais parlé, elle aurait refusé de venir.

Quoi ? Incrédule, Eve effectua observa tour à tour sa sœur et Al.

Dieu merci, ce n'était pas son fiancé. Mais pourquoi… P-papa ?

Eve eut l'impression que son monde vacillait et s'écroulait à ses pieds.

— « Papa » ?… Mais qu'est-ce que ça veut dire ? Si c'est une blague, ce n'est pas… Ce n'est pas…

Prise d'un vertige, elle porta la main à sa tête.

Inquiet, Alain fit un pas dans sa direction, et, durant un instant, le soleil se refléta dans ses yeux. Elle sentit ses genoux se dérober sous elle. Ces yeux étaient… exactement les mêmes que les siens.

Non, ce n'était pas possible ! Elle eut un mouvement de recul, pour fuir ces mains qui se tendaient vers elle. Pour fuir l'incroyable vérité.

Allait-elle se réveiller — sortir de ce cauchemar ?

Ce fut sa dernière pensée.

Eve ouvrit les yeux. Etait-elle revenue à la case départ, allongée sur un vieux canapé en rotin dans la salle d'attente de Tiki Sea & Air, un dieu marin sexy penché sur elle ?

Malheureusement, ou pas, le dieu marin inquiet n'était pas son pilote sexy et grincheux, mais une version de Chase plus jeune et plus douce, avec des yeux bruns. Toutefois, la ressemblance était étonnante.

Prise de nausées, elle plaqua une main tremblante sur son ventre, et Amelia, en larmes et *enceinte*, écarta sans ménagement le dieu marin. Avant qu'Eve ait pu protester, sa sœur jumelle s'était jetée sur elle et sanglotait dans son cou, la comprimant sous son énorme ventre en forme de ballon.

La version de Chase plus jeune — oh mon Dieu, elle avait dit à Chase qu'elle était venue pour empêcher sa sœur d'épouser un loser — adressa une moue d'excuse à Eve et desserra doucement les mains d'Amelia qui l'étranglait.

— Lia, ma chérie, tu l'étouffes, dit-il, apaisant. Elle devient toute bleue.

Avec un rire nerveux, Amelia lâcha prise et s'affaissa sur le parquet à côté du canapé — qui n'était pas du tout vieux mais luxueux et confortable, comme le reste de la grande pièce dans laquelle ils se trouvaient.

Avant qu'elle ait pu détailler le décor, son regard s'arrêta brusquement sur la quatrième personne présente dans la pièce. Alain… *Al*… Broussard. Le pilote. Son… *père* ?

Elle eut l'impression que son cœur allait éclater.

Tout pâle, le frère de Chase se redressa.

— Je crois que nous aurions besoin de boire quelque chose.

— Je vais t'aider, Jude, dit Alain, posant sur Eve un regard plein d'une étrange tendresse.

Il avait des yeux si semblables aux siens que c'en était inconcevable.

Restée seule avec sa sœur, Eve s'assit avec un soupir.

La migraine lui martelait la tête, et elle aurait aimé remonter le cours du temps. Jusqu'à la nuit d'avant… aux trois jours précédents… quand Chase et elle…

Soudain, la vérité l'aveugla. *Chase. Oh mon Dieu !* Puis l'humiliation l'envahit, mêlée à une bonne dose de colère. Il savait. *Forcément.* Il était au courant de… *ça.* Elle fixa le ventre gonflé de sa sœur. Et il n'avait pas dit un mot en l'entendant radoter, affirmant qu'elle partirait dès qu'elle aurait empêché Amelia d'épouser un homme qu'elle connaissait *à peine.*

Larmoyante, la voix de sa sœur interrompit brusquement ses pensées.

— Tu es vraiment fâchée ? demanda Amelia avec un regard plein d'appréhension et d'espoir.

— Ecoute… Je suis venue ici pour t'empêcher d'épouser un homme que tu connaissais à peine. Et… voilà que je te trouve enceinte jusqu'aux yeux et vivant déjà avec ce garçon que tu « connais à peine ». Et ce… père ? Je ne comprends rien à cette histoire.

— *Notre* père à toutes les deux.

— Tu n'en sais rien, dit Eve, se massant les tempes.

— Je sais très bien ce qu'il en est, répliqua doucement Amelia. Toute ta vie, tu t'es sentie différente à cause de tes yeux *bizarres.* C'est ton mot, pas le mien ! Tes yeux étaient différents de ceux du reste de la famille, et ça te tracassait. Mais, quand j'ai vu Alain — *papa* —, j'ai su.

Il y a peu de chances que deux personnes n'ayant aucun lien du sang aient exactement les mêmes yeux, de la même forme et de la même couleur ! Et devine de quoi d'autre tu as hérité ?

— De l'envie de t'étrangler ? demanda, sèchement, Eve.

Sa sœur éclata de rire et la gratifia d'une accolade.

— Non, idiote. Il est médecin, lui aussi ! Médecin militaire, en fait. Il était en poste à Hawaï quand il a rencontré maman. Maintenant, il s'occupe d'un petit cabinet médical en ville.

Médecin militaire ? Quelle surprise — cela expliquait peut-être le goût d'Eve pour la médecine.

— Tu étais décidée à retrouver notre père, même quand je te disais de ne pas perdre ton temps ni ton argent dans ces recherches qui n'aboutissaient jamais, dit Amelia... Des recherches pour retrouver un homme qui avait abandonné notre mère quand elle avait découvert qu'elle était enceinte ? Eh bien, il ne savait même pas qu'elle était enceinte ! Maman a menti. Avant même qu'elle ait su qu'elle était enceinte, le régiment de papa avait été redéployé. Il n'a jamais su, pour nous.

Eve se souvint de tous les mensonges de sa mère — à elles, à ses innombrables hommes... Cela ressemblait bien à Chloe, de manipuler tout le monde afin qu'on la plaigne.

— Et la meilleure chose, c'est que nous pouvons former une *vraie* famille, maintenant... Comme nous en avons toujours rêvé. Je meurs d'impatience que tu apprennes à le connaître, Evie. Il est merveilleux. Tout le monde l'adore.

— Et ton fiancé ?

— Jude ? Nous nous sommes rencontrés à Hawaï. Il assistait à un séminaire hôtelier, et moi je chantais au night-club de l'hôtel quand il est entré. Ça s'est passé exactement comme maman l'avait décrit : les yeux qui se croisent dans une salle remplie de monde, et — wham ! — le coup de foudre.

Pour ne pas refroidir l'enthousiasme de sa sœur, Eve s'abstint de lui rappeler où les « coups de foudre » avaient mené leur mère.

— Alors que fais-tu ici ?

— C'est chez lui. Enfin, c'est chez Chase, mais Jude gère tout, dit Amelia, sans mesurer le choc que ses mots infligeaient à Eve.

D'abord un hydravion, et maintenant un complexe hôtelier ?

— J'en conclus que je n'arriverai pas à te convaincre de rentrer ?

— *Non !* répondit Amelia, l'air horrifié. J'aime Jude plus que tout. C'est mon âme sœur. Et papa aussi est là. Je ne retournerai jamais là-bas.

Eve remarqua qu'elle n'avait pas été mentionnée et ravala son amertume. Mais sa sœur lui prit la main et la serra.

— Tu sais que je t'aime, Evie. Je t'aimerai toujours. Tu es ma jumelle. Ma meilleure amie. Mais je ne peux pas rentrer. Même pour toi. Je voudrais que tu restes… même après le mariage.

Eve allait lui rappeler ses obligations professionnelles, mais Amelia poursuivit :

— Reste au moins jusqu'à l'accouchement. J'ai toujours voulu que tu sois présente quand mon bébé naîtrait.

Eve lui adressa un coup d'œil ironique.

— Tu portes des jumeaux, tu le sais, n'est-ce pas ?

L'air surpris d'Amelia était démenti par le petit sourire qui jouait aux commissures de ses lèvres.

— Qu'est-ce qui te fait dire ça ?

— A part le fait que tu as l'air d'être enceinte de douze mois ?

Amelia pouffa.

— Oui. A part ça.

Eve posa les doigts sur le poignet de sa sœur pour contrôler le pouls.

— Je te rappelle que je suis gynécologue-obstétricienne, tu n'as pas oublié, quand même ? Les jumeaux ont plus de chances d'avoir des jumeaux. Et aucune femme enceinte ne peut être aussi volumineuse avec un seul bébé. A moins que tu aies avalé un ballon de plage ?

Amelia prit la main d'Eve et la plaça sur son ventre rond.

— Pas un ballon de plage, murmura-t-elle, rêveuse. J'attends simplement deux magnifiques petites filles, blotties tout près l'une de l'autre. Exactement comme nous.

Soudain, le ventre gonflé bougea sous la main d'Eve qui ne put s'empêcher de sourire.

Elle allait devenir tatie. Et bientôt, apparemment.

Amelia inspira par à-coups.

— J'ai peur, Evie, dit-elle, sincère, mais je meurs d'impatience de les voir. Je vais être la meilleure maman qui soit, je le promets.

Bouleversée, Eve prit le visage de sa sœur entre ses mains. Elles n'avaient pas eu le meilleur modèle maternel…

— Je sais que tu le seras, ma chérie. Je crois bien que tu as trouvé le bonheur, finalement.

Et que tu n'as plus besoin de moi.

— Oui. Toi aussi tu le trouveras, je le sais. Peut-être plus tôt que tu ne le penses. Il y a une croyance locale qui dit que, si on rencontre quelqu'un juste avant que le soleil plonge dans la mer, cette personne sera l'âme sœur qu'on attend.

— Oui, c'est ça. Et la petite souris emportait vraiment nos dents de lait quand nous avions six ans.

Elles rirent de bon cœur.

— Tu sembles être dans une forme éblouissante, dit Eve quand elles reprirent leur sérieux. Comment te sens-tu ?

— Oh ! merveilleusement bien, répondit Amelia avec un sourire radieux. Maintenant que tu es là, tout est parfait.

Un soir, une semaine plus tard, Eve s'excusa et quitta la table du dîner. Elle avait besoin de souffler. Les regards amoureux d'Amelia et Jude, leurs conversations sur les bébés, les mariages et la famille, tout cela lui donnait la migraine.

Ou du moins, c'était ce qu'elle se disait. La vérité était plus difficile à admettre : à sa grande honte, elle était jalouse. Pour quelle raison enviait-elle sa sœur, elle n'en avait aucune idée, car c'était merveilleux qu'Amelia ait enfin trouvé la stabilité.

Quant à elle, l'avenir lui appartenait. Elle avait pu accéder à ses messages. On lui offrait un poste comme associée dans un cabinet médical de Washington. Exactement ce pour quoi elle avait travaillé si dur et si longtemps !

Alors, pourquoi avait-elle demandé quelques jours de réflexion ? Et pourquoi l'idée de rentrer lui avait-elle laissé un sentiment d'abattement ?

Elle se dirigea vers la plage. Elle voulait être seule et démêler le tumulte d'émotions où alternaient bonheur, angoisse et sentiment de vide.

Avec un soupir, elle ôta ses sandales et goûta la sensation du sable chaud et fin sous ses pieds avant de marcher dans l'eau fraîche et transparente du bord.

Au cours de la semaine précédente, elle n'avait pas réussi à oublier Chase et avait même rêvé de lui. Souvent…

Pourtant, elle s'était activée, veillant sur sa sœur et passant plusieurs heures par jour avec Alain — qu'elle n'arrivait toujours pas à considérer comme son père — dans le petit cabinet médical. Cela s'était révélé agréable — le cabinet médical plus que son père, même si elle apprenait à le connaître et devait avouer qu'elle était plutôt contente qu'Amelia l'ait retrouvé.

Pourtant, malgré les circonstances — ou peut-être à cause d'elles —, elle se sentait terriblement seule.

Il était temps de rentrer — de retourner vers sa vie et son travail. Là-bas, elle n'aurait pas le temps de s'appesantir sur des choses qu'elle ne pouvait pas changer — et qu'elle n'était pas sûre de vouloir changer.

Elle regarda l'énorme boule rougeoyante s'attarder paresseusement sur l'horizon lointain et prit une décision pénible. Ce soir, elle accepterait le poste à Washington, parce que sa sœur n'avait plus besoin d'elle. Même si l'île était belle et tranquille, rien ne l'y retenait.

Rien du tout.

12.

En voyant la silhouette solitaire immobile au bord de l'eau, dans une robe légère, Chase s'arrêta net. D'instinct, il sut que c'était elle.

Eve.

Son cœur battit plus vite, et son corps frissonna de désir, mais la solitude qui émanait d'elle lui serra le cœur.

Pourtant, il n'avait aucune envie d'éprouver *ça*. Quoi, exactement ? Ce n'était pas très clair. En tout cas, une nuit n'avait pas suffi à calmer le désir qu'elle lui inspirait.

Parce que, entre eux, le sexe avait été incroyable. Le genre de nuit que tout le monde rêvait de connaître.

Et pourtant, Eve allait partir — et bientôt, d'après Jude. Elle avait reçu une proposition d'une clinique réputée de Washington et s'en irait dès que son nouveau passeport arriverait.

Ou même avant. Chase était retourné sur le lieu du crash, et il avait trouvé l'ordinateur portable et le sac d'Eve. Au lieu de les faire suivre, il les avait rapportés à Port Laurent sans en parler à personne. Pourquoi ? Lui-même n'en savait rien. Ce qu'il savait, c'était que leur nuit d'amour n'avait pas calmé ses ardeurs. Et il s'était interrogé sur l'étrange trouble qui l'habitait depuis quelque temps.

Maintenant qu'il se tenait là, témoin de la solitude d'Eve, il comprenait la nature de ce trouble.

C'était de la solitude. Il se sentait seul. A cause d'Eve.

Avant elle, il avait été heureux, allant d'île en île dans

son avion, libre comme un oiseau, suivant ses envies. Il avait fallu un crash avec un médecin stressé à la peau claire et soyeuse, aux yeux ambre doré, pour qu'il comprenne ce qui lui manquait. *Un lien*. Oui, c'était cela qui lui manquait. Un lien avec quelqu'un d'autre que les gens de sa famille. Un lien intime et personnel.

Il aurait presque pensé qu'il était am…

Quoi ? Un instant, il oublia de respirer et plaqua la main sur son cœur. *Amoureux ?* Non. C'était impossible. Il était seulement en train de faire un infarctus…

Super. Il était *amoureux* — d'une femme si peu faite pour lui qu'elle aurait tout aussi bien pu venir d'une autre planète.

Le cœur battant la chamade, il décocha un regard noir à Eve, debout en plein milieu du paradis comme si elle était innocente de lui avoir volé son cœur et son âme ! Et voilà que, sans qu'il l'ait décidé, ses pas le portaient vers elle !

Eh bien, il allait lui dire ce qu'il pensait ! Comment osait-elle le rendre fou ? Pour qui se prenait-elle, à venir là et à mettre sens dessus dessous sa vie insouciante ?

Quand il la rejoignit, elle se raidit, visiblement envahie elle aussi par des sentiments mêlés.

— Va-t'en, lâcha-t-elle, lui tournant le dos comme si sa vue lui était insupportable et s'éloignant d'un pas décidé.

Mais il ne pouvait pas renoncer sans se battre.

— C'est ta faute ! dit-il.

Elle s'arrêta net et fit volte-face, le visage voilé par le crépuscule.

— Ma faute ? C'est *ma faute* ? demanda-t-elle d'un ton incrédule.

— Tu avais dit « une seule nuit », répondit-il, malicieux comme un enfant. Alors je t'ai donné ce que tu voulais.

— Tu ne sais pas ce que je veux, Gallagher. Tu n'es pas resté avec moi assez longtemps pour le découvrir.

A court de réponse, il trouva enfin une idée.

— Il paraît que tu passes du temps avec ton père ?

— Ah bon ? fit-elle, glaciale. C'est de *ça* que nous allons parler ? De mon *père* ? Un homme que tu connaissais mais dont tu n'as pas jugé utile de me signaler l'existence ? D'ailleurs, tu m'as aussi caché que ton frère avait fait deux bébés à ma sœur !

Dans la pénombre, leurs regards se fondirent l'un dans l'autre. Bouleversé, il ouvrit la bouche pour dire… quoi ? Il ne pensait qu'à une seule chose : la prendre entre ses bras et l'embrasser comme un fou.

Comme il ne répondait pas, elle poussa un soupir à la fois déçu et volontaire.

— Tu sais quoi ? Tout ça n'a plus aucune importance, parce que je m'en vais.

— Tu… t'en vas ? murmura-t-il, soudain glacé.

— Oui. Demain, ou peut-être après-demain.

Elle pivota sur ses talons, mais il la saisit par le poignet.

— Comme ça ? Tu laisserais ta sœur jumelle et ses bébés ? Ce sont tes *nièces*, bon sang. Et ton père ?

Elle dégagea son bras et se retourna brusquement, le corps vibrant d'une rage mal contenue.

— *Lui ?* C'est un étranger, un homme dont je ne connaissais pas l'existence il y a encore huit jours. Un homme qui n'avait rien à faire de la femme à laquelle il avait fait deux bébés. Il n'a même pas laissé d'adresse pour faire suivre le courrier… C'est moi qui ai dû m'occuper de tout le monde : ma mère, ma sœur, puis ma grand-mère. Parce que la belle, talentueuse et enjouée Chloe était bien trop occupée à chercher l'homme suivant, le job de rêve suivant, l'aventure suivante. Ça lui était bien égal que ses filles aient faim ou qu'elles portent des vêtements dont même les associations de bienfaisance ne voulaient pas. Ou que sa mère soit trop malade pour assurer deux métiers et s'occuper de deux petites filles. Il était là, mon père, quand les amis de ma mère se glissaient dans notre chambre la nuit ?

— Est-ce qu'ils… ? demanda Chase, incapable de formuler les horribles choses qu'il imaginait.

— Non, répondit-elle posément, mais ce n'est pas faute d'avoir essayé. Avec le premier, je me suis débattue et j'ai hurlé de toutes mes forces jusqu'à ce que ma mère le mette dehors. Ensuite, j'ai appris à me défendre et à défendre Amelia. Bien sûr, ça ne s'est pas arrêté, mais notre voisine, Mme Friedman, était une gentille vieille dame. Quand cela tournait mal, nous prenions l'escalier de secours pour nous réfugier chez elle.

— Eve…

— Ça n'a plus d'importance. Je me suis juré de faire quelque chose de ma vie et je l'ai fait. Amelia n'a plus besoin de moi. Elle sera heureuse. Elle a Jude et les bébés, plus la maison et la famille dont elle a toujours rêvé.

Il aperçut ses yeux trop brillants, et sa gorge se serra. Il résista à l'envie de l'emprisonner entre ses bras et de lui promettre qu'elle ne serait jamais seule. Parce que, après avoir entendu ce qu'elle avait dû subir, avec la force et le courage d'une petite fille décidée à protéger sa sœur jumelle… mon Dieu, comment aurait-il pu ne pas l'aimer et ne pas avoir envie de lui offrir tout ce qu'elle voulait — tout ce qu'elle méritait ?

— Et toi, Eve ? Qu'est-ce que *tu* souhaites ?

Après un court silence, elle se retourna.

— Rien…

Il n'eut pas le temps de lâcher les mots stupides qui lui tourbillonnaient dans la tête : Jude venait en courant dans leur direction.

— Eve ! dit-il, affolé. Viens vite. C'est… c'est Lia.

13.

Une boule d'angoisse dans la gorge, Eve releva sa robe et remonta la plage en courant vers la maison. Sa sœur avait été pâle et fatiguée toute la journée et, malgré son insistance à répéter qu'elle allait bien, Eve l'avait obligée à se reposer. Sa pression artérielle, un peu élevée, était redescendue après le repos, mais elle s'était plainte d'un mal au dos persistant.

Amelia en était presque à trente-quatre semaines de grossesse — presque à terme pour une grossesse gémellaire —, et une douleur dorsale n'avait rien d'anormal. C'était aussi à ce stade que leur mère était morte au cours de sa seconde grossesse. Chloe n'avait pas reçu le genre de soins que Jude avait procurés à Amelia, mais des problèmes étaient toujours susceptibles de se produire.

De toute évidence, Jude avait les moyens de chouchouter sa famille. Pour parer à toute éventualité, il avait fait installer une nursery-salle d'accouchement avec deux couveuses, une réserve d'oxygène et une trousse d'urgence complète.

Les deux frères Gallagher sur les talons, Eve gravit l'escalier et se précipita dans la maison.

— Amelia, où es-tu ? appela-t-elle à pleins poumons.

— Ici ! répondit son père sur le même ton, depuis le salon.

Au même instant, un cri déchira le silence.

Dans le salon, Eve trouva son père à genoux à côté de sa sœur assise sur le parquet et courbée en avant. La tache sombre autour d'Amelia confirma les pires craintes d'Eve. La poche des eaux s'était rompue.

— Que s'est-il passé ? demanda Eve.

— Elle s'est levée de la table et… soudain elle a crispé les mains sur son ventre, répondit Jude, livide.

Alain aussi était pâle et repoussait d'une main tremblant imperceptiblement les cheveux d'Amelia. Il avait probablement passé toute sa carrière militaire à s'occuper d'hommes et ne connaissait rien à la mise au monde de prématurés. De plus, le stress montait toujours en flèche quand il s'agissait d'un proche.

— Jude, aide-moi à l'emmener à la nursery, dit Eve en contrôlant le pouls de sa sœur. Chase, va dans la nursery, branche les couveuses et prépare le matériel stérile. J'aurai aussi besoin d'un vieux T-shirt propre et d'un short. Papa, prépare le kit d'urgence. Nous risquons d'en avoir besoin.

Pendant une seconde, tout le monde se figea, même Amelia pourtant penchée en avant, les mains sur le ventre. Tous braquaient des yeux sidérés sur Eve.

— Qu'est-ce qu'il y a ? demanda-t-elle. Je vais trop vite ? Bien, je reprends plus lentement. Jude…

— Non, répondit Amelia, haletante.

Elle saisit la main d'Eve et la broya littéralement quand la contraction atteignit son maximum.

— Tu… tu… l'as… appelé… « papa ».

Eve sentit l'inquiétude l'envahir. Le pouls de sa sœur était très rapide — il y avait un problème.

— Qui ? demanda-t-elle distraitement.

Alain et Chase quittèrent la pièce.

— « Papa-a-a-a » ! cria-t-elle, prise d'une nouvelle contraction. Alain, tu… l'as appelé « papa ».

— Ne dis pas de bêtise, répondit Eve en se tournant vers son futur beau-frère. Jude, on y va. *Tout de suite !*

Comme s'il sortait d'une transe, Jude sursauta. En

quelques secondes, Eve et lui aidèrent Amelia à se relever et la portèrent presque jusqu'à la nursery.

Là, Eve aida sa sœur à s'allonger sur le côté.

— On ne touche à rien avant de s'être lavé les mains ! Remonte les genoux jusqu'à ton ventre, ma chérie. Tu seras mieux pendant que je me préparerai et tu ne seras pas tentée de pousser. Jude, ne la quitte pas. Respire avec elle.

— Je… ne crois pas que j'y arriverai, répondit-il, affolé.

Comme Amelia poussait un autre cri déchirant, Eve saisit le bras de Jude.

— Si, tu vas y arriver, murmura-t-elle d'un ton ferme. Ça va être un peu rude pour elle, et elle va avoir besoin que tu sois fort. Mais je suis là.

Jude inspira profondément et hocha la tête.

— C'est entendu. Où… veux-tu que je me mette ?

— Aide-la simplement à respirer. Je vais me laver les mains.

Quand elle eut ôté sa robe et enfilé le T-shirt et le short qu'avait apportés Chase, Eve se brossa les mains et mit la blouse stérile que lui tendait son père.

Chase se tenait sur le seuil, près de la porte, l'air inquiet. Il aurait visiblement préféré se trouver à des centaines de kilomètres, mais il était là. Il avait choisi de réapparaître après huit jours de silence, alors autant qu'il se rende utile.

— Je vais avoir besoin de toi, dit-elle, le regardant droit dans les yeux.

C'était embarrassant à dire, vu ce qu'elle lui avait assené sur la plage, mais tant pis !

Il resta bouche bée.

— Qu'est-ce que… tu dis ?

Devant son air traqué, elle réprima une envie de sourire.

— Tout le monde sur le pont.

— Et Jude et… et Al ?

— Ils vont être très occupés et ils ne pourront pas m’aider pour l’accouchement.

Il pâlit.

— L’accouchement ? Oh non ! Il n’est pas question que je fasse… ça.

Eve contrôla son agacement.

— Est-ce que tu répares tes avions ?

— Quel rapport… ?

— Considère l’accouchement comme de la mécanique.

— Tu plaisantes, non ? Je ne supporte pas la vue du sang ! Pourquoi est-ce qu’elle crie comme ça ? Elle va mourir ?

Eve saisit le sphygmomanomètre et se plaça à genoux devant le bas du lit sur lequel Alain avait déjà posé une feuille de plastique.

— Non, elle ne va pas mourir. Jude, place-toi derrière Amelia pour lui soutenir les épaules. Ne la laisse pas s’allonger à plat. Papa, où est le monitoring fœtal ?

Se retournant, elle aperçut Chase toujours hésitant sur le seuil.

— Est-ce que je peux compter sur toi ?

Le regard de Chase prit une intense et mystérieuse nuance gris orage.

— Toujours, répondit-il enfin.

Un étrange frisson remonta le long du dos d’Eve.

— Bien, dit-elle, refoulant son émotion. Alors apporte cette alèse jetable et aide-moi à la glisser sous elle.

Quand Alain eut branché le monitoring fœtal, le sphygmomanomètre indiqua une pression artérielle un peu élevée mais pas inquiétante.

Soudain, Amelia inspira bruyamment, et son dos s’arqua sous l’effet d’une forte contraction.

— Ça va passer, murmura Eve. Respire. Respire, ma chérie, mais essaie de ne pas pousser.

Sa sœur saisit la chemise de Jude.

— Il… faut… que je pousse ! cria-t-elle, haletante.

— Pas encore. Je vois l'épaule d'un bébé, et il va falloir que je le repositionne.

Amelia émit un nouveau long vagissement qui aurait terrifié Eve si elle n'avait pas eu l'habitude des femmes en travail, puis, grimaçant de douleur, agrippa avec force les deux avant-bras de son compagnon.

— Jude, dit Eve, j'ai besoin que tu l'aides à rester calme pendant que je manipulerai le bébé. Tu vas y arriver ?

— Euh… oui… bien sûr. A rester calme. Entendu, répondit-il, l'air traumatisé.

Amelia se mit à sangloter, répétant qu'elle n'y arriverait pas et qu'elle ne voulait plus.

Eve lui serra doucement le genou.

— Tu vas y arriver, ma chérie. Détends-toi une minute pendant que je repositionne la petite. Après ça, elle sortira tout de suite, tu comprends ?

Leur père fixait le monitoring fœtal d'un air inquiet.

— Alain… Papa ?

Elle lut rapidement le chiffre du rythme cardiaque ; il montait, bien au-delà de cent quarante.

— Est-ce que tu peux contrôler l'autre épaule du bébé et ses fesses pendant que je le repositionnerai ?

— Aucun problème, répondit Al, délibérément chaleureux et rassurant, en appliquant ses larges mains sur le ventre tendu d'Amelia.

— Qu'est-ce qui ne va pas ? demanda Jude, paniqué.

— Tout va bien, répondit Eve avec un calme qu'elle était loin de ressentir. Continue comme ça, Jude. Et toi, Amelia, pour l'amour du ciel, ne pousse pas avant que je te le dise.

Sa sœur répondit par une sorte de feulement sourd qu'Eve aurait trouvé amusant en d'autres circonstances.

Elle glissa doucement deux doigts sous l'épaule gauche

du bébé et la repoussa jusqu'à ce qu'elle disparaisse. Puis elle trouva sous ses doigts l'arrière du cou et la tête, qu'elle soutint pour placer avec précaution l'enfant dans une meilleure position. Quelques secondes plus tard, la tête apparut.

— Dieu merci, lâcha-t-elle, soulagée. Tu te débrouilles très bien, Amelia. Tu vas bientôt pouvoir pousser.

Quand une nouvelle contraction se produisit, Amelia cria et cambra le dos.

Jude saisit le T-shirt d'Eve et le tira brusquement.

— Ça va la tuer ! Fais quelque chose !

D'une torsion du buste, Eve se dégagea, sans quitter du regard la tête du bébé.

— Reprends-toi, Jude, dit-elle calmement. Amelia doit pouvoir compter sur toi.

— Elle peut… Elle compte sur moi… Oh mon Dieu ! Ça ne va pas recommencer ! Ça ne va *pas* recommencer !

De nouveau, il saisit Eve et la secoua.

— Eh, frangin…

Chase apparut soudain près d'Eve et repoussa la main de Jude.

— On t'entend jusqu'à Honolulu. Reprends-toi, mon vieux. Eve sait ce qu'elle fait. Laisse-la tranquille.

— Ça va, murmura-t-elle avec gratitude, avant d'adresser un sourire d'encouragement à Jude. Les papas ont tendance à devenir un peu nerveux. C'est permis.

Le regard brun de Jude s'embruma, et Eve sentit l'émotion la gagner, elle aussi.

— On s'y met maintenant, Amelia. A la prochaine contraction, tu pourras pousser… Oui. Comme ça. Très bien. Encore. Nous y sommes presque.

La petite tête du bébé apparut, le visage tourné vers le bas, et une épaule encore remontée. Eve soutint légèrement la tête et le cou.

— Respire encore pendant la contraction suivante.

Elle dégagea l'épaule gauche du bébé.

— C'est super, dit-elle, prenant la serviette que lui tendait son père. Encore une fois, et tu pourras embrasser ta fille. Comment allons-nous l'appeler ?

— Is... Isabella, répondit Amelia.

Le reste de l'enfant glissa dans les mains qui l'attendaient.

— Je l'ai ! annonça Eve, triomphante. Isabella. Elle est très belle.

Le bébé laissa échapper un petit cri étouffé, puis un autre, vigoureux, ses petits poings protestant contre le traitement indigne qu'il venait de subir. Amelia riait et pleurait, haletante et épuisée. Eve sécha Isabella, puis Alain posa une pince sur le cordon ombilical, qu'il coupa.

Quand Eve échangea la serviette humide contre la serviette sèche que lui tendait Chase, leurs regards se fondirent un instant l'un dans l'autre. Elle s'immobilisa, et, soudain, la pièce et ses occupants disparurent, les laissant tous les deux dans un espace vide.

Les oreilles bourdonnantes et le cœur affolé, elle sentit un frisson lui parcourir la peau. Quelque chose de profond venait d'arriver. L'instant d'après, la vérité lui apparut, aveuglante comme un néon dans le noir.

Oh mon Dieu ! L'impensable s'était produit. Un suicide émotionnel ! En *trois jours*, elle était tombée amoureuse d'un pilote sexy et grincheux qui ne l'aimait *pas* !

Il avait même *acheté* un avion pour s'éloigner d'elle !

Eve avait regardé Chase comme s'il n'y avait eu que lui dans la pièce et, l'instant d'après, elle avait eu l'air stupéfaite, comme s'il lui était arrivé quelque chose de bouleversant — et d'horrible.

Il la prit par les épaules au moment où elle vacillait. Avait-elle un problème ? Ou le bébé ? Ou Amelia ?

Celle-ci geignait de nouveau, le dos creusé.

— Oh mon Dieu, faites quelque chose ! répétait-elle.

— Euh… Evelyn, ma chérie, je crois que nous avons un problème, dit Alain.

— Tiens, souffla Eve, tendant le bébé à Chase.

Le cœur battant, il regarda le minuscule visage avec ses grands yeux, son mignon petit nez et ses lèvres roses. Que diable était-il censé faire avec un fragile petit bout qui pesait aussi lourd qu'un chaton ? Il n'avait jamais tenu de bébé de sa vie ! Et s'il le laissait tomber ? Et si… ?

— Garde-la au chaud, et garde un œil sur sa respiration et sa couleur, dit Eve.

— Mais… Attends ! Je…

— J'ai du travail, là.

De nouveau, Amelia, tendue comme un arc, poussa un cri grinçant. Quand du sang attira le regard de Chase, il eut l'impression que tout basculait autour de lui. Il y avait beaucoup de sang. Une hémorragie !

Aussitôt, Eve donna des directives d'une voix calme et ferme.

Chase recula en titubant jusqu'à ce que son épaule heurte le mur derrière lui. Eve mentionna quelque chose comme « rupture du placenta » et donna des ordres à Al.

Il y avait un problème. Et c'était grave.

Chase regarda la fillette minuscule dans ses bras.

— Il faut que tu sois forte, Bella. Ta maman a besoin de toi. Et ta sœur aussi.

La petite fille battit des paupières, et un pli lui barra le front. L'espace d'un instant, il crut qu'elle l'avait compris, mais c'était impossible. Les bébés ne voyaient pas distinctement ou, du moins, c'était ce qu'il avait entendu dire.

Ensuite, tout se passa très vite. Malgré son estomac

noué, Chase ne pouvait détacher ses yeux d'Eve, qui gérait la crise avec calme et autorité.

Alain effectua, directement dans le ventre d'Amelia, une injection qui fit tanguer l'estomac de Chase. A l'aide d'un tampon d'ouate, Eve enduisit l'abdomen tendu avec un liquide brunâtre. Chase, au bord du vertige, pensa s'évanouir, mais Eve aurait alors eu *deux* problèmes à gérer. Il serra alors le bébé contre sa poitrine, comme pour le protéger de ce qui se passait tout près d'eux, et inspira profondément.

Eve palpa le ventre distendu et l'ouvrit d'un fin trait de scalpel. Chase vit du sang sortir de l'incision, et les cris d'Amelia percèrent le tumulte qui remplissait sa tête. Déjà, les mains d'Eve s'étaient glissées à l'intérieur — *oh mon Dieu !* — et ensuite… — *incroyable !* — elle dégageait tout doucement une tête minuscule, encore recouverte d'une membrane.

En quelques gestes adroits, elle fendit la membrane, saisit l'espèce d'aspirateur que lui tendait Alain, et dégagea le nez et la bouche du bébé. Puis elle sortit la fillette, qui fit son entrée dans le monde.

Chase était stupéfait et admiratif : l'opération avait duré moins d'une minute.

Alain enveloppa rapidement le bébé d'une serviette-éponge pendant qu'Eve posait une pince et coupait le cordon.

— Vas-y, dit-il. Je gère la situation ici.

Alors seulement, Chase prit conscience que le petit corps était resté inerte, et son cœur bondit dans sa poitrine.

Eve avait traversé la pièce et, le dos tourné, posait le bébé sur une couverture chauffante.

Pendant de longues secondes, Chase attendit, retenant son souffle. Puis, alors qu'il pensait qu'Isabella, à peine née, allait subir un deuil horrible, un petit cri perça le silence.

Ses jambes fléchirent, et il se retrouva assis sur le parquet, regardant Isabella à travers des larmes de joie.

Il déposa un tendre baiser sur la tête toute douce.

— Ta sœur va bien. Et ta tante Eve, c'est la meilleure. Elle a fait ce qu'il fallait pour que ta petite sœur aille bien. Elle va s'en sortir, hein, Eve ?

Celle-ci se tourna vers lui. Ses yeux dorés brillaient de joie, d'amour et d'un profond soulagement. Elle eut un rire qui ressemblait à un sanglot.

— Oui, elle va très bien.

A ce moment précis, Chase comprit qu'elle était tout ce dont il avait toujours rêvé.

Il allait l'obliger à l'écouter et à rester. Même si, pour cela, il devait voler son nouveau passeport !

14.

Eve déposa Anastasia, qui criait, sur la poitrine d'Amelia, et se pencha pour donner un baiser à sa sœur. Un instant, tout leur amour et tout leur passé commun vibrèrent entre elles.

— Félicitations, maman ! Tu as été formidable.

— Elle est superbe, dit Amelia, à la fois épuisée et ravie. Où est sa sœur ? Je veux les tenir toutes les deux.

Chase s'approcha du lit.

— Elle est là.

Eve le trouva un peu réticent à se séparer de son précieux petit fardeau, lui qui, un moment plus tôt, avait réagi comme si elle lui confiait une caisse pleine de grenades. A présent, il semblait plein d'amour et d'admiration, stupéfait d'éprouver cela et désolé de se séparer du bébé. Eve lui tendit la main.

Mais, prenant conscience de ce qu'elle était en train de faire, elle laissa retomber sa main et tourna le dos. Elle n'avait pas besoin de l'encombrer avec ses sentiments.

Alain, qui terminait sa suture, leva les yeux à cet instant précis. Il l'avait probablement surprise en train de regarder Chase, qui s'éloignait déjà.

— Tu es amoureuse de lui, murmura-t-il.

— Non…

Mais Alain l'observait avec son propre mélange d'amour et de chagrin, et elle sentit son cœur se serrer de nouveau.

— Ça ne fait rien, reprit-elle à voix basse. Je m'en vais bientôt. Et il ne m'aime pas.

D'un geste hésitant, son père lui toucha l'épaule.

— En es-tu si sûre ? demanda-t-il doucement. Tu te crois si peu aimable ? Il faut juste que tu laisses les gens t'aimer.

Elle ne répondit pas. Elle avait soudain envie d'être seule pour réfléchir. Tenait-elle vraiment les gens à distance à cause de son passé ?

— Va retrouver tes petites-filles, papa. Mais pas plus de quelques minutes. Il faut qu'elles restent un moment en couveuse — surtout la petite.

— Il faudra que nous parlions, Eve, répondit Alain.

Elle ravala la boule d'émotion qui lui serrait la gorge et s'éloigna pour ranger et nettoyer. La nouvelle famille devait évoluer dans un environnement propre et frais. Son rôle à elle prenait fin, et c'était bien.

Sur le seuil, elle s'arrêta pour regarder la pièce et eut un coup au cœur devant la scène qui s'offrait à ses yeux. Une chose qu'elle avait ignorée la frappa avec une clarté éblouissante.

Tout ce qui comptait pour elle se trouvait là, dans cette pièce. Sa jumelle et l'homme qu'elle avait choisi d'aimer, leurs jumelles qui venaient de naître, son père, et…

Oui, et Chase aussi. Parce qu'elle l'aimait. Plus qu'elle ne l'aurait cru possible.

Mais comment pourrait-elle rester, sachant qu'il ne l'aimait pas — qu'il ne pouvait pas l'aimer ?

Chase trouva Eve au même endroit, et dans la même pose. Mais cette fois, au lieu du soleil rougeoyant, c'était la pleine lune qui illuminait la petite plage privée, posant des tons argentés sur le sable, l'eau et Eve.

Il était stupéfait de la profondeur de ses sentiments

pour elle, la femme de ses rêves, la femme de son cœur, qui était là — seule.

Il la rejoignit.

— Que fais-tu là ? demanda-t-il. On a besoin de toi.

Elle sursauta comme s'il l'avait surprise.

— Non. On n'a plus besoin de moi.

Quelque chose brillait sur sa joue et ses cils.

— Tu pleures ?

Elle eut un rire sans chaleur, qui le bouleversa.

— Ne sois pas ridicule. Pourquoi est-ce que je pleurerais ?

Il la prit par les épaules et, d'une pression, l'obligea à se tourner vers lui.

— C'est ce que j'aimerais savoir.

Elle s'écarta légèrement.

— Pendant un moment, ça a été un peu tendu là-haut. J'ai eu peur de la perdre, avoua-t-elle, se frottant nerveusement les avant-bras.

Il se rapprocha d'elle, prenant bien soin de ne pas la toucher.

— Tu as été admirable — d'un calme impérial alors que tout le monde autour paniquait… Moi, si je n'avais pas tenu Bella, je me serais probablement écroulé !

Elle eut un sourire ému, puis, dans un mouvement qui stupéfia Chase, vint appuyer le front contre son torse et sanglota comme si elle avait le cœur brisé.

Cela le déconcerta.

— Eh…, murmura-t-il, refermant les bras sur elle.

Il posa le menton sur la tête soyeuse et la laissa pleurer, conscient qu'il n'y avait rien d'autre à faire. De plus, il devait lui montrer qu'elle pourrait compter sur lui. Toujours.

— Ecoute…, dit-il doucement, lui déposant un baiser sur la tête. Tout va bien. Les bébés sont en pleine forme. Amelia est radieuse. Et Jude, il sourit comme un idiot, comme s'il avait tout fait. Mais tu sais quoi ? Ils ont besoin de toi là-bas, pour que tu te réjouisses avec eux. Ne reste pas là, à pleurer comme si ton cœur se brisait.

Elle le repoussa brusquement et lui tourna le dos. Elle s'en allait !

Il la saisit par le poignet.

— Ne pars pas !

— Pourquoi est-ce que je resterais ?

— Parce que… ils… ont besoin de toi, Eve. Amelia… les filles… ton père.

Le visage d'Eve passa par un kaléidoscope d'émotions. L'angoisse, le désespoir, le chagrin. Puis… elle redressa les épaules. La fierté avait repris le dessus. Chase sentit qu'elle lui échappait.

— Et moi aussi…, dit-il. J'ai…

Sa gorge se contracta, mais il força les mots à sortir avant qu'Eve ne disparaisse.

— J'ai besoin… J'ai-aussi-besoin-de-toi.

Pendant de longues secondes vibrantes, elle le fixa droit dans les yeux, puis sa voix résonna, étrangement indifférente.

— Tout ce pour quoi j'ai travaillé se trouve à Washington.

— Mais… tout ce qui compte pour toi se trouve ici, non ? Et… moi, j'ai besoin de toi, répéta-t-il, paniqué.

Il y eut un moment de silence, puis elle se dégagea.

— Je ne peux pas.

Les mains de Chase retombèrent, et l'espoir s'évanouit en lui, remplacé par la colère. Il lui offrait tout, et c'était tout ce qu'elle trouvait à répondre ?

— Qu'est-ce que ça veut dire ? Tu ne peux pas *quoi* ? Rester ? M'aimer ? Avoir besoin de moi ?

Elle se retourna vers lui, le regard brillant de colère et de peur.

— Ça ne suffit pas, dit-elle.

— Ça… ne suffit pas ? Je t'offre tout, et… ça ne suffit pas ?

— Qu'est-ce que tu entends par « tout », Chase ? Comment peux-tu dire ça et partir ensuite ?

— Qui dit que je vais partir ?

— Tu *es* parti… Oh ! ne me regarde pas comme ça. Tu as même acheté un avion pour t'échapper. Qui peut faire ce genre de choses ?

— Un idiot, répondit-il, oubliant sa colère. Un idiot amoureux, voilà qui peut faire ce genre de choses. Pourquoi crois-tu que je ne t'ai pas donné ton passeport ?

Il se rendit compte de ce qu'il venait d'avouer, furieux de ne pas pouvoir revenir deux secondes en arrière.

Elle ouvrit des yeux stupéfaits.

— Tu as mon… passeport ?

Les épaules de Chase retombèrent.

— Oui. Je l'ai trouvé. Je l'ai trouvé et je l'ai gardé.

— Mais… pourquoi ?

— Je n'en sais rien… Enfin, si, je le sais. Est-ce que je t'ai dit que j'ai été marié ? Non ?… Eh bien, je l'ai été. Et ça a été une grosse erreur. Depuis le début. Je me suis promis que je ne laisserais plus jamais une femme me faire du mal et je m'en suis tenu à ma résolution. Jusqu'à toi. Je n'ai pas eu de mal à quitter Avery parce que, avec le recul, je me rends compte que je ne l'ai jamais aimée, en tout cas, pas comme…

Il inspira profondément et passa des mains tremblantes dans ses cheveux.

— La vérité, c'est que j'ai gardé ton passeport parce que je ne voulais pas que tu t'en ailles. Je l'ai gardé parce que… parce que… Bon sang, à ce moment-là, je ne l'avais pas encore compris, mais je t'aime.

— Qu'est-ce que… qu'est-ce que tu as dit ? demanda-t-elle, partagée entre l'espoir fou et l'incrédulité.

— Je t'aime. Mais je ne sais pas pourquoi. Tu es guindée et fière et tu ne sais pas te détendre. Et il faut toujours que tu discutes…

Elle se haussa sur la pointe des pieds et le bâillonna d'un baiser, puis elle murmura contre ses lèvres :

— J'ai peur…

— Mm. Moi aussi…

Elle appuya le front contre sa joue.

— Non. Tu ne comprends pas. J'ai *vraiment* peur.

Il sentit un profond soulagement l'envahir. Son obstinée et fougueuse Eve avait peur. Mais ce n'était pas grave. Lui aussi il avait peur. Peur de ne pas lui suffire.

— Jamais je n'ai eu besoin de quelqu'un comme j'ai besoin de toi, répondit-il. Et je crois… que toi aussi tu as besoin de moi.

Il l'embrassa avec ardeur avant de poursuivre :

— Je suis fou de toi et, quand tu partiras d'ici, je pars avec toi.

Les paumes d'Eve se posèrent sur ses joues.

— Tu ne peux pas. C'est ici, chez toi. Je ne peux pas te demander…

— Je peux travailler et vivre n'importe où. Mais, sans toi, je ne peux pas vivre, dit-il tendrement. Tu es tout pour moi, et je veux être tout pour toi. Alors, si tu veux toujours aller à Washington, eh bien, j'irai avec toi.

— Ce ne serait pas obligatoirement Washington, répondit-elle doucement. Ce n'est pas la seule ville avec des hôpitaux de pointe.

— C'est vrai. En fait, il y a une très bonne clinique ici, sur l'île, et elle a besoin d'un médecin supplémentaire. Ou bien tu pourrais chercher un poste à Seattle ; c'est l'endroit d'où je viens et où mes parents vivent, mais je peux gérer mes affaires de n'importe quel endroit dans le monde. Je n'ai besoin que d'un ordinateur et d'un accès à Internet.

— Pour… voler en hydravion ?

Il secoua la tête en souriant.

— Non. Je dirige une entreprise de trading en ligne, ce qui est formidable parce que je pourrai aller là où tu iras.

— Je t'aime, Chase, alors je me moque de savoir où j'irai. Je veux seulement être tout pour toi.

— Alors prouve-le-moi.

Les yeux d'Eve s'arrondirent.

— Quoi ? Maintenant ?

Il éclata de rire et l'entraîna vers la maison. Il se sentait plus léger et plus heureux qu'il ne l'avait jamais été. Il la serra contre sa hanche et lui déposa un baiser sur le front.

— Plus tard. Et je te montrerai à quel point je suis fou de toi. Mais, en ce moment même, Jude est en train d'ouvrir une bouteille de champagne. Et il faut aussi que je demande la permission à ton papa.

— Quoi ? dit-elle, pouffant de bon cœur.

Il s'arrêta pour l'embrasser encore.

— Oui. Le garçon doit demander la permission du papa de la fille. Je veux faire les choses comme il faut, parce que… ça paraît tout naturel. Nous deux, ça paraît tout naturel.

Elle leva les yeux vers lui et lui sourit, si belle qu'il en eut le souffle coupé. Elle lui prit la main, et leurs doigts se mêlèrent.

— C'est vrai. Nous deux, c'est tout naturel.

FIONA LOWE

Un papa pour Zoe

Traduction française de
MARCELLE COOPER

BLANCHE

HARLEQUIN

Titre original :
A DADDY FOR BABY ZOE ?

Ce roman a déjà été publié en 2016.

1.

Les mains liées derrière le dos, le Dr Meredith Dennison essayait d'attraper du bout des lèvres une des tétines qui flottaient dans le seau. Autour d'elle, ses collègues ne retenaient pas leurs rires ni les cris d'encouragement. Les chipies, elles ne perdaient rien pour attendre. Cette fête prénatale était une jolie surprise, mais Meredith se serait aisément passée des jeux qui l'accompagnaient.

— Allez, Merry, plonge et rapporte-nous une belle prise, fit Olivia, la réceptionniste.

Meredith releva la tête.

— Je te signale que j'ai rendez-vous au Grand Veneur à 19 heures pour dîner avec les parents de Richard. Si j'ai l'air d'une noyée, ils ne voudront jamais me laisser entrer.

— Ne t'en fais pas, tu auras largement le temps de retoucher ton brushing, dit Emma, son amie et collègue. Allez, à la pêche. Sinon tu peux dire adieu aux cadeaux.

— C'est du chantage !

Son souffle indigné imprima des rides sur l'eau.

— Et alors ? dit Emma dans l'hilarité générale. Ce n'est que justice, souviens-toi des humiliations que tu m'as infligées lors de mon enterrement de vie de jeune fille.

— Tu parles du sublime stripteaseur venu te prodiguer toutes sortes de papouilles torrides ? demanda Meredith.

Emma leva les yeux au ciel.

— Le « sublime stripteaseur » était venu me consulter

pour une M.S.T. une semaine plus tôt. Au lieu d'admirer ses pectoraux huilés, je repensais au taux de chlamydias de son rapport d'anatomo-pathologie. Crois-moi, cela avait de quoi refroidir.

— Je ne savais évidemment pas que c'était un patient du cabinet ! Tu ne veux toujours pas me croire ?

L'air vengeur, Emma croisa les bras.

— Pour te faire pardonner, tu sais ce qu'il te reste à faire ? Une tétine ! Une tétine !

Et toutes de reprendre en chœur. Même le bébé donna un coup de pied dans les côtes de Meredith, histoire de la motiver. Résignée, elle gonfla ses poumons, plongea la tête sous l'eau et émergea deux secondes plus tard, le cheveu dégoulinant et le trophée coincé entre les dents.

Ses collègues applaudirent et le petit footballeur in utero tapa de nouveau dans le ballon comme pour la féliciter.

Riant de bon cœur, Meredith lâcha la tétine.

— Richard ne se pardonnera jamais d'avoir raté cela, lui qui rêve de me passer les menottes dans l'intimité.

— Après son week-end de snow-board, il sera trop fatigué pour penser aux jeux coquins. Tout ce qu'il voudra, c'est une douche chaude et des draps propres dans lesquels dormir aux côtés de sa douce et tendre moitié. Même si celle-ci marche en se dandinant comme un canard.

— Je ne marche pas comme un canard.

— Si tu le dis, dit Emma en éclatant de rire.

— J'ai demandé à Richard si je me dandinais et il m'a assuré que j'étais la femme enceinte la plus sexy qu'il ait jamais vue.

En femme qui connaissait la vie, Lee Nang, la kinésithérapeute du cabinet, poussa un soupir blasé.

— En même temps, je ne vois pas ce qu'il pourrait dire d'autre s'il ne veut pas coucher sur le palier.

— Jalouses !

Plaisanterie mise à part, les extravagants compliments de Richard lui prouvaient qu'il l'aimait.

Elle avait longtemps attendu ce bébé. Après leurs années d'études puis d'internat, elle s'était installée comme médecin généraliste et s'était petit à petit constitué une fidèle patientèle. Richard, lui, avait grimpé les échelons de la hiérarchie hospitalière pour devenir l'un des traumatologues les plus réputés de Melbourne. Puis, enfin, les conditions avaient été réunies pour fonder une famille, et Meredith touchait du doigt son rêve de devenir mère. Dans quelques semaines, leur bébé viendrait au monde. Ils allaient être parents, former une équipe, une vraie. Meredith avait hâte de voir son mari devenir père.

Un an et demi plus tôt, à peine, il semblait loin d'être prêt à endosser le rôle. Passant ses journées et une partie de ses nuits à l'hôpital, il refusait que des responsabilités familiales se greffent sur ses obligations professionnelles. Et il consacrait le peu de temps libre qu'il lui restait à ses activités de plein air, seule manière selon lui de se détendre et de refaire le plein d'énergie. Meredith appréciait de se joindre à ses expéditions sportives, mais se languissait secrètement des joies de la maternité. Et, juste au moment où elle désespérait de le faire changer d'avis, il l'avait surprise. Au retour d'un trek au Népal, il lui avait solennellement annoncé que l'heure était venue de fonder une famille. A leur plus grande joie, elle était tombée enceinte dans la foulée.

Le début de la grossesse avait été difficile. Heureusement, les nausées matinales et l'intense fatigue des premières semaines avaient cédé la place à un regain d'énergie et à l'émerveillement de sentir le bébé bouger dans son ventre.

Toutefois, alors que sa vie à elle avait changé du tout au tout, Richard continuait à travailler d'arrache-pied et à réserver ses rares moments de repos à sa passion des sports extrêmes. Kayak, deltaplane, surf des neiges, ski acrobatique, canyoning, il raffolait de toutes les disciplines qui, sur terre, sur mer et dans les airs, assouvissaient sa soif d'adrénaline. Elle se rassurait en se disant qu'il avait bien raison d'en profiter au maximum avant la venue du bébé, il se métamorphoserait ensuite en un papa disponible et attentif.

Mais cela ne l'empêchait pas de s'inquiéter. Tout ce qu'elle demandait, c'était un week-end pour peindre avec lui la chambre de bébé. Peut-être Richard avait-il senti ses appréhensions car, la semaine précédente, après avoir préparé son équipement pour cette expédition de snow-board en haute montagne avec ses amis, il l'avait prise dans ses bras et lui avait promis que ce serait sa dernière équipée en plein air. Ensuite il ne bougerait plus de Melbourne pendant au moins six mois. Le week-end suivant, ils peindraient la chambre de bébé ensemble — sauf urgences, bien sûr. Toutes les craintes de Meredith s'étaient aussitôt envolées.

Elle s'essuya les cheveux et jeta la serviette humide dans la panière à linge.

— Maintenant que j'ai satisfait vos caprices, les filles, si nous passions aux cadeaux ?

Debout dans la cuisine, indifférent aux vagues qui venaient mourir sur la grève, Raf Camilleri vidait son troisième verre d'eau avec l'impression que sa soif ne s'étancherait jamais. Faire du jogging sur les trottoirs de Melbourne n'avait rien de comparable avec courir sur les plages de sable blanc de Shearwater Island, comme ses mollets le lui rappelaient douloureusement. Ayant fini la bouteille, il posa un pied sur le banc et entama des mouvements de flexion-extension. Il reposa la jambe au sol avec une délicieuse sensation de brûlure au tendon d'Achille. Plaisir et douleur se mêlaient après la course, mais le travail de décrassage musculaire éviterait des douleurs autrement plus pénibles.

— Tu es de retour.

— Comme tu vois, dit-il sans se retourner en posant l'autre jambe sur le banc.

Sous son bras, il apercevait les chaussures orthopédiques de son père — ces chaussures honnies que Raf laçait chaque matin pour Mario Camilleri et qui lui rappelaient que la vie de son père — et la sienne — ne serait plus jamais comme avant.

— Alors, tu vas pouvoir me conduire au club.

C'était un ordre. Mario ne s'embarrassait pas de politesses quand il avait besoin de quelque chose ; il commandait à son monde comme s'il était encore seul maître à bord de son bateau de pêche. Sans doute cela lui donnait-il le sentiment de maîtriser encore sa propre vie ?

— Tu ne veux pas que nous dînions d'abord ? demanda Raf en poursuivant ses mouvements de flexion-extension. Je suis passé à la coopérative acheter des calamars tout frais sortis de la cale…

« Parce que c'est ton poisson préféré », se retint-il d'ajouter.

— Je mangerai au club, répondit sèchement la voix teintée d'un léger accent italien.

Je mangerai au club, pas *nous.* Au moins, cela avait le mérite d'être clair. Raf n'était pas invité. Normal, son père voulait passer du temps avec ses vieux copains. Tout de même, une fois, juste une seule, il aurait pu lui proposer de l'accompagner. Raf, qui n'avait pourtant aucun atome crochu avec les habitués du club, aurait apprécié le geste.

Il reposa le pied à terre et se tourna vers son père. Autrefois, ils avaient fait la même taille mais, depuis son accident vasculaire cérébral, Mario s'était tassé. Raf le dominait désormais d'une demi-tête.

— Tu aurais pu me tenir au courant de tes projets ce matin, dit-il en s'efforçant de gommer toute note de reproche de sa voix.

Un haussement d'épaules lui répondit.

— Tu n'as qu'à mettre les calamars au congélateur.

— Bon sang, papa, tu n'as jamais mangé de nourriture congelée de ta vie !

Les yeux bruns de son père le fusillèrent.

— Il y a un début à tout. Et ne me fais pas la leçon, Rafael, je n'ai pas de comptes à te rendre.

— C'est vrai…

Mais c'était Raf qui s'occupait de lui pour le moment ; et la tâche se révélait plus stressante de jour en jour. En comparaison, la cotation en bourse et la vente subséquente de son entreprise de logiciels médicaux paraissaient des jeux d'enfants.

— Tu permets tout de même que je prenne une douche avant ?

Cette fois, il n'avait pas pris la peine de cacher son irritation.

— Du moment qu'on est au club à 18 heures…

Appuyé sur sa canne quadripode, son père se dirigea vers la salle de séjour et alluma la télévision, le volume à fond, comme à son habitude.

Raf prit donc sa douche au son d'un match de football et des beuglements enthousiastes du commentateur. Bref, une journée des plus ordinaires à la Casa Camilleri.

Meredith débrancha le sèche-cheveux et jeta un coup d'œil à sa montre. Zut. Elle allait être en retard. Le déballage des cadeaux avait pris plus longtemps que prévu et il avait fallu remercier les collègues dans les formes.

Lee et Emma l'avaient ensuite aidée à charger les

ravissants vêtements premier âge et le siège bébé haut de gamme dans la voiture, et elle était rentrée se sécher les cheveux en quatrième vitesse. Mais se refaire un semblant de brushing avait été une mauvaise idée, elle allait désormais devoir affronter la circulation à l'heure de pointe. Sans doute serait-elle bloquée dans les bouchons à la sortie de Brunswick Street.

Richard pouvait se permettre d'être en retard, ses parents lui pardonnaient tout, mais Meredith, elle, ne bénéficiait pas d'autant d'indulgence. Sa belle-mère Linda lui faisait régulièrement remarquer qu'elle travaillait en centre-ville dans un cabinet généraliste qui recevait rarement des urgences puisqu'il y avait six hôpitaux dans un rayon de cinq kilomètres. Elle n'avait donc aucune excuse.

Pourtant, Meredith prenait tous les jours du retard dans ses consultations car elle ne voulait pas presser ses patients. Et, quand elle rentrait à la maison, c'était pour enchaîner sur la cuisine, le repassage, la lessive, toutes ces tâches que n'accomplissait pas la femme de ménage qui venait une fois par semaine.

Pour elle qui avait grandi dans une ferme laitière où les vaches ou les appareils de trait refusaient de coopérer aux moments les plus inopportuns, dix minutes était un retard tout à fait acceptable, un avis que ne partageait pas Linda. Meredith savait qu'elle serait accueillie d'un regard chagrin à la signification évidente : « Mon fils aurait pu trouver tellement mieux que vous. »

Linda aurait rêvé d'une bru issue du même milieu qu'elle, qui aurait fait des études dans une école privée réservée à l'élite puis étudié la médecine à l'Université de Melbourne. Mais c'était son problème, pas celui de Meredith. Toutefois, pour préserver l'entente cordiale, Meredith n'avait pas réagi quand Linda lui avait fait part de son intention d'inscrire leur petit-fils ou petite-fille dans l'une des écoles les plus huppées de la ville. Si c'était un garçon, Derek, le beau-père, avait déjà le formulaire pour l'enrôler au très select Melbourne Cricket Club.

De toute façon, ils avaient bien le temps de penser aux écoles et autres universités. Le bébé lui donna un coup de pied, et elle posa la main sur son ventre.

— Tu commences à te sentir un peu à l'étroit là-dedans, mon poussin ? Désolée, mais il va falloir que tu y restes encore six semaines.

La fatigue la submergea soudain. Elle préféra ne pas s'asseoir pour enfiler ses chaussures, de crainte de ne pas se relever.

C'était gentil de la part de Linda et de Derek d'avoir maintenu le dîner au Grand Veneur malgré l'absence de Richard. Pourtant, elle aurait préféré passer une soirée tranquille dans son canapé devant un poulet tikka livré par l'Indien du coin de la rue.

— Courage, Merry, se dit-elle en se regardant dans le miroir. Les cheveux, ça va, le maquillage aussi, et la robe noire est propre et bien repassée. Tu ne leur feras pas honte.

Elle était en train de ranger son portable dans son sac quand la sonnette de la porte d'entrée retentit. Son cœur bondit. De joie. La dernière fois qu'ils s'étaient parlé au téléphone, Richard avait refusé d'écourter son séjour au ski pour assister au dîner prévu de longue date par ses parents. Peut-être avait-il changé d'avis ? C'était bien son style de débarquer à l'improviste pour lui faire la surprise.

Le sac à l'épaule, elle se précipita dans le vestibule. *Mon Dieu, faites que ce soit Richard et pas un démarcheur*, se dit-elle en ouvrant la porte. Mais sous le minuscule porche elle découvrit deux policiers en uniforme, un homme et une femme.

La déception était à la mesure de ses espoirs.

— Docteur Dennison ? demanda la femme.

— Oui.

Elle avait l'habitude que la police vienne sonner à sa porte. De tous les médecins du cabinet, c'était elle qui habitait le plus près, et les forces de l'ordre venaient la voir dès que l'alarme du cabinet se déclenchait ou qu'il y avait une tentative de cambriolage. Cette fois, Olivia avait sans doute fait des siennes après avoir bu un verre de trop à la fête prénatale.

— Je parie qu'Olivia a déclenché l'alarme en fermant.

La policière jeta un regard indéchiffrable à son collègue, qui haussa imperceptiblement les épaules.

— Pouvons-nous entrer ?

Entrer ? Alors qu'elle était déjà en retard ?

— Ecoutez, je n'ai pas beaucoup de temps. Allons directement au cabinet, je désactiverai l'alarme, d'accord ?

La femme policier secoua la tête.

— Nous ne sommes pas là pour un problème d'alarme, docteur Dennison.

— Oh. Alors pourquoi êtes-vous là ?

— S'il vous plaît, pouvons-nous entrer ?

Avait-elle oublié de payer la contravention pour excès de vitesse du mois précédent ? La police n'avait rien de mieux à faire que de se déplacer chez les gens pour ce genre de broutilles ?

A contrecœur, elle s'effaça pour les laisser entrer et les conduisit dans la salle de séjour.

L'air embarrassés, ils se tenaient devant elle, leurs grosses chaussures noires comme soudées aux lattes en pin clair du parquet. Allaient-ils en venir au fait ?

— Ecoutez, si ça doit prendre longtemps, je préfère prévenir mes beaux-parents. Ils m'attendent en ce moment même au restaurant.

Les policiers s'assirent sans qu'elle les y invite.

— Asseyez-vous, docteur Dennison.

Le ton était grave. L'irritation céda la place à la peur. Elle prit place sur le canapé.

— Que se passe-t-il ?

La policière posa sa casquette sur la table.

— Richard Nichols est bien votre mari, docteur ?

— Oui, dit-elle en agrippant l'accoudoir. Pourquoi cette question ?

— Je suis désolée de vous annoncer qu'il y a eu un accident, votre…

— Quelle sorte d'accident ? demanda-t-elle, la gorge soudain serrée. Dans quel hôpital se trouve-t-il ?

Elle déroulait déjà dans sa tête les dispositions à prendre pour transférer Richard du petit hôpital de la station de ski au C.H.U. de Melbourne où il recevrait les meilleurs soins.

Le policier secoua lentement la tête.

— L'Etat de Victoria a enregistré de fortes chutes de neige cette année.

Les yeux emplis de compassion, la femme policier se pencha vers elle.

— Nous avons pu parler aux amis de votre mari. Ils nous ont expliqué qu'ils avaient passé les deux dernières journées à faire du hors-piste sur les pentes du mont Feathertop. Il a neigé abondamment la nuit dernière, mais M. Nichols a quand même tenu à faire du snow-board ce matin, pour profiter de son dernier jour à la montagne…

— Les sports de glisse, c'est sa passion.

— Il a été emporté dans une avalanche, termina le policier.

— Non, dit-elle en secouant la tête avec véhémence. Ce n'est pas possible. Il n'y a pas d'avalanches en Australie ; il y en a dans des pays comme la Suisse, où il y a de vraies montagnes.

— Quand ses amis ont enfin réussi à le dégager, il

était trop tard, poursuivit l'officier de police. Ils ont tout tenté pour le réanimer ; hélas, il n'y avait plus rien à faire.

Meredith fixait les deux policiers. Le tremblement qui agitait ses pieds et ses jambes remontait vers le haut de son corps en gagnant en force.

— Non ! Richard ne peut être mort ! Je ne le permettrai pas !

Les larmes lui brûlaient les paupières, et sa voix grimpait dans les aigus à mesure que l'hystérie s'emparait d'elle.

— Nous allons avoir un bébé dans six semaines ! Nous avons sa chambre à peindre !

— Nous sommes désolés, docteur Dennison, dit le policier en lui tendant un sachet de Kleenex. Voulez-vous que nous appelions quelqu'un, votre mère, une amie ? Vous ne devriez pas rester seule.

A cet instant, le bébé lui donna un coup de pied. Et elle laissa échapper un cri. Son rêve d'une famille — un père, une mère, un enfant — venait de se briser. Elle serait désormais seule pour élever son enfant.

2.

Trois semaines plus tard

Raf avait beau tourner son ordinateur portable dans tous les sens, il n'échappait pas au soleil aveuglant de l'après-midi qui tombait sur l'écran. Il était en train de concevoir une application à l'usage des cardiologues — une sorte de mode d'emploi pour expliquer pathologies et protocoles opératoires aux patients à l'aide de schémas et de termes accessibles aux profanes. Tant de progrès avaient été accomplis dans le domaine de la santé depuis la mort de sa mère, emportée par une crise cardiaque foudroyante.

Après une matinée couverte et pluvieuse, le soleil prenait sa revanche et semblait l'encourager à s'accorder une pause. Ce qu'il fit. Epuisé par sa séance de rééducation, son père sommeillait dans son fauteuil inclinable en compagnie de son chien, un schnauzer au museau blanchi, et du chat à l'âge tout aussi canonique. Tous deux, pelotonnés sur ses genoux, ronflaient aussi fort que leur maître.

La lumière qui entrait à flots par la fenêtre ouverte jetait un éclairage impitoyable sur la pièce. Ce qui avait été l'une des maisons les plus modernes de Shearwater Island avait pris un sacré coup de vieux, avec ses arcades datant des années soixante-dix, ses tapis berbères à la trame usée et ses lambris façon chalet. Les seuls éléments à avoir résisté au temps étaient les meubles scandinaves aux lignes épurées. La mère de Richard, alors jeune mariée, avait décoré la maison. Vingt ans plus tard, elle était morte avant d'avoir eu le temps de la redécorer. Dix-neuf années s'étaient écoulées depuis son décès, mais rien n'avait changé dans les lieux, hormis le téléviseur.

Le gazouillis des oiseaux, le vent dans les eucalyptus, la musique des vagues, tout appelait Raf au dehors. Il s'étira et alla à la fenêtre, qui avait une vue imprenable non pas sur la mer mais sur la maison tout en bois, verre et acier des voisins. Elle lui rappelait sa propre maison à Melbourne. Il avait dessiné lui-même les plans, avait veillé jalousement à chaque étape de la construction et y avait vécu en tout et pour tout deux jours avant de recevoir l'appel qui avait tout changé.

— Le médecin permet à papa de rentrer chez lui, lui avait annoncé Bianca, sa sœur.

— Tant mieux. Il sera bien plus heureux.

En fait, rien n'était moins sûr. Depuis dix-neuf ans, Mario avait perdu toute aptitude au bonheur.

— Mais à une condition : il faut qu'il y ait quelqu'un en permanence pour veiller sur lui.

— Il ne pourrait pas habiter chez toi quelque temps ? avait demandé Raf en ouvrant un de ses cartons de déménagement.

Un cri de protestation avait résonné au bout de la ligne.

— Tu n'y penses pas, Raf. J'ai un magasin à faire tourner, un mari, deux adolescents qui me rendent chèvre. Si je dois en plus servir de garde-malade à papa, je vais devenir folle !

— On n'a qu'à embaucher une auxiliaire à domicile.

— Papa n'en a pas les moyens.

— Moi, si, avait-il répondu en déballant une magnifique statuette tribale rapportée de son voyage à Geelong chez les Wathaurong.

— Papa n'acceptera jamais, tu le connais. Et ça

m'étonnerait que les candidates se bousculent pour passer l'hiver sur Shearwater Island. Toi, tu serais parfait, tu as la force physique pour le soulever, le mettre au lit, et même l'expérience du secourisme puisque tu es bénévole aux ambulances St John depuis la mort de maman.

— J'ai des notions en secourisme et en soins d'urgences, mais je ne connais rien au métier d'auxiliaire à domicile.

— C'est déjà mieux que moi, qui n'ai aucun bagage médical. Cela ne m'a pas empêchée de veiller sur papa toutes ces années. Alors chacun son tour, petit frère. Ça t'occupera, toi qui n'as plus rien à faire depuis la vente de ton entreprise.

— Je suis en train de concevoir un nouveau logiciel et, ne t'inquiète pas pour moi, j'ai plein de projets.

Qui n'incluaient pas l'exil sur Shearwater Island en compagnie de Mario.

Mais sa sœur avait su jouer sur sa culpabilité pour vaincre ses résistances. Il était vrai qu'il l'avait laissée longtemps porter seule le fardeau.

— Combien de temps vais-je devoir rester sur place ?

— Le temps qu'il faudra. Le médecin qui supervise sa rééducation se prononcera dans trois mois sur son maintien à domicile ou son placement dans un établissement médicalisé. Vois le bon côté des choses ; l'hiver est rude sur l'île, mais le printemps est un enchantement. Prends ton ordinateur et considère ton séjour comme des vacances studieuses.

Partager le même toit que son père était à l'exact opposé de son idée des vacances.

— Tu te moques de moi ?

— Pas du tout. Tu verras, papa risque de te surprendre.

Depuis six semaines qu'il jouait les gardes-malade auprès de son père, celui-ci ne l'avait pas surpris le moins du monde. La mauvaise humeur, les accès de colère, les longs silences hostiles, tout était au rendez-vous.

La maison d'à côté alliait harmonieusement l'ancien et le moderne. Ses poutres et ses hautes baies vitrées lui offraient un panorama en Cinémascope sur l'océan, une vue dont son père avait profité toute sa vie depuis le pont de son bateau, jusqu'à l'A.V.C. qui lui avait coupé les ailes quatre mois auparavant. A présent, il devait sortir de chez lui pour apercevoir la mer, à condition que quelqu'un veuille bien lui servir de chauffeur. La splendide vue devait lui manquer autant que son indépendance, ce qui expliquait son humeur de dogue.

Le dogue se racla la gorge, signe qu'il était réveillé.

— Qu'est-ce que tu fais, Raf ?

— Je réfléchissais… Pourquoi n'ajouterais-tu pas un étage à la maison afin de jouir de la même vue que tes voisins ?

Son père rétablit brutalement le fauteuil en position assise, secouant l'appuie-jambe en tous sens. Le chat et le chien migrèrent vers leurs paniers.

— Quelle idée de génie ! dit Mario, acerbe. Et comment monterais-je à l'étage, s'il te plaît ?

— On pourrait faire installer un ascenseur.

Manifestement excédé, le vieil homme secoua la tête.

— Avec quel argent ?

— Je serais ravi de financer les travaux.

— Pourquoi ferais-tu cela ? Tu détestes vivre ici.

Du calme. Compter jusqu'à dix.

— Ce n'est pas vrai.

— Dans ce cas, tu donnes bien le change, dit son père en s'échauffant. Ça fait des siècles que tu n'avais pas daigné me rendre visite.

Et voilà. Ils en revenaient toujours à la dispute qui empoisonnait leur relation depuis dix-huit ans.

Richard aurait pu répondre qu'il était là, maintenant, mais cela aurait remué le couteau dans la plaie en rappelant à son père la raison de sa présence.

Mieux valait changer de conversation.

— Qui habite à côté ?

— Des citadins. Ils viennent le week-end.

Les insulaires avaient besoin des vacanciers pour vivre mais n'avaient que mépris pour les hordes de touristes qui envahissaient l'île de décembre à Pâques, et qui se comportaient en terrain conquis sans se mêler à la vie de la communauté. Les propriétaires de résidences secondaires qui venaient passer les week-ends sur l'île ne valaient guère mieux à leurs yeux : hormis un peu de volontariat au club de secourisme des surfeurs, ils ne participaient pas davantage à la vie locale.

— Ça ne doit pas être souvent. Depuis six semaines que je suis ici, je ne les ai pas vus une seule fois.

— Ils sont sans doute trop occupés à gagner de l'argent en ville pour payer la maison, marmonna son père. C'est ton cousin Rocco qui l'a construite. Il l'a revendue avec un beau bénéfice.

Il esquissa un geste pour se lever, et Raf se précipita vers lui. Afin de favoriser l'autonomie de Mario, le personnel médical déconseillait de se porter systématiquement à son secours et recommandait d'attendre qu'il réclame de l'aide, mais c'était à double tranchant. Mario devenait de si méchante humeur quand ses tentatives pour se mouvoir échouaient qu'il en voulait à la terre entière et plus particulièrement à son fils. Les professionnels l'avaient averti de la difficulté de la tâche ; être « soignant familial » n'était pas une sinécure : en lieu et place de remerciements, on ne récoltait souvent que critiques et reproches, quand le malade ne vous prenait pas tout simplement en grippe. Quoi qu'on fasse, on était perdant.

A pas hésitants, son père se dirigea vers la cuisine. Il n'était plus en état de naviguer, mais avait gardé l'habitude d'écouter le bulletin de météo marine de 15 heures comme s'il empruntait encore le traître bras de mer du détroit de Bass pour relever ses filets.

Fidèle à son rituel, il s'installa devant une tasse de café pour écouter religieusement l'interminable bulletin. Comme à l'accoutumée, Raf en profiterait pour courir sur la plage. Soudain, un bruit de moteur attira son attention. Revenant à la fenêtre, il vit un 4x4 BMW gris métallisé s'engager dans l'allée voisine. Les vitres teintées masquaient les passagers mais, vu le modèle du véhicule, deux adultes et deux enfants, au moins, allaient en sortir. La famille modèle assortie à la maison modèle.

Une famille à lui. Ce bonheur lui serait à jamais interdit. Il s'efforça aussitôt de repousser cette pensée. Avec les millions rapportés par la vente de son entreprise, il pouvait mener sa vie exactement comme il l'entendait, il n'avait aucune raison de se sentir triste.

Quand la portière côté conducteur s'ouvrit, il aperçut une masse de cheveux blonds.

— Le stéréotype de la petite famille parfaite, marmonna-t-il. Blonds aux yeux bleus en plus d'être riches et heureux...

— Qu'est-ce que tu dis ? demanda son père depuis la cuisine.

— Tes voisins sont arrivés.

Mario ne répondit pas. Le sacro-saint bulletin météo passait avant tout. Mais Raf resta à la fenêtre pour voir si ses conjectures se vérifiaient.

Le blond conducteur sortit. Surprise, c'était une conductrice, enceinte jusqu'au cou. De grandes lunettes de soleil lui cachaient la moitié du visage. Les mains sur la taille, elle cambra le dos comme si elle était courbaturée d'avoir conduit durant des heures. Le tissu de son T-shirt se tendit sur ses seins ronds et son ventre épanoui.

Féconde. Et belle.

Hé, quelle mouche le piquait ? Les hommes prétendaient trouver leurs épouses enceintes sexy, sans doute pour préserver la paix des ménages, mais il ne connaissait cette femme ni d'Eve ni d'Adam. Il avait l'impression d'enfreindre le code de la morale en éprouvant de l'attirance pour elle. Cette femme appartenait à un autre, un simple coup d'œil à son ventre suffisait pour le savoir.

Personne d'autre ne descendit côté passager. Etait-elle venue seule avec les enfants ? Il attendit qu'elle ouvre la portière arrière, mais elle se tourna vers la maison et la regarda d'un air accablé, comme si c'était une montagne à gravir.

Encore une supposition gratuite. D'ailleurs, pourquoi perdait-il son temps à l'observer de derrière les rideaux, tel un voyeur libidineux ?

Pathétique. Son monde était devenu si limité qu'il épiait sa voisine par la fenêtre et lui prêtait des pensées ridicules. Il avait vraiment besoin de sortir, de fréquenter d'autres personnes que son père.

Soudain, la posture corporelle de l'inconnue changea. Redressant les épaules, elle se dirigea d'un pas déterminé vers le perron pour disparaître derrière la porte.

Raf résista à l'envie d'aller sonner chez elle. Mais rien ne l'empêcherait de saisir la première occasion de faire connaissance. Entre voisins, cela ne saurait tarder.

— Bonjour.

La rauque voix masculine arracha Meredith à sa contemplation de l'horizon. Cela faisait une éternité qu'elle était debout, au sommet de la dune, à fixer la mer.

Avec l'organisation des obsèques de Richard, trois semaines auparavant, puis les diverses décisions à prendre, elle avait été plongée dans l'action ; mais, une fois toutes les formalités réglées, elle avait sombré dans un océan de désespoir, et décidé d'aller se réfugier sur l'île, loin de Melbourne où tout lui rappelait son mari.

Depuis quatre jours, elle faisait chaque matin et chaque soir de longues promenades sur la plage, appréciant les embruns et la morsure du vent iodé sur son visage. L'exercice était censé l'aider à dormir, mais c'était compter sans le bébé, et le chagrin.

Elle baissa la tête vers le joggeur qui venait de la saluer. C'était un grand gaillard athlétique aux cheveux bouclés poivre et sel, qui faisait du surplace en bas de la dune. Chaque soir, elle le voyait de loin faire son jogging, quel que soit le temps.

— Bonjour, dit-elle en forçant un sourire sur ses lèvres.

Il lui répondit par un sourire éclatant qui creusa des fossettes dans ses joues recouvertes d'une barbe de quelques jours.

— Tout va bien ?

Oh non, tout n'allait pas bien. Mais pas question de raconter sa vie à cet inconnu. Après des semaines passées à contacter les diverses administrations, banques et services pour signaler le décès de son mari, elle n'avait aucune envie de prononcer de nouveau ces mots terribles : « Mon mari est mort. » Elle ne supportait plus les regards de compassion ni les formules convenues de condoléances. Le pire était les gens qui revenaient sur la perte d'un être cher et s'attendaient à des paroles de consolation ou de solidarité de sa part.

— Il y a quelque chose d'hypnotique dans le mouvement des vagues. Je pourrais passer des heures à les observer.

Il hocha la tête comme s'il comprenait et essuya la sueur de son front.

— Vous pourriez le faire assise à l'abri du vent, sur votre terrasse. Elle offre une vue imprenable sur la mer.

La peur s'empara d'elle. Comment savait-il où elle habitait ?

— Je suis votre voisin, poursuivit-il. Raf Camilleri.

— Oh ! dit-elle, rassurée. La rue porte votre nom…

— Celui de mon *nonno*, mon grand-père. La municipalité a voulu lui rendre honneur, car il a payé les travaux de remblaiement et de goudronnage. C'était la première route digne de ce nom sur l'île, et il en était très fier — il avait émigré en Australie pour fuir l'Italie de Mussolini. Pour lui, cette route était le symbole de sa réussite dans son pays d'adoption.

— Alors les Camilleri doivent posséder beaucoup de terres par ici ? dit-elle avec un geste vers les maisons en bordure de la plage.

— Jadis, mais ce n'est plus le cas. Une bonne partie de nos propriétés ont été vendues au fil des décennies. Maintenant qu'un mètre carré vaut de l'or le long de la côte, mes cousins promoteurs et agents immobiliers négocient le reste en parcelles pour s'offrir les villas de leurs rêves. Les acheteurs se bousculent.

Elle se souviendrait toujours du jour où elle était passée avec Richard devant la maison du 6, Camilleri Drive. Ils avaient aussitôt eu le coup de foudre pour cette splendide demeure moderne qui s'intégrait si bien dans le paysage, et avaient aussitôt tout mis en œuvre pour l'acquérir. Hélas, Richard n'y avait pratiquement jamais habité.

Son voisin continuait de l'observer, et elle se rendit compte qu'elle ne s'était pas présentée.

— Je m'appelle Meredith Dennison.

— Enchanté de faire votre connaissance, Meredith.

Il sourit de nouveau et de fines rides se creusèrent au coin de ses yeux — couleur noisette, lui semblait-il. Sans doute allait-elle avoir droit aux questions habituelles des insulaires — A quand la naissance ? Quand son mari allait-il venir la rejoindre ? Combien de temps allait-elle rester ?

— Si vous avez besoin de quoi que ce soit, n'hésitez pas à lancer un S.O.S. par-dessus la palissade, dit-il.

Sans lui laisser le temps de répondre, il remit ses oreillettes de MP3 et reprit son jogging.

Elle le regarda s'éloigner à longues foulées souples, qui témoignaient d'une forme olympienne. En quelques secondes, il était déjà loin, près de la digue…

La sonnerie de son portable la fit sursauter, et le nom qui s'inscrivit sur l'écran lui arracha un soupir. Elle prit l'appel.

— Bonjour, Linda.

— Enfin, Meredith ! Je commençais à m'inquiéter, je vous ai laissé trois messages.

Elle les avait reçus mais n'avait pas eu la force de rappeler sa belle-mère, qui était tout aussi dévastée par le chagrin qu'elle. A chaque fois qu'elles se parlaient, cela se terminait dans les larmes.

— La réception est mauvaise sur la plage.

— Quand rentrez-vous à Melbourne, mon petit ?

Je ne sais pas.

— Je viens juste d'arriver, Linda.

— Quelle idée d'aller sur cette île hors saison ! Souvenez-vous de cet affreux individu qui avait été arrêté par la police l'an dernier, en flagrant délit de vol de petites culottes sur les cordes à linge. Et si vous perdiez les eaux là-bas, il n'y aurait personne pour vous aider. Derek et moi, nous n'aimons pas vous savoir seule là-bas et nous avons décidé de vous rendre visite ce week-end.

Seigneur, non. Pas ça.

Après le maelström émotionnel des obsèques et des jours suivants où famille et amis avaient défilé chez elle pour l'« entourer » et l'assurer de leur soutien, elle aspirait à être enfin seule. Tous ces gens, certes animés des meilleures intentions, l'avaient étouffée. Elle n'aspirait désormais qu'à se retrouver avec elle-même.

Soudain, un petit chien surgit des dunes pour se précipiter vers Raf et gambader joyeusement autour de ses jambes. Raf continua à courir sur quelques mètres en essayant de l'éviter puis il s'arrêta pour attraper l'animal et le coincer sous son bras. Elle sourit. Un homme qui montrait de la patience envers un chiot jappeur qui l'empêchait de faire son jogging ne pouvait être mauvais.

« Si vous avez besoin de quoi que ce soit, Meredith, n'hésitez pas à lancer un S.O.S. par-dessus la palissade. »

— C'est gentil à vous, Linda, mais je ne suis pas seule. J'ai un voisin très gentil que je peux appeler à la rescousse si nécessaire. N'ayez crainte, je suis en parfaite sécurité ici. Je vous donnerai des nouvelles dans quelques jours, c'est promis.

Elle mit fin à la communication et rangea son portable dans sa veste, se rappelant toutes les fois où elle avait appelé Linda à la demande de Richard.

« — Peux-tu appeler maman pour moi ?

— Richard, c'est toi qu'elle veut entendre, pas moi.

— S'il te plaît, Merry. Je suis pris au bloc jusqu'à ce soir. »

— Richard, cria-t-elle dans le vent. Tu t'en es allé en me laissant avec ta mère.

Le bébé lui donna un coup de pied, et elle posa la main sur le petit talon qui s'acharnait contre ses côtes.

— Je sais, mon poussin, ta mamy s'inquiète pour nous.

Mais, à l'heure actuelle, il faut que je fasse les choses à ma façon si je veux m'en sortir.

Le problème, c'était qu'elle avançait dans le noir, sans personne pour la guider.

3.

Raf regardait la pelouse jonchée de débris après la tempête de la nuit. Au plus fort de la tourmente, le vent avait arraché les branches des arbres, fait trembler les volets et envoyé valser les fauteuils en rotin aux quatre coins du jardin.

Debout sous le porche, appuyé sur ses cannes anglaises, Mario se lamentait sur l'état du calistemon — le rince-bouteille — qui avait perdu tous ses goupillons.

— C'est ta mère qui avait planté cet arbuste. Les loriquets l'adoraient.

Le ton poignant que Mario adoptait chaque fois qu'il évoquait son épouse décédée insupportait Raf. A l'entendre, on aurait cru que son chagrin datait de quelques semaines et qu'il était le seul à souffrir.

— Il a survécu toutes ces années aux embruns et au vent, papa. Il va reprendre, j'en suis sûr.

Un grognement indigné lui répondit.

— Va chercher la tronçonneuse et coupe-le.

L'ordre donné, Mario se tourna pour rentrer à pas prudents dans le vestibule.

— Compte là-dessus, dit Raf en se dirigeant vers la remise de l'allée où son père gardait ses outils.

Il allait simplement tailler l'arbre pour lui redonner une seconde vie.

Il entassa scie, cisailles, pelle et râteau dans la brouette, et, en ressortant, jeta machinalement un coup d'œil vers la maison voisine.

Sa conversation de l'avant-veille avec Meredith lui revint en mémoire. Ce n'était pas la première fois qu'il la voyait en haut de la dune, le regard tourné vers le large, son visage pâle et fatigué exprimant un calme désespoir.

Une femme enceinte sur le point d'accoucher ne pouvait songer à se suicider, n'est-ce pas ?

Si jamais il la voyait entrer tout habillée dans la mer, peut-être sa formation de secouriste lui servirait-elle à quelque chose. Quand il lui avait demandé si tout allait bien, elle avait botté en touche, ce qui avait renforcé son inquiétude. Elle éveillait également en lui un autre sentiment qu'il préférait ne pas approfondir. En tout cas, pour la première fois en trois ans, il avait rompu sa résolution de ne pas se lier à des inconnues.

Il l'avait effrayée sans le vouloir en laissant entendre qu'il savait où elle habitait. Elle avait jeté un coup d'œil affolé vers la route, comme pour s'enfuir. Pour la rassurer, il lui avait alors parlé en long et en large de son grand-père et du clan Camilleri.

« Si vous avez besoin de quoi que ce soit, n'hésitez pas à lancer un S.O.S par-dessus la palissade », lui avait-il dit avant de partir.

Pour le S.O.S., il risquait d'attendre longtemps. Même si la tempête avait causé des dégâts chez elle, il y avait peu de chances qu'elle lui demande de l'aide. La premièrc personne qu'elle appellerait serait son mari, même s'il habitait sans doute à Melbourne, à deux cent cinquante kilomètres de l'île.

C'était étrange, tout de même. Depuis l'arrivée de Meredith dans la villa, personne n'était venu lui rendre visite. Aujourd'hui, dimanche, il n'y avait aucune voiture dans l'allée hormis la sienne.

Enceinte, l'air malheureux comme les pierres, elle passait ses journées à fixer la mer. Elle en avait le droit, bien sûr, mais les instincts protecteurs de Raf s'insurgeaient. Quel mari laissait sa femme enceinte jusqu'aux yeux se morfondre seule sur une île ?

De quoi se mêlait-il ? Il avait déjà suffisamment de complications avec Mario sans s'en créer d'autres.

Il ne pouvait pas remédier aux problèmes de tout le monde. Mais il pouvait sauver le rince-bouteilles.

Les cisailles en main, il s'appliqua à tailler les branches dénudées. Avec un peu de chance, elles refleuriraient dans six mois. Dans la foulée, il passa ensuite au massif de bougainvillée, dont les rameaux avaient également souffert de la tempête.

Une demi-heure plus tard, couvert de terre et de pétales trempés, il fut saisi d'une crise d'éternuements due à l'overdose de pollen. Il lui restait encore quelques branches à moitié brisées du lilas des Indes à couper et ce serait fait.

Il s'attaqua à la plus grosse branche avec énergie. Elle pendait, l'empêchant d'avoir une prise parfaite, et il la redressa en plaçant les doigts à quelques centimètres des dents en acier de la scie.

Une portière claqua dans le jardin voisin. Meredith, tout de noir vêtue, sortit de sa voiture, un cabas dans une main, repoussant de l'autre les longs cheveux blonds qui, telle une écharpe dorée, s'enroulaient autour de son visage sous l'effet du vent.

Fasciné, il l'observa.

Soudain, une douleur atroce le fit hurler. Les dents de la scie venaient de s'enfoncer dans le gras de sa main, le sang giclait de la blessure. Il laissait tomber l'outil et enleva sa chemise pour s'en faire un pansement. Le T-shirt vert qu'il portait en dessous était tout moucheté de rouge.

— Vous êtes blessé ?

Meredith était entrée par le portail qu'il laissait toujours ouvert. C'était la première fois qu'il la voyait d'assez près pour distinguer la couleur de ses yeux — bleu pervenche — qui le fixaient d'un air mi-inquiet mi-consterné.

— Je me suis coupé, dit-il, penaud.

Parce que je ne pouvais pas détacher le regard de vous.

Elle jeta un coup d'œil à l'arme du crime, qui reposait dans l'herbe.

— Avec cette scie rouillée qui ne demande qu'à transmettre le tétanos ?

Il hocha la tête, chancelant sous la douleur qui faisait palpiter sa main. Meredith l'attrapa par l'épaule.

— Vous êtes tout pâle. Asseyez-vous. Je vais chercher mon sac.

Son sac ? Pourquoi avait-elle besoin de son sac ? Il ne comprenait pas, sans doute à cause du choc.

Il aurait voulu lui dire qu'il allait bien, mais ses jambes fléchissaient sous lui. Il décida donc de s'asseoir sur une chaise du jardin et de mettre la tête entre ses jambes comme il le conseillait aux patients qu'il transportait durant ses missions d'ambulancier bénévole.

Une minute plus tard, les bottes noires de Meredith apparurent dans son champ de vision, et il sentit une couverture sur ses épaules.

— Passez-la autour de vous. Je ne veux pas que vous preniez froid.

— Merci.

Un caducée était imprimé sur le sac à dos qu'elle avait posé dans l'herbe.

— Vous êtes médecin ?

— Généraliste. Je vais vous examiner, dit-elle en esquissant un geste pour s'agenouiller devant lui.

— Arrêtez.

— Pardon ? fit-elle avec une pointe d'indignation.

Elle n'avait manifestement pas l'habitude de recevoir des ordres.

— On va rentrer.

— Vous êtes sûr de pouvoir marcher ?

— Bien sûr.

La tête lui tournait, mais il n'allait pas laisser une femme enceinte s'agenouiller dans l'herbe trempée.

Elle fit la moue, ses lèvres s'arrondissant tel un bouton de rose.

— Appuyez-vous sur moi, dit-elle en lui tendant la main.

— Je n'ai pas besoin de…

— Obéissez. Je ne suis pas en sucre. A moins que votre blessure ne vous suffise pas et que vous vouliez y ajouter une chute et une commotion cérébrale.

Avec son teint pâle et ses yeux bleus ourlés de cils foncés, on aurait dit une poupée de porcelaine, mais son ton ferme et autoritaire indiquait qu'elle n'était pas aussi fragile qu'elle le paraissait.

— D'accord, dit-il en acceptant son aide pour se redresser. J'ai trop peur de vous dire non.

Les délicats petits doigts se refermèrent avec une force surprenante autour de son poignet. Aucune pression ne s'exerçait sur sa main blessée, mais une douleur abominable le transperça, si vive qu'elle le fit vaciller.

— Doucement, dit Meredith en enroulant son bras autour de sa taille. Attendez de reprendre vos esprits.

Sa chaleur s'insinuait en lui, et il eut l'impression absurde qu'ils s'emboîtaient aussi parfaitement que deux pièces de puzzle.

Sans doute la douleur le faisait-elle halluciner.

— Allons-y.

Il se mit en marche, s'efforçant d'ignorer les points argentés qui dansaient devant ses yeux.

Murmurant quelque chose au sujet des hommes qui

prenaient des risques stupides, elle lui enfonça les doigts dans l'avant-bras pour freiner sa progression.

— Nous ne faisons pas une course.

Son sac jeté sur une épaule, elle l'aida à gagner le vestibule.

— Où se trouve la cuisine ?

A des milliers de kilomètres.

— Au bout du couloir, sur la gauche.

Une minute plus tard, il s'écroulait avec soulagement sur une chaise en vinyle et métal, les coudes posés sur la table en formica verte. Meredith promena un regard incrédule autour d'elle, avant de s'installer à côté de lui et d'ouvrir sa sacoche.

— Vous ne rêvez pas, dit-il, amer. Vous avez fait un retour dans le temps, en 1975.

Sans commenter, elle se frotta les paumes avec du gel bactéricide et enfila des gants en latex.

— Voyons l'étendue des dégâts.

Avec moult précautions, elle ôta le pansement de fortune. Du sang continuait à s'écouler de la plaie aux bords déchiquetés.

Il eut un haut-le-cœur. Il était difficile de rester détaché lorsqu'il s'agissait de *votre* main, et non de celle d'un patient lambda.

— Remuez les doigts, ordonna-t-elle.

— Un, deux, trois, quatre et cinq, énuméra-t-il en s'exécutant. Pas de déchirure du tendon.

La surprise se peignit sur le visage de Meredith.

— Vous travaillez aussi dans le domaine médical ? demanda-t-elle en appliquant une compresse imbibée d'antiseptique sur la blessure.

— Pas vraiment. Cela fait des années que je suis ambulancier volontaire à Melbourne, principalement pour de grands événements comme le tournoi de tennis ou la finale du championnat de football.

Ponctués par la canne, les pas traînants de son père se rapprochèrent dans le couloir.

Mario apparut sur le seuil de la cuisine.

— Rafael, tu aurais pu me prévenir que nous avions de la visite, dit-il d'un ton réprobateur. Bonjour, poursuivit-il avec un aimable sourire à l'adresse de Meredith, je suis Mario Camilleri.

Le visage de Raf se durcit. La tension entre le père et le fils était palpable. Mario n'avait pas cillé à la vue du sang, mais son visage avait pâli.

— Je vais recoudre la main de votre fils, monsieur Camilleri. Si vous préférez ne pas assister à…

— J'ai été pêcheur professionnel toute ma vie ; du sang, j'en ai vu, ce n'est pas une petite égratignure qui va m'impressionner, fit-il en fusillant Raf du regard. Ma femme exigeait qu'on porte une chemise à la maison, je vais en chercher une pour Raf.

Et il rebroussa chemin en traînant la jambe gauche.

Habituée à toutes sortes de réactions étranges de la part des patients et de leurs familles, Meredith se garda de relever. Elle sortit le kit de suture de sa trousse puis brisa une ampoule d'anesthésique local et remplit la seringue en s'efforçant de ne pas penser à Richard. C'était la première fois qu'elle accomplissait un geste médical depuis sa mort. Et si les souvenirs la rattrapaient et la rendaient incapable d'opérer ?

Elle expulsa l'excès de lidocaïne par l'aiguille jusqu'à ce que la jauge indique 2 mg, puis elle injecta le produit dans l'une des veines médianes de la main.

— Aïe, ça pique.

— Désolée.

— Il y a pire.

— En effet, dit-elle avec plus de véhémence qu'elle ne l'aurait voulu. Bien pire.

— On dirait que vous savez de quoi vous parlez.

Les yeux noisette — de la même teinte que celle des vaches avec lesquelles elle avait grandi à la ferme — la dévisageaient intensément, comme s'ils pouvaient lire en elle.

Elle se détourna pour étaler le matériel dont elle avait besoin sur la feuille en cellulose stérile.

— Voilà, dit-elle deux minutes plus tard. Le produit a eu le temps d'agir.

Après avoir généreusement badigeonné la plaie de Bétadine, elle saisit le fil et l'aiguille.

— Je ne suis pas particulièrement douillet, mais cette aiguille m'a l'air bien longue. Parlez-moi pour me distraire, Meredith.

— De la pluie et du beau temps, ça vous ira ?

— Dites-moi plutôt quand le bébé va naître.

— Dans trois semaines. Vous sentez quelque chose ? demanda-t-elle en enfonçant l'aiguille.

— Rien du tout. Alors vous risquez d'accoucher à tout moment ?

— Non, dit-elle en posant le nœud du premier point. La naissance aura lieu au plus tôt dans trois semaines, et au plus tard dans cinq.

Il rit.

— Je ne crois pas que les bébés respectent les calendriers. Le vôtre viendra au monde quand il l'aura décidé.

— Vous avez des enfants ?

Les narines de Raf se dilatèrent, et elle crut lire de la tristesse dans ses yeux.

— Non. Ma sœur a accouché prématurément de ses jumeaux, ce qui explique mes connaissances toutes relatives dans ce domaine.

— Les naissances gémellaires sont souvent prématurées. Moi, je n'ai qu'un unique pensionnaire à bord…

Un bébé que je ne suis pas prête à élever seule.

— Il n'est pas question qu'il — ou elle — naisse avant terme, dit-elle ; je ne le permettrai pas.

L'étonnement se lut dans le regard de Raf, ce qui se concevait. Elle parlait comme une folle ; et sans doute était-elle en train de le devenir. Perdre son mari quelques semaines avant la naissance d'un premier enfant pouvait détruire n'importe quelle femme.

En général, à cet instant de la conversation, les gens bien intentionnés lui donnaient toutes sortes de conseils. Raf ferait-il de même ?

— Vous êtes la première future maman que je rencontre qui ignore le sexe de son bébé. De nos jours, c'est la grande mode de le connaître le plus tôt possible, dit-il d'un ton désapprobateur ; pour décorer la chambre en conséquence, acheter le landau de la bonne couleur et tout ce qui s'ensuit.

« Allons, Merry, lui avait dit plus d'une fois Richard, bien sûr que nous avons besoin de savoir si c'est une fille ou un garçon. Il va bien falloir s'organiser. »

Il ne comprenait pas son refus de connaître le sexe du bébé et avait tenté, en vain, de la faire changer d'avis.

— Sans doute suis-je démodée, mais je ne veux pas le savoir à l'avance.

— Et c'est votre droit. Après les douleurs de l'enfantement, ce sera votre cadeau surprise.

Surprise, elle suspendit l'aiguille en l'air et leva la tête vers lui.

— Merci.

— Pourquoi ?

— Vous êtes la première personne qui comprend mes raisons. Mon mari, Richard…

La douleur qu'elle éprouvait à prononcer son nom lui coupa le souffle. Elle s'éclaircit la gorge.

— Mes beaux-parents veulent à tout prix savoir, pour remplir les formulaires d'inscription à l'école.

Il haussa les sourcils.

— Je n'avais encore jamais entendu une chose pareille. D'habitude, la mamy a besoin de l'information pour acheter des pelotes de laine rose ou bleue…

De nouveau il l'observait intensément, comme s'il cherchait à découvrir ce qu'elle lui cachait.

— Voilà. Cinquième et dernier point, dit-elle en coupant le fil et en appliquant un pansement adhésif sur la zone suturée. Evitez de mouiller le pansement. Etes-vous à jour de vos rappels antitétaniques ?

— Oui. Et je connais la suite : j'irai voir mon médecin pour faire retirer les points de suture.

Elle jeta les gants dans son sac.

— Je peux le faire pour vous.

— Vous ne rentrez pas à Melbourne ? Vous habitez bien là-bas, n'est-ce pas ?

— Oui, dit-elle en rangeant son matériel. Et je ne compte pas y retourner de sitôt.

— Je ne comprends pas, vous disiez que l'accouchement était pour dans trois semaines, dit-il, perplexe. L'hôpital le plus proche se trouve sur le continent, à Wongarri, à soixante-dix kilomètres.

— Je sais.

— Je suppose que votre mari va bientôt vous rejoindre ?

C'était la question qu'elle redoutait. La sollicitude de Raf Camilleri lui faisait chaud au cœur mais, dès l'instant où elle lui dirait que Richard ne viendrait pas parce qu'il était mort, tout changerait entre eux.

Les gens réagissaient de différentes manières à ce genre d'annonce. Soit ils s'enfermaient dans un silence embarrassé, soit ils se perdaient en manifestations de sympathie et condoléances apitoyées. Sans connaître Raf, elle était à peu près certaine qu'il ne saurait pas quoi dire.

Heureusement, Mario choisit cet instant pour revenir, une chemise à la main.

— Meredith, dit-il en plaçant le vêtement sur le dos d'une chaise, puis-je vous offrir un café ? Expresso, latte, cappuccino ?

— Papa, je te rappelle que les femmes enceintes ne boivent pas de café.

Mario répondit, en italien, quelque chose qui était tout sauf aimable, à en juger par le ton.

— Meredith, reprit-il, voulez-vous du thé ? Un chocolat chaud ?

— Je vous remercie, mais ce n'est pas nécessaire, dit-elle en refermant son sac.

Un silence hostile planait entre les deux hommes.

— J'insiste, dirent-ils en chœur, l'un de sa voix rugueuse et l'autre de sa voix de basse. Faites plaisir à un vieil homme, ajouta Mario.

Raf fusilla son père du regard.

— D'après ce que je comprends, papa essaie de vous dire que nous vous sommes reconnaissants de votre aide.

— Comme vous le devinez peut-être, Meredith, j'en ai assez de la compagnie de mon fils, et j'aimerais profiter de votre délicieuse présence pendant encore quelques instants.

La voix était rugueuse, mais le discours charmeur.

— Et en restant, marmonna Raf, vous empêcherez un parricide.

Prenant manifestement son acceptation pour acquise, Mario souleva le couvercle d'une rutilante machine à expresso.

— Je peux vous préparer la boisson de votre choix. Le lait est bon pour le *bambino*.

Durant la semaine qui avait suivi le décès de Richard, de nombreuses personnes lui avaient apporté des petits plats en témoignage de leur soutien, et peut-être aussi pour se donner bonne conscience. Mais la proposition de Mario et Raf était complètement différente : ils voulaient qu'elle reste parce qu'ils ne se supportaient plus. Aucunement motivée par la pitié, l'offre était tentante.

— Hum. Je ne dirais pas non à un chocolat chaud.

— Avec des biscuits aux noisettes et aux *amoretti*, dit Mario en ouvrant le réfrigérateur pour en sortir la bouteille de lait.

— Merci, le chocolat suffira.

— Ne refusez pas l'hospitalité italienne, dit Raf en levant les yeux au ciel. Vous ne gagnerez pas avec mon père. Il vous gavera jusqu'à ce que vous rouliez au lieu de marcher.

— C'est déjà mon cas, dit-elle, grimace à l'appui, en posant les mains sur son ventre.

— Ah bon ? dit-il, l'air sincèrement surpris. Je n'avais pas remarqué.

4.

Le lendemain après-midi, Raf, une composition florale à la main, monta les marches du perron de Meredith. Plutôt que le bouquet de roses blanches qu'il s'apprêtait à acheter, le fleuriste lui avait conseillé cette composition de printemps. Ces jonquilles, jacinthes, primevères, gerberas et iris feraient sourire n'importe quelle femme, lui avait-il assuré — argument décisif qui l'avait emporté. Raf brûlait d'envie de voir Meredith sourire.

Elle qui aurait dû rayonner de bonheur à l'approche de l'accouchement, elle lui donnait l'impression d'être éteinte, de subir la vie au lieu de l'apprécier. La veille, pendant la demi-heure où elle était restée en leur compagnie à boire du chocolat chaud, elle avait semblé se détendre un peu et être moins malheureuse. Mais cela ne suffisait pas à calmer les inquiétudes de Raf.

Il avait senti du désespoir en elle quand elle avait affirmé qu'elle ne permettrait pas à son bébé de naître avant terme comme si elle ne voulait pas qu'il naisse du tout. Il avait ensuite passé une partie de la soirée sur Internet à consulter des sites dédiés à la dépression prénatale, moins connue mais tout aussi redoutable que le baby blues post-natal.

Meredith en souffrait-elle ? Il aurait pu comprendre qu'une femme en situation de précarité s'inquiète de la venue de ce bébé, mais Meredith était médecin. A en juger par sa villa et sa luxueuse voiture de marque allemande, elle n'avait aucun souci d'ordre financier. Etait-ce l'absence de son mari qui la tourmentait ? Son couple battait-il de l'aile à cause de ce bébé ?

D'expérience, il savait que la venue d'un enfant pouvait précipiter le naufrage d'un mariage fragile. Qu'il ait été désiré ou pas, le bébé accentuait les conflits existants, exacerbait les émotions et conduisait parfois droit au divorce.

Calant la composition florale dans sa paume valide, il sonna à la porte.

Des pas descendirent un escalier, et le battant s'ouvrit. Meredith portait une tunique bleu roi qui accentuait les différentes nuances de bleu de ses yeux sans pour autant cacher ses cernes.

Belle. Et l'air triste à mourir, comme la veille.

Il lui tendit la composition florale.

— Pour vous remercier de vos soins. Vous m'avez épargné un voyage au cabinet médical.

L'air consterné, elle fixa les fleurs.

— Ce n'était pas nécessaire.

— Si vous voulez, je peux les échanger contre des chocolats.

Il lui arracha un semblant de sourire.

— Entrez, je vous prie.

Elle le précéda dans l'escalier et, malgré ses efforts, il ne put s'empêcher de lorgner vers son joli postérieur, rond à souhait.

Qu'est-ce qui lui prenait ? Cette femme était mariée, et enceinte. Elle n'était pas pour lui.

Ils débouchèrent dans une immense salle de séjour inondée de lumière. La vue sur l'océan était aussi spectaculaire qu'il l'avait imaginée, mais ce fut surtout la douzaine de vases remplis de fleurs qui l'étonna — des lis, des roses, des œillets, des arums, toutes dans des tons de blanc et crème. Encore emballés dans leur Cellophane, certains bouquets portaient la carte de l'unique fleuriste de Shearwater Island.

— Je comprends à présent pourquoi vous ne vouliez pas de mes fleurs, dit-il en riant. Elles ne s'assortissent pas à votre gamme de couleurs.

Pas de réponse.

— Est-ce pour une occasion spéciale ?

Debout près de la baie vitrée, les bras serrés autour de la poitrine, elle continuait à fixer l'océan en silence.

— Un anniversaire ? poursuivit-il. Une promotion ?

Elle secoua la tête.

— Des condoléances.

Pourtant prononcés doucement, ces mots lui firent l'effet d'un coup de poing. L'étalage de fleurs le fit revenir dix-neuf ans en arrière, près du cercueil de sa mère, alors qu'il avait la gorge nouée par l'odeur épicée des lys orientaux.

Soudain, les pièces du puzzle se mirent en place. Il comprenait à présent la raison de la pâleur de Meredith et de la tristesse qui émanait d'elle en permanence. Elle pleurait la perte d'un être cher. S'agissait-il de sa mère, de son père ? Poser la question serait-il indiscret ?

Non seulement indiscret, mais cruel.

— Richard… mon mari…, fit-elle, le regard toujours tourné vers le large. Il faisait du snow-board sur le mont Feathertop avec des amis fanatiques de sports extrêmes, comme lui. Il a été pris dans une avalanche. Il n'y a pas survécu.

Elle avait un ton monocorde, comme si elle racontait l'histoire pour la énième fois

Richard Nichols. Bien sûr. Il se souvenait de l'article paru quelques semaines auparavant sur le brillant chirurgien qui avait été emporté par une avalanche. Jusqu'à présent, il n'avait pas fait le rapport avec Meredith, mais il aurait dû. Les deux noms — Nichols et Dennison — figuraient sur la boîte aux lettres.

— Bon sang, Meredith, c'est… ça n'aurait jamais dû arriver ! dit-il, faute de trouver les mots justes.

Dans les yeux qu'elle tourna vers lui, il vit du désespoir, mais aussi de la colère.

— Je suis d'accord avec vous. Si vous saviez combien j'en veux à Richard de m'avoir mise dans cette situation, de *nous* avoir mis dans cette situation, dit-elle en posant la main sur son ventre.

— Ce n'est pas sa faute. Je veux dire…, il n'avait pas l'intention de mourir, dit-il, conscient de sa maladresse.

— Vous croyez ? Le snow-board était sa passion et, quand il le pratiquait, plus rien n'existait pour lui que cette fichue planche et l'adrénaline qu'elle lui procurait. Comme tous les amateurs de sports dangereux, il était d'un égoïsme forcené, il ne pensait qu'à son plaisir !

Elle s'empara d'un vase qu'elle vida dans l'évier. Puis elle saisit rageusement une paire de ciseaux pour couper les tiges des lys en deux.

— Pendant des années, j'ai repoussé le moment de concevoir notre bébé, je me suis adaptée aux projets de Richard, j'ai déménagé, changé de pays et de villes à cause de lui, j'ai renoncé à de bons postes pour le suivre et soutenir sa carrière…

Les lys suppliciés atterrirent dans la poubelle.

— Je croyais que c'était enfin mon tour, que nous fonderions une famille et qu'il serait là pour veiller sur moi et notre enfant. Il me l'avait promis !

Sa voix se brisa, et elle s'appuya contre l'évier.

Elle était dos à lui, mais il devinait son émotion.

Tout cela arrivait à cause de lui. Sans sa stupide question, elle ne se serait pas mise dans cet état. Aussi s'avança-t-il pour poser doucement les mains sur ses épaules. Elle tremblait comme une feuille. Cette fois, il ne commettrait pas l'erreur de parler et de remuer sans le vouloir le couteau dans la plaie. Non, il se contenterait de lui offrir du réconfort en silence, comme il le faisait avec les patients qu'il transportait dans son ambulance.

Un sanglot étranglé s'échappa des lèvres de Meredith, et elle se tourna soudain vers lui. Sans réfléchir, il la serra dans ses bras. Si seulement, il pouvait absorber un peu de sa détresse et soulager sa peine…

En pleurs, elle blottit la tête contre son épaule et, machinalement, il caressa ses soyeux cheveux dorés. Son parfum de fleurs de printemps emplissait délicieusement ses narines.

Ses larmes mouillaient sa chemise, mais il n'en avait cure. Elle était exactement à sa place dans ses bras et il la tiendrait contre lui aussi longtemps qu'elle en aurait besoin.

Petit à petit, elle commença à se calmer et à respirer plus posément. Ce fut alors qu'il sentit le bébé lui donner un coup de pied, suivi d'un autre encore plus fort.

« Tu n'es pas mon père, toi, semblait-il lui dire. D'où sors-tu ? »

Il lâcha Meredith et recula. L'air qui s'engouffra entre eux lui sembla glacial. Le bébé avait raison. Raf n'était le père de personne, il ne le serait jamais.

Meredith s'aspergea le visage d'eau froide et poussa un gémissement. Raf était dans la salle de séjour, à l'attendre, regrettant certainement d'avoir sonné à sa porte. Aucun homme n'avait envie qu'une quasi-inconnue fonde en larmes devant lui. Pourvu que, grâce à son activité d'ambulancier, Raf ait un peu l'habitude de ce genre de spectacles pitoyables. Pourvu qu'il ne se sente pas trop décontenancé !

Elle s'essuya le visage et se regarda dans le miroir. Seigneur, quelle horreur ! Il aurait fallu plus que de l'eau froide pour effacer les marques rouges et les bouffissures sous ses yeux, mais elle n'avait pas le courage de se remaquiller.

— Surtout, restes où tu es, mon poussin, dit-elle au bébé. Tu prendrais peur en voyant ta maman.

Elle sortit de la salle de bains et remonta le couloir.

— Vous vous sentez un peu mieux ? demanda la voix rauque et mélodieuse de son visiteur.

Il était dans la cuisine, il n'y avait plus aucune trace de fleurs coupées dans l'évier.

— Un peu. J'ai au moins arrêté de pleurer, même si ça ne se voit pas vraiment.

Il lui adressa le gentil et malicieux sourire qui semblait être sa marque de fabrique.

— Ces rougeurs vous vont bien. Elles donnent de la couleur à vos joues.

Elle s'entendit rire.

— Alors, je n'aurais pas tout perdu en me donnant en spectacle devant vous. Je suis désolée de vous avoir infligé cela. Je refoulais tout depuis mon arrivée et…

— Il fallait que ça sorte, c'est normal. S'il y a quelqu'un qui doit s'excuser, c'est moi. Sans mes maudites fleurs, rien ne serait arrivé. Si j'avais su, je vous aurais acheté autre chose.

La composition florale avait disparu. L'avait-il jetée à la poubelle ?

— J'ai quitté Melbourne pour échapper aux fleurs, aux condoléances et aux visites éplorées des proches de Richard. Si je recevais encore un bouquet, je crois que…

— Vous hurleriez ? Vous le jetteriez par la fenêtre ?

— Oui ! Et je me sens si coupable, ces fleurs sont magnifiques, dit-elle en désignant les vases. Mon bouquet de mariée était composé de roses et de lys… Je crois que je ne pourrais plus jamais voir ni sentir un lys de ma vie.

L'air songeur, il se frotta le menton.

— Et si je vous débarrassais de ces bouquets ? Je pourrais les porter au club de l'Age d'Or, où ils feraient des heureux.

— Oh ! ça ne vous dérangerait pas ?

— Bien au contraire. Cela fera sortir Mario de la maison, et ces dames du club insisteront pour nous garder à l'heure du thé. Des scones accompagnés de confiture de framboises et de crème fraîche épaisse, il y a pire comme punition.

— Des scones, ce n'est pas très italien comme nourriture, dit-elle en enlevant les quelques cartes qui restaient au milieu des fleurs.

Un jour, elle devrait trouver la force d'écrire à tous ces gens pour les remercier, mais pas maintenant.

— Scones, cheesecake, lamingtons, pavlova, forêt-noire, il n'y a pas de frontières pour les bonnes choses, dit-il, une joyeuse étincelle dans l'œil.

Après avoir porté les vases à l'évier, il les vida de leur eau et plaça les fleurs dans un carton qu'elle lui apporta de la buanderie.

— Qu'avez-vous fait de la composition ?

— Je l'ai sortie sous le porche pour que vous n'ayez plus à poser les yeux sur l'objet du crime.

Elle rit malgré elle.

— Merci beaucoup. On respire déjà mieux dans la salle de séjour.

— Je vous proposerais bien de nous accompagner, la promenade est agréable, mais cela vous obligerait à voyager avec les fleurs.

— Et vous auriez moins de scones.

— C'est vrai. Je veux bien partager certaines choses, mais pas les scones.

— Bref, votre générosité a des limites, dit-elle en essayant d'adopter le même ton malicieux que lui.

Il souleva la boîte, ce qui fit saillir les muscles de son bras, et elle fut frappée par la largeur des veines qui couraient sous sa peau, soulignant sa force tranquille. Sur le point de descendre l'escalier, il reposa la boîte et se tourna vers elle.

— Meredith, je comprends vos raisons de quitter Melbourne mais, maintenant que le terme approche, ne serait-il pas temps d'y retourner ?

Melbourne. A contrecœur, elle repensa à sa maison du centre-ville où tout — les étagères remplies des livres de Richard, les photos le montrant en train de faire de la plongée ou de l'alpinisme, la collection de planches de surf et de snow-board — lui rappellerait son amour des sports extrêmes, qu'il lui avait préféré. A elle et à leur bébé.

Un frisson la parcourut. Non, elle n'était pas près d'y retourner.

— Ici, la vie m'est moins insupportable qu'à Melbourne.

Raf esquissa une grimace, comme s'il essayait de décrypter ses propos.

— Dans ce cas, pourquoi ne demanderiez-vous pas à quelqu'un de venir habiter sur l'île avec vous ?

Elle secoua la tête avec véhémence, repensant à tous ces gens venus lui présenter leurs condoléances qui ne cessaient de lui parler de Richard.

— Pas question. Je suis venue ici pour être tranquille.

— Je n'aime pas vous savoir seule.

Linda et Derek lui avaient dit la même chose, comme Emma. Et voilà qu'il s'y mettait !

— Je suis médecin. Tout ira bien.

Le beau visage de Raf se crispa.

— Mon savoir médical n'est pas aussi étendu que le vôtre, mais je doute que vous ayez le recul nécessaire pour être votre propre médecin. D'autant que vous êtes enceinte. Quand avez-vous passé votre dernier examen prénatal ?

— La semaine dernière, avant de venir.

— Vous devriez bientôt en avoir un autre, n'est-ce pas ?

Il avait plus de connaissances qu'il ne le prétendait. Et elle détestait qu'il la mette face à ses obligations envers elle-même et le bébé. La simple idée de retourner à Melbourne l'emplissait de désespoir.

— Pour un secouriste bénévole, je trouve que vous en savez beaucoup, dit-elle sèchement.

Le regard de Raf se durcit. Elle l'avait vexé.

— Je ne vous juge pas, Meredith. Votre vie s'est écroulée et vous essayez de survivre de votre mieux, mais il n'y a pas que vous dans l'affaire. Vous ne pouvez vous substituer à votre gynécologue. Si vous ne voulez pas retourner à Melbourne, appelez au moins la Shearwater Clinic pour prendre rendez-vous avec l'un des médecins.

Le bébé remua, comme pour appuyer la requête de Raf. Elle ne devait pas laisser son chagrin occulter ses obligations.

— Si je prends rendez-vous demain, cela vous rassurera ?

— Peut-être. Tenez, dit-il en posant une carte de visite sur la table, c'est mon numéro. Promettez-moi de m'appeler à toute heure du jour ou de la nuit si vous aviez besoin de quoi que ce soit.

— D'accord, dit-elle, un soupir aux lèvres. Décidément, vous aimez vous mêler des affaires de vos voisins !

Malgré son ton excédé, elle lui savait gré de sa sollicitude. Le problème, c'était qu'elle n'était pas prête à mettre son bébé au monde. Si elle avait pu repousser l'accouchement d'un an, elle l'aurait fait. Elle était bien loin d'avoir l'énergie nécessaire pour être mère.

— Je vous appellerai si je perds les eaux. Content ?

Le soulagement se lut dans les yeux noisette de Raf.

— Merci.

Il reprit le carton de fleurs, descendit l'escalier et elle l'entendit ouvrir la porte.

— Raf, attendez, dit-elle en le rejoignant sous le porche.

— Oui ?

— Je voulais juste vous remercier à mon tour. Et vous dire que j'acceptais votre cadeau, fit-elle en prenant la composition florale qu'il avait laissée à l'extérieur.

— Je vous croyais allergique aux fleurs ?

— Pas à celles-ci. Elles me rappelleront les couleurs de mon ancienne vie.

Une expression impénétrable sur le visage, il la regarda un long moment.

— Alors, je ne regrette pas mon choix.

Et il s'éloigna dans l'allée.

— Au fait, dit-il en se retournant, j'ai oublié l'essentiel. Mario veut vous avoir à dîner vendredi. Et il vous rappelle qu'on ne dit pas non à un vieil homme handicapé.

Elle sourit.

— Il joue souvent cette carte ?

— Quand cela l'arrange, répondit-il d'un ton amer.

Et il referma le portail derrière lui.

— Salut, petit frère ! Qu'est-ce que tu fais ?

Debout sur le rebord de la fenêtre, une ponceuse dans sa main valide, Raf se retourna pour saluer à sa sœur.

— Ces fenêtres ont bien besoin d'un coup de peinture.

Les mains sur les hanches, Bianca observa la façade.

— Comme tout le reste de la bâtisse. Avant son A.V.C., papa ne voulait pas en entendre parler ; et maintenant on ne peut plus rien lui dire de peur qu'il nous refasse une attaque.

— C'est pour ça que je fais ces travaux sans lui demander

la permission. L'autre jour, il a poussé des hauts cris quand je lui ai conseillé d'ajouter un étage.

Elle le regarda comme s'il avait perdu la raison.

— Avec ses neuf pièces, la maison est déjà trop grande pour papa, et tu lui suggères d'ajouter un étage ?

— Ce n'est pas une question de mètres carrés, Bianca, mais de qualité de vie. Il pourrait avoir ses quartiers au deuxième étage avec vue sur la mer.

— Rien de mieux pour lui rappeler ce qu'il a perdu ! Parfois, je me demande ce que tu as dans la tête.

Elle poussa l'écran-moustiquaire pour entrer dans la cuisine, et il la suivit.

— La mer fait partie de sa vie, Bianca. Il ne peut plus naviguer, certes, mais cela lui fera du bien de voir les couleurs de l'océan changer selon le temps, la valse des nuages, les vagues se briser sur les rochers…

— Il en profitera pour râler à l'infini sur ces « fainéants de surfeurs » qui ne font rien de toute la sainte journée, dit-elle en allumant la bouilloire électrique. Et qui devra supporter ces récriminations ?

— Toi et moi.

— A supposer que tu restes. D'ailleurs, comment va notre grand invalide aujourd'hui ? dit-elle en désignant sa main.

— Quelques points de suture ne font pas de moi un invalide. Quant à l'autre invalide, il va de mieux en mieux : d'après le kiné, papa fait des progrès, et il y a de grandes chances qu'il récupère sa motricité.

— Ça, c'est une bonne nouvelle.

Elle posa deux mugs sur la table, y jeta des sachets de thé puis ouvrit le réfrigérateur.

— Au moins, vous mangez bien, tous les deux, dit-elle en en inspectant le contenu.

— Cela semble te surprendre.

— A Melbourne, ton frigo était tout le temps vide, Raf.

— Tu exagères. Il est resté vide quelques semaines, après le départ de Teresa. Je n'avais plus très envie de faire la cuisine…

Il repoussa les pénibles souvenirs qui affluaient à sa mémoire.

— Depuis, je me suis rattrapé, et même nettement amélioré aux fourneaux. Si tu avais pris la peine de me rendre visite, je t'aurais épatée.

— Inutile d'essayer de me culpabiliser, dit Bianca en versant de l'eau frémissante sur le thé, j'ai largement de quoi te retourner la pareille. Puisque tu es si impatient de montrer tes talents culinaires, tu vas pouvoir t'en donner à cœur joie, nous dînons ici ce soir avec Marco et les enfants. Tu pourras leur préparer ces calamars qui dorment dans le compartiment congélateur.

— Pour le menu de ce soir, adresse-toi à papa. C'est lui qui fait la cuisine.

— Avec une main qui peut à peine tenir une cuillère ? Il va s'ébouillanter s'il lâche une casserole. Moi qui croyais que tu veillais sur lui…

— C'est toi qui as voulu que je vienne ! répondit Raf, furieux. Je supporte sa mauvaise humeur et ses jérémiades à longueur de journée, alors je t'interdis de me dire ce que je dois faire ou ne pas faire ! Sache que je ne suis pas complètement inconscient, je lui sers de commis quand il se met en tête de faire la cuisine. Même s'il déteste m'avoir dans les pattes, il me supporte. Il sait qu'il a besoin de mon aide pour éplucher les légumes et préparer les viandes ou vider les poissons. Ce soir, il a décidé de nous faire ses fameux calamars farcis à la tomate et à l'origan.

— Rien que pour nous ? Ça m'étonne. D'habitude, il réserve cette recette à des invités de marque.

— Qui te dit qu'il n'y aura pas d'invités ? Il veut impressionner Meredith.

— Qui ?

Il pointa le doigt en direction de la maison voisine. Bianca faillit s'étouffer sur sa gorgée de thé.

— Papa a invité les « citadins » à dîner ? On a dû lui greffer une autre personnalité en plus de son triple pontage !

Si Raf n'avait pas rencontré Meredith, il aurait eu la même réaction que sa sœur. Durant les quelques instants où Mario avait conversé avec Meredith, il avait fait preuve d'une affection quasi paternelle à laquelle Raf n'avait pas eu droit depuis deux décennies. Pourtant, il le comprenait. Il y avait en Meredith quelque chose qui vous prenait à la gorge et ne vous lâchait plus.

Ses propres sentiments envers elle n'avaient, eux, rien de paternel. Il prétendait vouloir la protéger car elle était enceinte et veuve mais, la vérité, c'était qu'il la trouvait hautement désirable. Il n'avait pas autant été attiré par une femme depuis longtemps. Le souvenir de sa tête sur son épaule, de son parfum, de la douceur de sa peau, hantait ses nuits et provoquait en lui des rêves déplacés.

Elle n'avait pas encore fait le deuil de son mari, dont elle portait l'enfant. La psychologue qu'il avait consultée après le départ de Teresa s'en serait donné à cœur joie en analysant la situation.

« Vous avez jeté votre dévolu sur la seule femme qui n'est pas capable de vous aimer en retour, lui aurait-elle dit. Et c'est exactement pour cela que vous l'avez choisie. »

Quant à ce qu'elle lui aurait dit sur l'enfant, il préférait ne pas l'imaginer.

5.

De retour de la salle de bains, Meredith s'arrêta dans le salon pour admirer la collection de maquettes de bateaux exposée dans une vitrine. Elle avait dû s'excuser une nouvelle fois auprès de ses hôtes car le bébé se déchaînait. Non content d'appuyer sur sa vessie, le petit coquin prenait un malin plaisir à garder son pied coincé sous ses côtes, ce qui rendait la position assise difficile, et l'absorption de nourriture un véritable supplice.

Pour ne rien arranger, elle souffrait depuis le matin d'un mal de dos épouvantable.

— Tout va bien ?

Appuyé contre le chambranle, Raf l'observait, l'air décontracté. Mais elle n'était pas dupe, il s'inquiétait pour elle.

— Très bien, dit-elle en retirant la main du creux de son dos. J'espère que Mario n'a pas été déçu que je mange si peu de ses délicieux calamars, mais le bébé prend toute la place dans mon ventre.

— Ne vous en faites pas. Même si vous aviez fait honneur au plat, Mario aurait trouvé à y redire. Et vous avez fait un heureux, Leo a eu votre portion en plus de la sienne. Il a même chipé trois rondelles de calamar frit dans mon assiette quand je ne regardais pas. En grandissant, mon neveu devient un véritable estomac sur pattes !

Un sourire aux lèvres, il se détacha du seuil pour venir vers elle.

— Je suis désolé que ma sœur et sa petite famille aient

accaparé la conversation. Vous avez sans doute les oreilles qui tintent. Si vous voulez, je vous ramène chez vous.

Comme toujours, il semblait lire en elle.

— Votre sœur et son mari sont charmants, et j'ai passé une fort agréable soirée.

— Inutile de me mentir par politesse, Meredith. Quand les Camilleri débarquent en masse quelque part, ils sont insupportables.

Son regard descendit vers sa main posée sur son ventre.

— Avez-vous contacté le cabinet médical ?

— Oui. Le Dr Jeglinski m'a fait passer une échographie, et tout est normal à deux semaines du terme.

Des voix juvéniles leur parvinrent de la salle à manger, l'une douce et cajoleuse, l'autre vindicative.

— Allez, maman, c'est vendredi soir.

— J'ai tout le week-end pour faire mes devoirs !

Raf rit.

— On dirait que les jumeaux aimeraient rester voir le match de foot, surtout Leo.

Bianca déboula dans le salon.

— Raf, on va y aller. Les jumeaux ont cours d'E.P.S. demain à 7 heures.

Bianca et Meredith se serrèrent la main.

— J'ai été ravie de faire votre connaissance, Meredith. Si vous décidez d'accoucher sur l'île, faites-le-moi savoir, je vous mettrai en contact avec le groupe des jeunes mamans.

Meredith la remercia. Qui savait ? Grâce à Bianca, peut-être pourrait-elle se faire quelques amies et se sentir moins seule ?

Si seulement ses parents avaient encore été vivants, tout aurait été différent. A leur manière, Linda et Derek avaient de l'affection pour elle, mais teintée de condescendance. Au fond, elle savait qu'ils aimeraient follement le bébé, prolongement de leur fils adoré. Mais jamais elle, Meredith, ne pourrait prétendre à une place importante dans leur cœur. Pourtant, ils étaient la seule famille qu'il lui restait. Elle accepterait d'être traitée comme la pièce rapportée pour que son bébé ait des grands-parents.

— Merci, Bianca. Mais il serait plus sage que je rentre à Melbourne accoucher à l'hôpital.

— A la bonne heure, dit Raf. Je vois qu'on devient raisonnable.

Bianca et Marco la prirent dans leurs bras pour l'embrasser chaleureusement sur chaque joue, puis Mietta et Leo vinrent lui dire au revoir, de manière plus réservée. Dans un tourbillon de manteaux, d'écharpes, d'embrassades et de Tupperware de calamars que Mario avait préparés à l'intention de la tribu, ils s'en allèrent dans la nuit.

Dans le silence retrouvé, Mario s'appuya sur sa canne.

— Venez prendre un chocolat chaud avec moi, Meredith. Puis Raf vous raccompagnera à votre porte.

— Papa, Meredith est fatiguée…

— Le chocolat l'aidera à dormir. Je vais le préparer, allez vous installer au salon, dit le maître de céans qui prit à pas lents la direction de la cuisine.

— Désolé, dit Raf en se tournant vers elle. Il a toujours aimé mener son monde à la baguette, mais depuis son A.V.C. il est devenu tyrannique.

Tout semblait source de conflit entre le père et le fils.

— Ne vous excusez pas, Raf. Je suis une grande fille, capable de dire non si je n'ai pas envie de rester pour un chocolat chaud.

Elle n'avait pas envie de s'asseoir, et retourna devant la vitrine des maquettes de bateaux.

— Quand votre père a-t-il eu son accident vasculaire ?

— Il y a quatre mois. Il revient de loin, il a failli mourir ; c'est un miracle qu'il puisse marcher de nouveau.

— Avez-vous toujours vécu ensemble ?

— Seigneur, non ! s'exclama Raf d'un ton horrifié. J'habite Melbourne. Mario et moi sommes comme chien et chat, vous avez dû le constater. Nous ne donnons pas une très bonne image des relations père-fils.

— Le fait que vous soyez ici prouve pourtant que vous vous souciez de lui, dit-elle, pensant à ses patients à la santé précaire qui ne recevaient jamais de visites de leurs enfants.

A cet instant, Mario apparut sur le seuil.

— Le chocolat est prêt. Raf, apporte le plateau.

Les traits de Raf se durcirent. Il n'aimait de toute évidence pas recevoir des ordres de son père.

— S'il vous plaît, Mario, buvons-le dans la cuisine, répondit-elle aussitôt. Je serai plus à l'aise sur une chaise que sur le canapé.

— Aucun problème, dit son hôte en rebroussant chemin.

Comme elle faisait un pas pour le suivre, une douleur aiguë lui transperça le corps, la clouant sur place.

— Ça ne va pas ? demanda Raf derrière elle.

Elle prit prudemment une inspiration et découvrit que la douleur était partie. « Si », s'apprêtait-elle à répondre quand le bébé s'agita comme un petit diable. Dans le même temps, elle sentit quelque chose d'humide filtrer dans son panty.

Etait-ce sa vessie distendue qui faisait des siennes ou était-elle en train de perdre les eaux ? Elle attendit un instant. Le phénomène ne s'accentuait pas, il s'agissait probablement d'une fausse alerte.

— Ce n'est rien, dit-elle à Raf.

Le bébé remua de nouveau et, cette fois, elle entendit distinctement un « pop » suivi d'une masse de liquide chaud qui dégoulina le long de ses jambes. Aucun doute possible, cette fois, la poche des eaux venait de se rompre.

— Ça ne m'a pas l'air rien, dit-il, le regard fixé sur la tache sombre qui s'agrandissait sur le tapis. C'est…

— Du liquide amniotique, dit-elle, les joues rouges d'embarras. Je suis désolée pour votre tapis.

— Vous nous rendez service. Cela fait des années qu'on dit à Mario de le changer ; maintenant, il devra bien le faire. Bon, je vais vous chercher une serviette et je vous emmène à l'hôpital.

— Rien ne presse…

— Comment cela ? Vous avez perdu les eaux, le bébé est en route.

Le médecin en elle reprit le dessus.

— Cela va prendre des heures. Je n'ai même pas encore commencé à avoir des contractions. Si vous pouviez juste m'apporter une serviette…

— Bien sûr.

Il se précipita hors de la pièce comme s'il y avait le feu. Au supplice, elle enfouit son visage dans ses mains. Ce n'était pas possible que cela lui arrive, ici. Comme si ses sous-vêtements trempés et la flaque sur le tapis ne suffisaient pas, les conférences de son stage en obstétrique lui revenaient en mémoire.

« Une rupture prématurée des membranes sans contractions indique souvent une présentation par le siège. Chez les mamans primipares, le travail dure alors encore plus longtemps et une injection de Syntocinon en perfusion lente est nécessaire pour pallier l'insuffisance des contractions utérines. En raison de l'épuisement, beaucoup de patientes ont recours à la péridurale. »

Richard ! Ce n'est pas juste ! Tu devrais être ici avec moi !

Un sanglot monta dans sa gorge, les larmes oscillaient au bord de ses paupières. Elle ferma les yeux et sentit son ventre se durcir. Une ceinture d'acier l'enserrait soudain.

— Ohh…

Elle s'agrippa au dossier du canapé pour résister à la douleur qui lui coupait les jambes et se replia sur elle-même de peur d'accentuer le supplice en bougeant. Une pensée terrifiante s'insinua en elle.

Les premières contractions ne sont pas censées faire aussi mal.

— Meredith ?

Laissant tomber les serviettes qu'il avait à la main, Raf posa les mains sur ses épaules.

— Essayez de respirer profondément entre chaque contraction.

— Facile à dire !

Combien de fois avait-elle donné ce conseil à des patientes en plein travail sans savoir ce que cela impliquait réellement ? Pour respirer, il fallait bouger et donc souffrir, car le plus infime geste déclenchait la douleur.

Elle s'efforça de prendre des respirations courtes sans inspirer trop d'air afin de ne pas avoir à gonfler sa cage thoracique. Enfin, la contraction s'estompa et elle se laissa tomber sur le canapé.

— C'est passé… pour le moment.

— Je vous emmène à l'hôpital de Wongarri, dit Raf d'un ton catégorique.

— Appelons-les d'abord. Le gynécologue de garde voudra savoir depuis combien de temps le travail a commencé. Il nous rira au nez quand il saura que je n'ai eu qu'une seule contraction. Je vais rentrer prendre une douche et préparer…

Se mordant les lèvres, elle s'agrippa à l'accoudoir. En contradiction avec tous les traités médicaux sur le lent travail des primipares, une nouvelle contraction s'annonçait.

— Il faudrait… mesurer… la durée… des contractions… et leur fréquence, articula-t-elle en s'accrochant à l'accoudoir comme un noyé à sa bouée de sauvetage.

Une pression incroyable se forma entre ses cuisses, et elle sentit l'envie irrépressible de pousser.

C'était impossible. Un premier accouchement prenait en moyenne une dizaine d'heures.

— Celle-ci a duré une minute, dit Raf. Le travail semble déjà assez avancé.

La panique s'empara d'elle. Comment allait-elle supporter ce qui l'attendait alors qu'elle était déjà épuisée après deux contractions ?

Raf m'aidera.

Mais elle ne pouvait décemment pas lui demander de rester auprès d'elle et de lui tenir la main. Sans doute serait-il plus raisonnable d'aller à l'hôpital et de se faire prendre en charge par une sage-femme.

Comme elle tentait de masser son dos qui souffrait le martyre, une autre contraction monta, accompagnée du même besoin urgent de pousser.

Alors elle comprit. Le mal de dos persistant et l'inconfort qu'elle ressentait depuis le matin avaient été les premières manifestations du travail. Absorbée par son chagrin, elle n'avait pas su les reconnaître.

Qu'elle soit prête ou pas, le bébé allait naître dans les minutes à venir.

Agenouillé près de Meredith qui s'était allongée sur le canapé, Raf lui tenait la main en essayant de cacher son désarroi. Il ne savait rien, ou presque, de la manière de mettre un bébé au monde. La nuit précédente, comme il ne parvenait pas à trouver le sommeil, il s'était levé pour taper « accouchement en urgence » dans son moteur de recherche et avait lu trois articles récapitulant les gestes de base à accomplir lors d'une naissance à domicile.

Ses nouvelles connaissances étaient purement théoriques. Si jamais une complication survenait, ils courraient droit à la catastrophe.

— Ecoutez, Meredith, dès que cette contraction est terminée, je vous emmène à l'hôpital.

— Je… ne peux pas… marcher.

— Je vous porterai jusqu'à la voiture. Tout se passera bien, dit-il, s'efforçant de mettre de la conviction dans sa voix. Je connais la route comme ma poche ; passé le pont, il y en a à peine pour quarante minutes.

A travers le voile de ses cheveux dorés, elle lui jeta un regard désespéré, ses pupilles dilatées cachant le bleu de ses yeux.

— Aidez-moi à… aller à la salle de bains. Tout de suite !

— Bien sûr.

Plaçant sa main valide sous son aisselle, il la souleva pour la mettre sur ses pieds, mais elle s'affaissa contre lui en poussant un gémissement.

A cet instant, Mario entra dans la pièce.

— *Mio Dio.* Elle va avoir le *bambino.*

Son père parlait toujours en italien lorsqu'il était stressé.

— C'est un bon résumé de la situation, papa, dit Raf, soutenant Meredith à bout de bras. Je l'emmène à l'hôpital.

Dubitatif, Mario secoua la tête.

— Vous n'aurez pas le temps.

Un cri déchirant les interrompit.

— Je sens la tête du bébé ! dit Meredith.

La panique envahit Raf.

— J'appelle une ambulance, dit Mario.

— Papa, c'est moi, l'ambulancier d'astreinte. Appelle plutôt le numéro d'urgence pour savoir si Laura Jeglinski est encore sur l'île.

— *Si.* Et je vais faire bouillir de l'eau.

Tapant énergiquement de sa canne sur le parquet, Mario mit le cap vers le téléphone.

— Raf ! Salle de bains ! lui rappela Meredith en lui tirant la manche de chemise.

— Désolé. On y va.

Il enroula le bras de Meredith sur son épaule et la porta dans la salle de bains où elle voulut aussitôt s'allonger au sol. Il étala des serviettes sur le carrelage pour lui éviter le contact froid puis l'aida à s'asseoir par terre tandis qu'une petite voix martelait inlassablement à son oreille :

« Le bébé arrive, le bébé arrive. »

Les doigts de Meredith s'enfoncèrent dans son bras.

— Je ne veux pas… Je ne suis pas prête.

Lui non plus n'était pas prêt, mais il se gardait bien de le lui dire.

— Le bébé l'est, Meredith.

— J'ai peur.

Il écarta doucement les cheveux de son visage.

— Faites confiance à votre corps. Il sait quoi faire.

— Vous… ne… comprenez… pas. Je ne suis pas prête… à être mère… sans…

Une contraction l'interrompit. Le mot manquant était bien sûr « Richard ». Lui, Raf, n'était qu'un piètre substitut du mari manquant.

— Avez-vous déjà pratiqué un accouchement ? lui demanda-t-elle dès qu'elle put reprendre son souffle.

— Non, dit-il, incapable de lui mentir. Mais je sais comment faire.

— Moi aussi, dit-elle avec un rire qui se termina en sanglot.

— Votre corps et le bébé vous guideront, écoutez-les.

Trop occupée à pousser de nouveau, elle ne répondit pas. Il prit soudain conscience qu'elle portait toujours son legging noir. Il allait bien falloir le lui enlever à un moment ou à un autre.

— Euh, Meredith, il va falloir que vous retiriez votre pantalon.

— Je ne peux pas, murmura-t-elle en haletant. Faites-le pour moi.

— Vous êtes sûre ?

— Puisque je vous le demande ! cria-t-elle en s'agrippant au rebord de la baignoire pour affronter une autre contraction.

Il devait le faire.

Il lui suffisait de considérer Meredith comme une patiente lambda plutôt que comme sa troublante voisine aux yeux bleus et au corps sensuel. Passant les doigts de sa main valide sous l'élastique de la taille, il fit glisser legging et panty le long de ses jambes. Sa peau ivoire était aussi douce que de la soie. En d'autres circonstances, il se serait considéré comme le plus chanceux des hommes, mais le périnée étiré lui rappela qu'un bébé allait naître d'une minute à l'autre. La bonne marche de l'opération dépendait de lui.

— Je vais enfiler des gants…

L'infirmier qui s'était occupé de son père au début de sa rééducation avait laissé une boîte de gants en latex dans le placard sous le lavabo. Raf en enfila aussitôt une paire en essayant désespérément de se rappeler les instructions d'Internet.

— Cela fait trop mal ! hurla Meredith. Sortez-moi ce bébé de là !

— Ne poussez plus. Respirez à fond, je vais guider sa tête.

— J'ai mal !

— On y est presque, Meredith.

Introduisant les doigts dans le col, il sentit le sommet du crâne du bébé.

— Faites comme moi, dit-il en haletant selon la méthode du « petit chien ». Voilà…, c'est bien.

Le sommet de la tête du bébé émergea du canal et, cette fois, resta en place sans disparaître de nouveau.

— J'ai l'impression de me déchirer de partout ! Seigneur, faites que ça s'arrête !

— Encore quelques efforts, Meredith. Donnez tout ce que vous pourrez à la prochaine contraction.

— Aaarrrggghhhh ! gémit-elle en poussant de toutes ses forces.

Du liquide amniotique se déversa sur les serviettes, mouillant ses genoux, et il vit la tête apparaître en entier avec ses deux petits yeux fermés. Partagé entre stupeur et émerveillement, il la fixait sans rien pouvoir faire d'autre. C'était le spectacle le plus incroyable qu'il ait jamais vu.

— La tête est sortie. Ne bougez plus.

— Comme si j'allais me lever pour partir ! répondit-elle, avec un rire hystérique.

Comme il écartait du bout des doigts les mucosités de la bouche du bébé, celui-ci effectua un quart de tour sur lui-même, exactement comme les articles l'avaient décrit. *Ne panique pas*, se dit-il à la vue de la teinte grise de la peau — encore une fois, c'était normal.

— Maintenant, les épaules, dit Meredith qui semblait s'être un peu ressaisie. La loi de la gravité devrait aider. Ça y est, la contraction arrive !

Elle hurla, poussa, et le bébé émergea en entier du canal pour glisser dans les mains tremblantes de Raf. Bouleversé, il se ressaisit suffisamment pour nettoyer les mucosités de ses voies aériennes. Il le tint un instant contre lui avant de l'envelopper dans une serviette et de le poser sur la poitrine de Meredith.

— C'est une fille, dit-elle, dévorant son enfant des yeux sans pour autant le serrer contre elle.

A l'aide d'une serviette propre, il sécha le bébé puis le frictionna jusqu'à ce que sa peau commence à rosir.

— Une jolie petite fille. Félicitations.

Brisée par l'émotion, sa voix croassait.

Quelques minutes plus tard, alors qu'il venait de couper le cordon à l'aide d'une paire de ciseaux désinfectée, il entendit un bruit étouffé. C'était Meredith. Elle pleurait, ce qui n'avait rien d'étonnant. Comment aurait-elle pu profiter pleinement du moment qui aurait dû être le plus beau de sa vie alors que le père de l'enfant était mort ?

Le chagrin empêcherait-il Meredith de donner toute son attention à son bébé ?

— Meredith, prenez-la dans vos bras, lui dit-il, impérieux. Je m'occupe de la délivrance du placenta.

Non sans soulagement, il entendit un petit vagissement et Meredith qui murmurait des mots doux à sa fille pendant que lui, appliquant à la lettre les consignes lues sur Internet, expulsait le placenta. Puis il enveloppa la membrane dans une serviette pour que le médecin puisse vérifier qu'elle était bien entière.

Quand il releva enfin la tête, Meredith avait déboutonné son chemisier pour serrer le bébé contre son sein, peau contre peau.

— Merci, murmura-t-elle en le regardant.

— C'était un honneur et un privilège.

Il caressa la main du bébé dont les petits doigts s'enroulèrent aussitôt autour de son index. C'était un geste réflexe que tous les nouveau-nés faisaient, mais il sentit une puissante émotion monter en lui et fissurer ses défenses.

Il retira son doigt. Cette enfant ne représentait rien pour lui. Le hasard avait fait qu'il l'avait mise au monde, voilà tout.

— Le Dr Jeglinski arrive, dit Mario, à bout de souffle, en apparaissant sur le seuil.

En découvrant la scène, ses sourcils se défroncèrent, et un grand sourire illumina son visage.

— Mais vous n'en aurez plus besoin. Bravo, ma fille ! Vous avez *angelo bellissimo.*

— Un bel ange, dit Raf en traduisant bien inutilement l'expression à l'intention de Meredith.

Pour une fois, il était d'accord avec son père.

6.

Couchée avec sa fille dans les bras, Meredith ne se lassait pas de l'admirer à la lueur du clair de lune.

— Je n'arrive pas à croire que tu es là, ma puce.

« Pourquoi est-ce si difficile à croire ? semblaient lui dire les grands yeux sombres du nouveau-né. J'étais à l'étroit là-dedans, j'avais hâte de sortir. »

Raf leur avait donné son lit après que le Dr Laura Jeglinski les eut examinées. Estimant que la maman et le bébé allaient bien et seraient mieux à la maison qu'à l'hôpital, elle avait promis de leur envoyer une infirmière deux fois par jour durant le week-end.

Meredith avait failli lui dire que ce n'était pas sa maison, qu'elle habitait à côté, mais Mario l'avait prise de vitesse.

— Nous nous occuperons bien d'elle, docteur.

Et ils avaient tenu parole.

Bianca était revenue avec les articles de toilette indispensables, un paquet de couches, du lait maternisé — en attendant la montée de lait —, un chauffe-biberon et les biberons assortis, un peignoir et une chemise de nuit, et des petits vêtements qui, apparemment, dormaient dans une malle depuis quinze ans.

Raf, lui, avait mis des draps propres dans son lit et insisté pour qu'elle le prenne, soutenant que c'était le plus moderne et le plus confortable de la maison.

Mais la palme de l'inventivité revenait à Mario qui avait

vidé le tiroir d'une commode et l'avait garni de couvertures douces et moelleuses pour en faire un berceau de fortune.

Pendant que Meredith prenait sa douche, elle avait entendu Bianca et Mario se disputer pour tenir la *bambina.* Mais tous s'étaient ensuite retirés sur la pointe des pieds pour la laisser en tête à tête avec son enfant.

Raf était un homme remarquable. Sans doute avait-il eu aussi peur qu'elle pendant l'accouchement, mais il n'en avait rien montré.

On frappa doucement à la porte.

— Entrez.

Le battant s'ouvrit, et Raf apparut, un plateau en équilibre dans sa main valide.

— A la bonne heure, dit-il, le regard débordant de sollicitude. Vous semblez aller beaucoup mieux

D'une certaine manière, il avait été plus proche d'elle aujourd'hui que Richard ne l'avait jamais été. Il avait vu ses parties intimes, gonflées, étirées, et plongé les mains dans ses fluides corporels ; pour un peu, elle aurait rabattu le drap sur sa tête tant le souvenir de ces moments la remplissait de honte.

— Une douche, quelques heures de repos, et me voilà une femme neuve, dit-elle en plaquant un sourire sur ses lèvres.

Sur le lit, il posa le plateau contenant une assiette de pâtes fumantes, un petit verre de vin rouge, une serviette à carreaux, une cuillère et une fourchette. L'arôme du basilic et de l'ail firent chanter son estomac.

— J'ai lu quelque part qu'on dépensait autant d'énergie en accouchant qu'en courant un marathon. Nous avons pensé que vous deviez avoir faim.

— C'est très gentil à vous.

— Je ne suis que le serveur. C'est mon père, le cuisiner.

Un absurde sentiment de déception l'envahit. Sans doute ses hormones post-grossesse lui jouaient-elles des tours.

— Pouvez-vous prendre la petite ?

Les yeux noisette de Raf s'emplirent de quelque chose qui ressemblait à de la panique. Elle allait lui dire qu'elle n'était pas en porcelaine, quand il tendit les bras, de toute évidence à contrecœur, pour soulever le bébé.

La gorge de Meredith se serra. Blotti contre ses pectoraux, le nouveau-né semblait encore plus minuscule, et tellement bien protégé.

Il regarda le bébé un instant sans sourire, puis son expression se détendit, comme s'il rendait les armes, et l'attendrissement se lut sur son visage.

— Alors, petite princesse, dit-il en caressant le contour de sa joue du doigt, tu t'es remise de ton arrivée précipitée dans ce monde ?

— Elle a englouti son biberon et, contrairement à sa maman, elle semble s'habituer très bien à sa nouvelle vie.

Rapprochant le plateau, Meredith attaqua les pâtes dans l'espoir que la nourriture calmerait les émotions contradictoires qui se déchaînaient en elle. Elle était ballottée en permanence du rire aux larmes.

Le bébé dans les bras, Raf s'assit au bout du lit.

— A-t-elle un prénom ?

— Pas encore. Richard et moi avions choisi Jeremy si c'était un garçon, mais nous n'avions pu nous mettre d'accord pour le prénom féminin.

— Elle est née au son des vagues de l'océan, vous pourriez l'appeler Nausicaa ou Calypso, dit-il d'un ton malicieux.

Elle rit et prit une gorgée de vin rouge.

— J'imagine la tête de mes beaux-parents. Ce genre de nom ferait tache sur les formulaires d'inscription à l'école privée.

— Et vos parents, qu'en diraient-ils ?

— Ils sont morts il y a quelques années. Il ne reste plus que moi.

— Et la famille de Richard. Les avez-vous appelés ?

— Non, dit-elle avec une pointe de culpabilité.

— Vous voulez d'abord donner un prénom à votre fille ?

Comment avait-il deviné ?

— Est-ce mal de ne pas les avertir le jour même de la naissance ?

— Pas du tout. D'après mon expérience, une famille peut être une aide précieuse et un lourd fardeau ; le plateau de la balance oscille sans cesse entre l'un et l'autre.

Le bébé s'était endormi. Tout doucement, Raf se leva pour le coucher dans son berceau improvisé.

— Vos beaux-parents vous appellent régulièrement ?

— Tous les matins, vers 8 heures.

Il alla se placer devant les étagères de la bibliothèque et parcourut la rangée de livres du doigt.

— Voilà ce qu'il nous faut, dit-il en s'arrêtant sur un volume assez mince. *Mille et un noms de bébé.*

Il le sortit de la rangée et souffla sur la tranche, soulevant un nuage de poussière.

— Pour une fois, la manie de papa de tout garder servira à quelque chose.

Se rasseyant à sa place au bout du lit, il ouvrit le livre aux pages jaunies par les ans.

— Commençons par le début. Abby, Acacia, Ada, Adelaïde, Africa, Aisha, Alberta, Amelia…

Elle le regarda, stupéfaite.

— Vous n'allez tout de même pas me lire les mille et un noms ?

Le sourcil froncé, il leva les yeux de la page.

— Selon la coutume italienne, vous avez neuf heures

pour trouver un nom qui vous plaira à toutes les deux, ou vos proches s'en chargeront pour vous.

— Compris.

Il lui adressa un clin d'œil et reprit sa lecture.

— Angela, Aphra, Ardith...

S'adossant confortablement à ses oreillers, elle écouta sa voix rauque et mélodieuse égrener les noms en attendant d'avoir le coup de foudre pour l'un d'eux.

— Zoe ? C'est intéressant, comme choix.

Le manque d'enthousiasme de Linda n'échappait pas à Meredith.

La veille au soir, Raf lui avait lu tous les prénoms du livre, assortissant parfois les suggestions les plus originales de ses propres commentaires, jusqu'à ce qu'il arrive à la lettre Z et qu'elle entende le nom qui fasse tilt, celui qui irait à sa fille comme un gant. Ce matin, à 7 heures, elle avait appelé Linda pour lui annoncer la naissance de Zoe.

En fin de matinée, Linda et Derek avaient débarqué et, avec le sens de l'hospitalité qui leur était coutumier, les Camilleri avaient insisté pour les garder à déjeuner. Après le repas, sans doute pour permettre à Meredith de se reposer, Raf et Mario avaient proposé d'aller jusqu'à la jetée assister au repas des pélicans, mais Linda avait décliné l'offre et préféré rester auprès d'elle.

Pour la faire changer d'avis sur le prénom ?

— Zoe signifie « vie », Linda. Etant donné les circonstances, j'ai trouvé que ce nom lui allait parfaitement.

— Et son second prénom ?

Bien entendu, Linda espérait que ce dernier serait dans la plus pure tradition anglo-saxonne, comme Emma, Jane ou Elizabeth.

— Riccarda.

— On dirait de l'italien ? s'exclama sa belle-mère sans cacher cette fois sa contrariété.

— C'en est. C'est la version féminine de Richard.

— Oh.

Les larmes affluèrent aux yeux soigneusement maquillés de Linda.

— Merci d'y avoir pensé, Meredith.

Elle aurait bien posé sa main sur celle de Linda, mais elles n'avaient pas une relation très tactile.

— Vous ne trouvez pas que Zoe a le nez de Richard ?

— C'est le portrait craché de mon fils bébé, dit Linda en observant sa petite-fille endormie. Je vous montrerai des photos de Richard à la maternité.

— J'aimerais beaucoup les voir.

Se laissant aller contre le coussin du canapé, Meredith ferma les paupières. La fatigue réclamait son dû.

— Meredith, mon petit.

— Oui ?

— Derek a installé le siège bébé dans la voiture. Nous vous ramenons à Melbourne cet après-midi.

Ses yeux s'ouvrirent en grand.

— Je ne suis pas prête à rentrer, Linda.

— Ce n'est pas raisonnable de rester ici. Vous n'avez pas de berceau, pas de landau…

— Je n'ai pas non plus grand-chose à la maison de Brunswick Street, hormis les cadeaux de la fête prénatale. J'avais prévu de faire les magasins, mais Richard est mort et…

— Nous achèterons les vêtements et tout ce qu'il faut pour Zoe ensemble, dit Linda d'un ton sans réplique.

— C'est gentil, Linda, mais je préfère rester ici, au calme, pour l'habituer à prendre le sein. Le médecin du cabinet de l'île a promis de m'envoyer son infirmière deux fois par jour.

— Vous pouvez très bien la nourrir au sein à Melbourne !

Mais je ne le veux pas.

— Ne me dites pas que vous avez l'intention d'imposer votre présence aux Camilleri pendant une semaine ! dit sa belle-mère d'une voix indignée.

C'était pourtant exactement ce qu'elle avait prévu de faire, rester ici à se faire dorloter par Bianca et Mario.

Et Raf.

Une douleur sourde commençait à battre contre ses tempes. Linda avait raison : rester sous ce toit aurait été abuser de la gentillesse de ses voisins. Mario se relevait à peine d'un accident vasculaire cérébral, Raf le portait à bout de bras en gérant l'intendance, et l'entente était tout sauf cordiale entre les deux hommes. Prendre pension avec son bébé chez eux ajouterait au fardeau de Raf qui avait déjà fait plus que le nécessaire pour elle.

« Maman sera ravie de t'aider, lui disait souvent Richard. Tu n'as qu'à lui demander. »

Jamais jusqu'à présent Meredith n'avait sollicité Linda, par crainte que cela ne soit pris pour un aveu d'incompétence et ne conforte sa belle-mère dans la piètre opinion qu'elle avait d'elle. Pourtant, ne valait-il pas mieux s'appuyer sur sa belle-famille que de dépendre de la gentillesse d'inconnus qu'elle avait déjà suffisamment dérangés ?

Elle joignit les mains, nouant ses doigts si fort que ses jointures blanchirent.

— Linda, accepteriez-vous de rester avec moi ici pendant quelques jours jusqu'à ce que je sois capable d'allaiter Zoe ?

— Bon sang, papa, qu'est-ce que tu as fait ?

Raf entra en pataugeant dans la buanderie inondée et éteignit la machine à laver. L'eau cessa de gicler du tuyau d'évacuation qui pendait contre le mur, détaché du tube en plastique qui le fixait d'ordinaire à la machine.

Pour toute réponse, Mario marmonna dans sa barbe avant de s'éloigner.

Raf s'exhorta au calme, et attrapa une serpillière pour éponger.

Depuis une semaine, son père était encore plus revêche et insupportable que d'habitude, et Raf avait épuisé le peu de patience qu'il lui restait. S'il disait blanc, Mario disait noir. S'il proposait de l'emmener au club, Mario voulait rester à la maison et, une fois assis dans son fauteuil, se plaignait d'être cloîtré sans jamais voir personne.

Raf ne se sentait pas la force de supporter cette comédie beaucoup plus longtemps. Il priait toutes les divinités de la mer et de la terre pour que le médecin référent de Mario l'autorise à vivre seul avec la visite quotidienne d'une auxiliaire de vie.

Chaque jour, il attendait impatiemment 15 heures et le bulletin météo qui lui permettait de s'échapper, d'aller courir sur la plage et d'être lui-même. Sa vie lui manquait. Melbourne et sa maison lui manquaient.

Meredith lui manquait.

Il essora rageusement la serpillière au-dessus l'évier. Il n'y avait aucune raison que Meredith lui manque. D'accord, ils avaient vécu une expérience incroyable ensemble lorsqu'il l'avait aidée à accoucher. De fait, il subsisterait toujours un lien entre eux, de même qu'il gardait une affection particulière pour tous les polytraumatisés qu'il avait sauvés dans son ambulance. Certains lui écrivaient des cartes pour Noël, Meredith ferait peut-être de même. Il enverrait en retour une carte à Zoe pour son anniversaire.

Mais rien n'y faisait. Il avait beau tenter de se raisonner, il se sentait floué. Quelques heures à peine après son arrivée, Linda avait ramené Meredith et Zoe dans la maison d'à côté, et il avait résisté à l'envie d'aller leur rendre visite. S'exhortant à la patience, il avait conclu un accord avec lui-même : il attendrait quatre jours.

Pour une fois d'accord avec son père, il était allé avec lui à Melbourne acheter des cadeaux pour le bébé et la maman — respectivement un manège musical où des oursons faisaient du cheval, et un pendentif formé de deux cœurs juxtaposés, l'un en argent, et l'autre, plus petit, en or et en émail rose.

Emballés dans leur joli papier mauve, les cadeaux attendaient toujours d'être donnés. Trois jours plus tôt, la voiture de Derek et de Linda avait quitté la propriété, suivie de celle de Meredith. Depuis, les volets de la maison voisine restaient fermés.

Meredith était-elle retournée définitivement à Melbourne ? Il aurait dû s'en réjouir, cela aurait été le signe qu'elle reprenait enfin le cours de sa vie. Lui, au contraire, avait l'impression d'être à la dérive, de ne savoir que faire de la sienne. Tous les riches célibataires avaient-ils autant de problèmes existentiels ?

Après avoir épongé le sol, il remit le tuyau d'évacuation en place, le ficelant dans son logement à l'aide d'un ruban adhésif — le support originel avait cédé à cause de la rouille qui attaquait également le corps du lave-linge.

La machine à café exceptée, tout l'équipement électroménager de la maison était à l'avenant, vieux et obsolète. Sans parler des papiers peints et des moquettes, qui dataient de Mathusalem.

La rénovation de cette baraque lui occuperait l'esprit et l'empêcherait de penser à la villa vide d'à côté.

Il entra dans la cuisine où son père lisait le journal.

— Il faudrait changer la machine à laver.

Mario le fusilla du regard.

— Et toute la maison aurait besoin d'un ravalement, à l'intérieur comme à l'extérieur.

Toujours pas de réponse.

— Papa, pourquoi ne me laisses-tu pas faire les travaux pendant que je suis ici ? demanda-t-il en s'efforçant d'adopter un ton conciliateur. Laisse-moi au moins remplacer la moquette de la chambre, ces taches ne partiront jamais.

La petite Zoe avait vomi dessus.

— Un tout petit bébé pour de bien gros dégâts, dit Mario en souriant. Elle doit avoir grandi…

Son regard se porta sur les sacs de paquets-cadeaux posés sur le buffet.

— Tu as le numéro de Meredith. Appelle-la et demande-lui pourquoi elle est partie et quand elle va revenir.

— Ne compte pas sur moi pour ça, papa.

— Et pourquoi pas ?

Parce que je ne serais pas sûr de l'appeler pour les bonnes raisons.

— Parce qu'elle a suffisamment de problèmes sans que je l'importune avec des questions stupides. Ici, ce n'est qu'une résidence secondaire pour Meredith, elle est rentrée chez elle, il faut l'accepter.

Il essayait de s'en convaincre.

— Son mari est mort, Rafael. Elle a besoin d'amis.

— Elle en a sûrement à Melbourne. Et puis, ce n'est pas comme si nous n'allions jamais la revoir, elle reviendra peut-être aux prochaines vacances. Je vais aller chercher des échantillons de moquette cet après-midi.

— Et si elle ne revient pas ?

Raf préférait ne pas y songer.

En fin d'après-midi, Raf était en train de lacer ses tennis pour aller courir sur la plage quand son père l'appela.

Paniqué, il se précipita dans la salle de séjour et le vit, appuyé sur ses cannes anglaises devant la fenêtre ouverte.

— Regarde, Raf !

Derrière la barrière se tenait le 4x4 flambant neuf de Meredith. Elle était revenue !

Son cœur gonfla comme une voile prise dans le vent.

Meredith sortit de sa voiture. Comme elle ouvrait la portière arrière, il put l'observer à loisir. Jamais femme ne lui avait paru plus belle, malgré sa queue-de-cheval dorée qui rendait l'âme, son chemisier et son pantalon chiffonnés.

Mario se pencha par la fenêtre.

— *Ciao, bella !*

— Papa, laisse-la arriver tranquillement.

Meredith se tourna vers Mario pour lui faire signe de la main puis elle rentra la tête dans la voiture pour essayer d'en sortir un grand carton.

— Laissez ! cria Mario. Raf va venir vous aider.

Puis il referma la fenêtre.

— Elle a fait une longue route. Invite-la à dîner.

— Papa, elle doit être fatiguée.

— Raison de plus. Une assiette de *pasta* est toujours la bienvenue, surtout quand on ne l'a pas faite soi-même. Tu n'as donc rien appris de moi, Rafael ?

Gardant pour lui l'impression que Mario ne lui apprenait plus rien depuis dix-neuf ans, Raf sortit sous le porche.

Dix minutes et de multiples allers-retours plus tard. Raf avait transporté toutes les valises dans le vestibule et, pour terminer, un long carton qui pesait une tonne.

— Comment diable avez-vous fait pour le mettre dans la voiture ? demanda-t-il, à bout de souffle.

Meredith fit une grimace penaude.

— Un vendeur a eu pitié de moi. C'est le berceau de

Zoe. Je me suis dit qu'il était temps de rendre son tiroir de commode à Mario.

D'instinct, il s'écarta du carton. Ainsi, ce n'était pas une bibliothèque en kit. Allait-il commettre deux fois la même erreur ? S'attacher à la mère et à l'enfant pour les voir repartir quelques jours plus tard ?

Pourtant, comment ne pas regarder Zoe ? Blottie contre l'épaule de sa maman, elle suçait son poing avec enthousiasme. Ses cheveux noirs de jais avaient poussé et ses grands yeux bleus étaient désormais plus foncés que ceux de Meredith.

Des émotions contradictoires se déchaînaient en lui. Il était tiraillé entre l'envie de protéger cet adorable bout de chou et celle de prendre ses jambes à son cou pour s'enfuir le plus loin possible d'elles.

Ce n'est pas ton enfant. Pourquoi t'en soucierais-tu ?

La voiture était vide. Il n'avait plus rien à faire ici.

— Le vendeur m'a assuré que le berceau faisait partie de leur gamme de meubles faciles à monter, dit Meredith, caressant le dos de Zoe qui commençait à gigoter contre elle. Il paraît qu'il y a un schéma pour chaque étape, les instructions sont très simples à suivre, il se monte en dix minutes. Zoe pourra dormir dedans ce soir.

Sa naïveté était désarmante. Elle croyait vraiment aux boniments du vendeur.

Il s'apprêtait à lui souhaiter bonne chance quand Zoe poussa un cri perçant. Aussitôt, Meredith s'assit sur le canapé, déboutonna son chemisier, et Zoe colla sa petite bouche au sein d'albâtre de sa mère pour boire son lait avec un air de concentration totale.

Incapable de détourner le regard, il contempla l'attendrissant tableau. Les yeux de Meredith étaient bordés de cernes ; sans doute n'avait-elle pas son compte de sommeil, et le chagrin s'ajoutait à la fatigue. Aurait-il le cœur de la laisser s'escrimer seule avec le berceau ? Ce serait sûrement plus facile pour lui qui avait l'habitude des notices techniques.

— Ils disent toujours que c'est facile à monter, Meredith, c'est leur argument de vente. Les bricoleurs s'en sortent, mais les autres ne comprennent rien au schéma d'assemblage.

— C'est ce que je craignais. Je ne suis pas une bricoleuse née, fit-elle avec un soupir las. Bon, il ne me reste plus qu'à trouver quelqu'un pour le monter, moyennant finances.

Tu t'en tires à bon compte. File.

Mais elle paraissait si épuisée qu'il ne put s'y résoudre.

— Vous avez recousu ma main. Que je vous aide à monter ce berceau est un juste retour des choses.

Les yeux de Meredith prirent la teinte d'un ciel d'été.

— Vous feriez cela ? Mais non, je ne veux pas abuser de votre gentillesse…

Si elle refusait, il en serait soulagé. Et il aurait la conscience tranquille puisqu'il lui avait tout de même proposé son aide.

— Pourtant, vous m'ôteriez une sacrée épine du pied, dit-elle avec un lumineux sourire. Alors, merci, j'accepte votre offre.

Et voilà. Il l'avait bien cherché.

7.

Assise dans le fauteuil de la nursery, Meredith regardait Raf pester contre la notice d'instructions. Une part d'elle-même aurait voulu se replier au rez-de-chaussée, mais l'autre lui disait de ne pas abandonner Raf. C'était tout de même pour lui rendre service qu'il se débattait avec ce casse-tête.

— C'est mission impossible ! dit-il finalement en lui lançant la notice. Il y a douze pièces dans ce carton, le dessin du berceau assemblé en détaille sept ! Et je crois qu'il manque des chevilles et des vis.

— Ah bon ? dit-elle en ouvrant le petit fascicule.

Elle essaya, en vain, de décrypter un schéma ésotérique, puis se reporta à la version anglaise du mode d'emploi.

— Je n'y comprends pas grand-chose…

— Bienvenue au club ! On ne peut jamais se fier à ces notices de montage, la moitié des instructions passe à la trappe lors de la traduction. Dix minutes, mon œil ! Et où sont les schémas étape par étape ? On devrait obliger votre vendeur à s'y coller.

Il reprit le côté du berceau pour tenter de le faire coïncider avec le devant puis lui prit les instructions des mains pour les relire.

— Ils se fichent du monde ! C'est plus facile de construire un berceau de A à Z que d'assembler ce bric-à-brac.

Elle imagina ses larges mains, qui avaient été si douces

avec elle, en train de scier du bois, de le poncer, de le vernir avec amour.

— Vous en avez déjà construit un ?

— Autrefois.

— Pour les jumeaux de Bianca ?

— Non.

Elle attendait qu'il en dise un peu plus, mais il n'en avait de toute évidence aucune envie, ce qui aiguisa aussitôt sa curiosité. Avait-il été marié ? Etait-il père et avait-il construit un berceau pour l'un de ses enfants ? Au fond, elle ne savait rien de lui, hormis que c'était un homme bon et généreux.

Le visage de Raf s'éclaira.

— Ah, je crois que je commence à comprendre. C'est un de ces berceaux à double niveau.

— Oui. Il est plus haut que la normale pour éviter à la maman de se baisser pour coucher son bébé ou le lever. Le vendeur m'a dit qu'il était garanti « anti-mal de dos ».

Zoe s'était endormie dans les bras de Meredith. Elle alla la coucher dans le landau que Raf avait transporté à l'étage avec tout le reste.

Après avoir constaté que la clé Allen fournie dans le kit était inutilisable, il alla chercher une perceuse, des vis et des outils chez Mario. Il lui fallut ensuite une vingtaine de minutes pour assembler le petit lit à barreaux avec l'aide de Meredith.

Ils reculèrent pour admirer le résultat.

— Magnifique. Je suis bien contente d'avoir choisi ce modèle plutôt que le berceau-parapluie que Linda me poussait à acheter.

— Votre belle-mère a dû être déçue que vous repartiez ?

Elle acquiesça.

— Dès le départ, j'ai déçu Linda. Elle me trouvait trop

provinciale, pas assez chic ou sophistiquée, bref, pas assez bien pour son fils.

— On dirait une *mamma* italienne !

— Pourtant, Richard n'était pas le genre de fils qui s'occupait beaucoup de ses parents. Il était souvent débordé par son travail, et me demandait de les appeler à sa place, d'aller leur rendre visite, d'assister aux fêtes d'anniversaire de ses cousins et de tenir Linda et Derek au courant de ce qui se passait dans sa vie…

Elle s'interrompit avec l'impression de trahir Richard en racontant tout cela à Raf.

— Au lieu d'être déçus, vos beaux-parents devraient se réjouir d'avoir une belle-fille comme vous. Ils ont de la chance de vous avoir !

Pourquoi prenait-il son parti avec tant de véhémence ?

— Votre mère n'approuvait pas non plus le choix de vos petites amies ?

Ou de votre femme ou ex-femme ?

— Ma mère est morte lorsque j'avais dix-huit ans.

— Oh ! je suis désolée.

— C'était il y a si longtemps… Papa s'est ensuite chargé de nous mener la vie dure.

— Nous ?

— Teresa et moi.

— Teresa est… ?

— Mon ex-femme, dit-il avec un regard sarcastique signifiant qu'il savait où elle voulait en venir avec ses questions.

Un soulagement absurde l'envahit. Raf était divorcé.

— Elle a dû souffrir du comportement de votre père.

— Pas vraiment. Teresa ne se souciait pas de l'opinion, bonne ou mauvaise, des autres. Et, cela me fait enrager de l'admettre, mais mon vieux râleur de père avait raison à son sujet. Bon, contente du travail ? dit-il en lui désignant le berceau dans l'intention évidente de mettre fin à la conversation.

— Bien sûr. Merci beaucoup pour votre aide.

Elle était en train de chercher un moyen de rompre la tension qui, à cause d'elle, venait de s'installer entre eux quand le portable de Raf sonna.

— C'est papa, dit-il en regardant l'écran. Allô ?

Bien que l'appareil ne fût pas sur haut-parleur, elle entendit distinctement la voix rocailleuse et autoritaire de Mario.

— Tu as pensé à transmettre mon invitation à Meredith pour dîner ?

Un soupir échappa à Raf.

— Tu n'as qu'à le faire toi-même.

Et il lui passa le portable.

— Allô, Mario ? dit-elle, un peu décontenancée.

— Meredith, je vais faire la cuisine pour vous ce soir, dit aussitôt Mario sur un ton bien plus aimable que celui qu'il avait employé avec son fils. J'espère que Raf vous a monté vos bagages.

L'air sombre, ce dernier était en train d'installer le matelas.

— Oui. Et il a fait bien plus que cela. Il a monté le berceau de Zoe.

— Il en a été capable ? demanda Mario après un court silence.

Le père et le fils se disputaient sans cesse à propos de tout et de rien, mais elle trouvait tout de même la remarque très désobligeante.

— Bien sûr ! Et le résultat est parfait ! répondit-elle avec force, désireuse de défendre Raf.

— Ce n'est pas de son habileté manuelle que je doutais, dit Mario de manière sibylline. Je suis content qu'il ait pu le faire.

Pourquoi Mario avait-il cru son fils incapable de monter un berceau ? Quelque chose lui échappait…

En tout cas, une chose était sûre. Raf Camilleri, le gentil voisin qui l'avait aidée à accoucher, avait des secrets.

Et elle était impatiente de les connaître jusqu'au dernier.

Un matin, Raf décida de prendre le taureau par les cornes. Puisque son père prétendait ne pas pouvoir choisir la peinture des murs sur échantillons, il emploierait une autre méthode.

Il descendit à la cave chercher les pots de peinture qu'il avait achetés en ville et il se mit à peindre trois pans de mur du vestibule de trois couleurs différentes. Quand Mario remonta les marches du porche avec le courrier, il le fixa comme s'il était devenu fou.

— Qu'est-ce que tu fais, Raf ?

— Comme ça, tu as une idée de ce que donne la couleur en vrai. Alors, laquelle préfères-tu ?

— Aucune. C'est ta mère qui choisissait la peinture.

— Si elle était là, elle te dirait qu'il est grand temps de repeindre ces murs écaillés.

Mario poussa un grognement.

— J'ai vu Meredith à la boîte aux lettres. Elle te passe le bonjour.

La note de reproche n'échappa pas à Raf. Cela faisait trois semaines qu'il évitait Meredith et Zoe, depuis le montage de ce berceau. Celui-ci avait failli anéantir les efforts qu'il faisait depuis trois ans pour réapprendre à vivre à peu près normalement.

Depuis le retour de Meredith, il lui disait bonjour de loin et laissait sous son porche des cageots de légumes en provenance du potager de Mario — après s'être assuré qu'il ne risquait pas de la croiser. Les soirs où ce dernier invitait leur voisine à dîner, il s'éclipsait au quartier général des ambulances, où il trouvait toujours à s'occuper.

— Conduis-moi au quai, dit Mario de son habituel ton sans appel. Je vais acheter de la raie pour ce soir.

— J'ai déjà préparé des lasagnes.

— Je n'y toucherai pas, et Meredith non plus !

— Tu as quelque chose contre ce plat ?

Mario secoua la tête d'un air à la fois furieux et incrédule.

— Quand le mari ou la femme meurt, on sert des lasagnes au conjoint survivant. Depuis la mort de ta mère, je suis dégoûté des lasagnes !

A présent, Raf comprenait pourquoi son père insistait pour manger au club à chaque fois qu'il faisait des lasagnes.

— Je ne savais pas. Tu aurais pu me le dire.

Le visage de Mario se durcit.

— Si tu étais venu me voir un peu plus souvent, tu l'aurais su !

Et voilà. On en revenait toujours au même point.

— Encore aurait-il fallu que tu m'adresses la parole quand j'étais là. Tu t'enfermais dans ton chagrin et tu nous ignorais, Bianca et moi. Elle a eu bien du mérite de…

La sonnerie de son portable l'interrompit. Il prit l'appel.

— Raf, c'est le Dr Jeglinski. Etes-vous chez vous ?

Cet endroit n'était pas sa maison.

— Oui.

— Bien. La plate-forme médicale vient de me prévenir qu'il y a un blessé sur la plage, près de la balise n°6. L'ambulance de l'île est en train de revenir de l'hôpital de Wongarri, elle ne sera pas sur le lieu de l'accident avant une demi-heure.

— J'y vais. Un médecin est-il en route ?

Au bout de la ligne, un soupir se fit entendre.

— Je suis à vingt minutes et c'est justement l'après-midi de repos de Gavin. Je me mets en route de suite. Bon sang, il nous faudrait vraiment un autre médecin sur l'île !

Et elle raccrocha.

Fini de jouer à cache-cache avec Meredith. Qu'il le veuille ou non, il allait devoir la solliciter pour cette intervention d'urgence.

— Papa, appelle Bianca pour qu'elle vienne garder Zoe, et reste avec le bébé jusqu'à son arrivée.

Sa sacoche de secours dans une main, le défibrillateur dans l'autre, Raf descendit en courant l'escalier qui menait du remblai à la plage. Un petit groupe de personnes entourait une forme allongée sur le sable.

En s'approchant, il vit qu'il s'agissait d'un jeune homme d'une vingtaine d'années. Sa combinaison de plongée était déchiquetée sur toute la longueur de la jambe gauche et des lambeaux de chair en dépassaient. Le sable était maculé de sang.

— Comment s'appelle-t-il ? demanda-t-il en s'agenouillant près du blessé.

— Mick, répondit un surfeur du même âge. Ce maudit requin l'a fait tomber de la planche.

Deux doigts appuyés sur la carotide, Raf cherchait désespérément un pouls.

Soudain, un parfum de menthe et de citron flotta à ses narines, et Meredith s'accroupit à côté de lui.

Le soulagement l'envahit. Il ne serait pas seul pour prodiguer les soins d'urgences.

— Il est inconscient et il a perdu beaucoup de sang, dit-il. Le pouls est très faible.

— Il faut endiguer l'hémorragie.

Ouvrant sa propre sacoche, elle en sortit un kit de secours, déchira l'emballage et noua le tourniquet en haut de la cuisse du blessé.

— Occupez-vous-en. Je vais poser une perf pour le réhydrater.

Il serra le garrot autour de ce qui restait de la jambe et, après s'être assuré que l'écoulement de sang diminuait, posa des électrodes sur la poitrine du jeune homme. La pression artérielle et le pouls étaient si bas que le défibrillateur se mit aussitôt à émettre un bip en continu.

— Raf, appelez la permanence médicale. Nous avons besoin d'un hélicoptère d'urgence. Tout de suite !

Difficile de croire que la jeune veuve éplorée et cette doctoresse énergique et compétente étaient une seule et même personne. Elle fourra la poche de perfusion dans les mains d'un des amis de Mick et régla le débit de la perf de sérum glucosé au maximum.

— Tenez ça le plus haut possible, sans bouger.

Tout en parlant à l'opérateur de la plate-forme médicale, Raf fouillait d'une main dans sa sacoche. Il en sortit une poire en caoutchouc reliée à un masque par un embout. Quel dommage qu'ils n'aient pas de bouteille à oxygène ! La survie de Mick allait dépendre de la ventilation manuelle et de l'air qu'ils pourraient insuffler à la force du poignet — littéralement.

Après avoir indiqué leurs coordonnées par G.P.S., il mit fin à la communication, plaça le masque sur le nez et la bouche du blessé et appuya vigoureusement sur le ballonnet auto-expansif.

— Combien de poches de sérum vous reste-t-il ? demanda Meredith.

— Plus aucune. C'était la seule que j'avais.

— Moi, j'en ai une autre. Pourvu que cela suffise jusqu'à l'arrivée de l'hélico.

— Heureusement, vous êtes là.

— Heureusement, nous sommes là, tous les deux, rectifia-t-elle.

Comme pour les narguer, le moniteur émit une nouvelle série de bips.

— Il est en arrêt cardiaque.

En mode automatique, le défibrillateur envoya un choc électrique, puis un autre, tandis que Raf ôtait la poche de perfusion déjà vide pour la remplacer par la seconde.

Tous deux agenouillés près de l'homme mourant, ils fixèrent l'écran dans l'espoir qu'une courbe systolique s'y inscrive.

— Il y a un rythme cardiaque ! cria Raf quand une onde électrique apparut.

Elle fut suivie d'une autre. Puis les dérivations s'enchaînèrent à une fréquence plus rapide.

Meredith ne criait pas victoire pour autant.

— Il continue à perdre du sang.

Et nous serons bientôt à court de sérum.

— Voilà l'hélicoptère ! cria quelqu'un.

Tous levèrent les yeux vers le ciel et le point noir qui se distinguait au loin. Bientôt, ils distinguèrent les couleurs rouge et jaune de sa coque.

— Merci, mon Dieu, dit Meredith d'une voix très calme. Maintenant, il a une chance de s'en sortir.

Dix minutes plus tard, l'hélico s'envola, Mick à son bord. Des officiers de police prenaient la déposition des surfeurs présents dans l'espoir d'identifier l'espèce du requin responsable de l'attaque. Un requin-marteau, disaient la plupart, mais l'un des amis de Mick maintenait qu'il s'agissait d'un grand blanc.

Tout en nettoyant, tant bien que mal, son matériel couvert de sable, Raf jeta un coup d'œil vers Meredith. Ses cheveux blonds dansaient dans le vent et ses joues avaient rosi sous l'effet des embruns. Malgré les cernes qui soulignaient toujours ses yeux, elle dégageait une aura d'énergie qu'il ne lui avait jamais vue auparavant.

— Cela fait du bien de sauver une vie, n'est-ce pas ?

Elle lui adressa un large sourire.

— Oh oui. En tant que médecin généraliste, je n'ai pas l'habitude de ce genre de blessures, mais c'était le quotidien de Richard. Il adorait l'urgence et le frisson qu'elle lui procurait. En fait, il se shootait à l'adrénaline, au travail comme dans les sports qu'il pratiquait.

— Vous partagiez son addiction ?

— Au début, je le croyais. Mais, au fil des ans, il s'est lancé dans des expéditions de plus en plus dangereuses où je n'avais aucune envie de le suivre. Il faisait du hors-piste, de l'alpinisme par des voies que personne n'avait encore empruntées, de la plongée en apnée, que sais-je encore.

— Il aimait l'aventure.

Elle acquiesça, l'air songeur.

— Je crois que c'est ce qui m'a d'abord plu en lui. Je suis une fille de la campagne, élevée dans une ferme, il n'y avait pas beaucoup de fantaisie dans ma vie avant ma rencontre avec Richard. Je menais une existence rangée, je pesais soigneusement le pour et le contre avant de prendre des décisions. Richard, lui, plongeait tête baissée dans ce qu'il avait envie d'entreprendre, avec une énergie que je lui enviais, mais qui me faisait également un peu peur. En tant que traumatologue, il luttait tous les jours contre la mort, celle de ses patients, et il perdait parfois la bataille. La pratique des sports extrêmes était pour lui une manière de la narguer…

Soufflant sur les étages amovibles du kit de survie, elle en chassa le sable avant de les replacer dans la boîte, qu'elle referma.

— Les gens me disent qu'il est mort en faisant ce qu'il aimait, comme si cela pouvait me consoler, dit-elle en se relevant. Moi, tout ce que je vois, c'est qu'il est mort en faisant du ski hors-piste et qu'à cause de son imprudence ma fille n'a pas de père.

— D'un autre côté, vous ne seriez sans doute pas tombée amoureuse de lui s'il avait passé son temps libre en pantoufles devant la télévision.

— Je ne sais pas, dit-elle en ramenant ses mèches rebelles derrière ses oreilles. Ce qui faisait le charme de Richard est également ce qui l'a conduit à sa perte, il ne savait pas faire les choses avec modération.

Comme si elle en avait trop dit, elle lui tourna soudain le dos et commença à remonter les marches. Raf la suivit avec le matériel. Il était tenté de lui dire qu'il comprenait, mais il aurait fallu expliquer pourquoi, et parler de Teresa. Il ne se sentait pas prêt à le faire.

Ils se dirigeaient vers le parking lorsqu'ils remarquèrent Mario assis sur un banc de la promenade, berçant Zoe dans son landau. A côté, Bianca était en grande conversation avec Laura Jeglinski.

— Heureusement, vous étiez tout près des lieux de l'accident, dit cette dernière en les rejoignant. Le temps que j'arrive, ce malheureux se serait vidé de son sang. Vous vivez sur l'île, désormais ? demanda-t-elle à l'adresse de Meredith.

— Pour le moment, oui.

— Je me demande si vous seriez d'accord pour travailler une ou deux demi-journées par semaine au cabinet ? Nous avons cruellement besoin d'un médecin supplémentaire.

Raf s'attendait à ce que Meredith refuse. Après tout, Zoe n'avait que cinq semaines.

— J'aimerais beaucoup vous aider, répondit-elle à sa grande surprise. Pourriez-vous me recommander une baby-sitter digne de confiance ?

— Moi, je veillerai sur la *bella piccolina*, dit Mario de sa grosse voix de patron pêcheur.

— Papa, dit Bianca, je sais que tu adores les bébés, mais ta main n'a pas encore recouvré toute sa mobilité, et tu as besoin de ta canne pour te déplacer. Comment pourrais-tu marcher et tenir Zoe en même temps ?

Les yeux noirs de Mario se tournèrent vers Raf comme pour lui demander de l'aide.

Non, papa, je ne suis pas prêt.

— Bianca a raison, dit-il. Tu n'es pas en état de t'occuper d'un bébé.

— D'un autre côté, dit Bianca en le regardant, il serait préférable que Zoe soit gardée par quelqu'un qu'elle connaît…

— Non, Bianca, protesta-t-il en devinant ce qu'elle avait en tête. Dois-je te rappeler que je travaille ? Je suis en train de concevoir une application pour…

— Tu es libre d'organiser tes journées à ta guise. Il te suffirait de seconder papa, ce serait bénéfique pour vous deux.

Pas pour moi.

Raf avait l'impression de s'être fait piéger.

— Alors, c'est réglé, dit Mario en se fendant d'un sourire.

— Vraiment ? dit Meredith, le visage soudain radieux. Etes-vous sûr d'avoir le temps, Raf ?

Dis-lui non.

Donner quelques consultations au cabinet permettrait à Meredith de renouer les fils de sa vie, d'aller de l'avant. Comment aurait-il pu lui refuser cela ?

— Je serai là uniquement en soutien, dit-il, à contrecœur.

— Je vous remercie beaucoup.

Furieux, il s'éloigna vers sa voiture, loin de Meredith et de cet innocent bébé qui avait le pouvoir de le détruire.

8.

Le lendemain, à l'issue d'un après-midi de baby-sitting où son père l'avait sollicité sans cesse pour promener le bébé, préparer le biberon, calmer ses pleurs, Raf avait ramené Zoe à Meredith dès qu'il l'avait entendue rentrer du cabinet.

La nuit était à présent tombée, Zoe aurait dû dormir depuis longtemps dans le berceau qui lui avait coûté tant d'efforts. Or dans la maison d'à côté toutes les lumières étaient encore allumées.

Ne t'en mêle pas. Ce n'est pas ton problème.

Mais Meredith était seule.

Il prit son portable.

Arrête. N'aggrave pas tes cauchemars.

Meredith avait perdu son mari, elle devait élever son enfant seule. C'était elle qui vivait un cauchemar.

Depuis la mort prématurée de sa mère, lorsque quelqu'un était dans la peine, il ne pouvait plus fermer les yeux et passer son chemin. Son engagement en tant qu'ambulancier volontaire s'inscrivait dans cette logique d'aider son prochain.

La voix de sa conscience l'emporta sur sa peur et il pianota sur le clavier de son téléphone.

Tout va bien ?

Il envoya le message et, par la fenêtre de sa chambre,

il vit Meredith se pencher sur la table basse pour prendre son portable. Deux secondes plus tard, il reçut la réponse.

Non.

Son estomac se serra. A présent, il n'avait plus le choix. Il devait aller sonner chez elle. Se jeter dans la gueule du loup.

Il sortit dans le jardin et, sans faire le tour par la rue, enjamba la barrière pour passer dans la propriété voisine. Aussitôt, les pleurs perçants de Zoe lui parvinrent.

Comme si Meredith avait deviné qu'il viendrait, elle se tenait sous le porche, la porte ouverte derrière elle.

— J'ai tout essayé, Raf. Elle n'arrête pas de pleurer.

Dans son pantalon de pyjama rose et son T-shirt à manches longues, elle semblait à bout. Des larmes brillaient sur ses joues pâles.

Sans réfléchir, il tendit la main pour les essuyer de son pouce. Sa peau était douce, veloutée, et son doigt s'attarda sur sa joue avant de descendre vers ses lèvres pleines qu'il rêvait de caresser. Que ne donnerait-il pas pour qu'elles s'ouvrent, l'invitent dans la chaleur de sa bouche et…

Bon sang, qu'est-ce qu'il lui prenait de nourrir de telles pensées au sujet d'une veuve qui pleurait son mari ? Un mari dont elle était certainement encore amoureuse.

Comme s'il avait touché des charbons ardents, il retira vivement la main et suivit Meredith dans l'escalier.

— Avec vous, elle se calmera peut-être et acceptera enfin de dormir.

Le regard obstinément fixé sur les marches, il la suivit dans la salle de séjour.

Garde la tête froide. Comme s'il s'agissait d'une mission d'ambulancier.

Couchée dans un couffin, Zoe hurlait de toute la force de ses petits poumons. Meredith la souleva pour la lui mettre dans les bras, et le contact du bébé eut raison des derniers soubresauts de son excitation.

— J'ai tout essayé, Raf. Je l'ai nourrie, changée, j'ai arpenté de long en large les couloirs de la maison en lui chantant des berceuses, je l'ai sortie sur le balcon dans l'espoir que le bruit des vagues la calme, j'ai même pleuré avec elle ! Je n'y comprends rien, elle n'a pas de fièvre, ni de coliques, ni d'éruption cutanée. Je me sens tellement impuissante, et coupable, de ne pas pouvoir l'apaiser.

Zoe mordait à pleines gencives dans son T-shirt.

— Aurait-elle faim de nouveau ?

— Je ne sais pas, dit-elle, désemparée. Peut-être.

— Asseyez-vous et voyez si elle réclame le sein. Moi, je nous prépare une boisson chaude.

Il donna le bébé à Meredith puis passa dans la cuisine en enfilade.

Pendant que le micro-ondes tournait, il sortit son portable pour consulter un site de conseils en pédiatrie. Quand il retourna dans la salle de séjour avec deux tasses de chocolat chaud, on n'entendait plus que les bruits de succion de Zoe qui, collée au sein de sa mère, tétait goulûment.

Il posa les tasses sur la table basse et s'assit sur la méridienne en face de la mère et de l'enfant.

— Il paraît qu'entre six et huit semaines, les nourrissons ont une poussée de croissance — je viens de le lire sur Internet. Quand cela se produit, ils ont un appétit d'ogre et deviennent agités.

Meredith le fixait, les yeux écarquillés d'admiration, comme s'il venait de résoudre l'équation mathématique la plus compliquée du monde.

— Ma petite puce, murmura-t-elle en posant la tête contre celle de Zoe. Je croyais que tu étais malade alors que tu étais simplement affamée !

— Déformation professionnelle, dit-il en lui souriant. Vous, les médecins, vous imaginez toujours le pire.

— C'est plus fort que nous. Dites, j'espère avoir suffisamment de lait. En principe, la tétée stimule la montée de lait…

— Sur Internet, ils préconisent de nourrir le bébé toutes les trois heures lors de cet épisode « boulimique » qui ne dure que quelques jours.

— Quelques jours ? dit-elle en s'affaissant sur le canapé. Je ne sais si je tiendrai aussi longtemps.

Il aurait voulu la prendre contre lui, sentir sa tête peser sur son torse, son délicat parfum de citron l'envelopper. Il voulait caresser la peau satinée de ses bras, lui dire qu'il était là et que tout irait bien. Mais il n'en avait pas le droit.

Elle venait de perdre son mari. Comment aurait-elle pu s'intéresser à un autre homme ?

Le voisin serviable, voilà le rôle qu'il devait jouer. Il lui passa la tasse de chocolat chaud.

— Je crois que cette petite demoiselle est prête à dormir, dit-il en montrant l'enfant qui, les yeux fermés, était encore blottie contre sa mère. Je vais aller la coucher.

Veillant à ne pas regarder le sein à moitié dénudé de Meredith, a fortiori à la toucher, il souleva Zoe pour la porter dans sa chambre.

Le rire rauque d'un kookaburra réveilla Meredith. Eblouie par le soleil qui tombait sur le lit, elle secoua le poing vers le martin-chasseur géant qui la narguait, tranquillement perché sur la balustrade du balcon.

— Maudit oiseau, je dormais ! Si tu as réveillé Zoe, je ne te donnerai plus les restes de mon petit déjeuner.

Elle jeta un coup d'œil au réveil. Ce n'était pas possible, il était 10 h 15 ! Tout ce dont elle se souvenait, c'était que

Raf était allé coucher Zoe la veille au soir. Elle-même était dans un tel état d'épuisement qu'elle avait tout juste eu la force de se traîner jusqu'à son propre lit sans même dire au revoir ni merci à son voisin.

Enfilant à la hâte un gilet sur son pyjama, elle glissa son portable dans la poche — le cabinet médical devait pouvoir la joindre à toute heure maintenant qu'elle travaillait pour eux — et courut dans la chambre de Zoe. A la vue du berceau vide, son cœur se glaça.

En ressortant, elle aperçut une silhouette allongée sur le canapé de la salle de séjour. Raf dormait du sommeil du juste, vêtu du pantalon gris de jogging qu'il portait la veille. Son torse nu servait d'oreiller à sa fille qui souriait dans son sommeil, manifestement à l'aise sur ces larges pectoraux qui montaient et descendaient, tel un bateau se balançant doucement sur la mer. Raf avait posé ses deux mains sur le petit dos de Zoe. L'image était si forte que Meredith en eut le souffle coupé. La force de Raf n'avait d'égale que sa douceur ; auprès de lui, sa fille ne risquait rien.

Une vague de chaleur l'envahit, comme la veille lorsqu'il lui avait caressé la joue. Cette sensation n'avait rien à voir avec le soulagement de savoir sa fille saine et sauve. Non, c'était l'expression de son désir…

A peine eut-elle formulé le mot dans sa tête que la culpabilité l'assaillit. Comment pouvait-elle désirer Raf alors qu'elle n'avait pas encore fait le deuil de Richard ?

Sans doute la fatigue lui jouait-elle des tours. Durant ces dernières semaines, en plus d'être un père et une mère pour Zoe, elle avait essayé de tout mener de front : la liquidation de la succession de Richard, les négociations avec les assurances, la clarification de la situation financière compliquée que lui laissait son mari. Il n'était pas étonnant qu'elle ait pris l'amitié de son voisin pour autre chose et que son corps privé de tendresse depuis trop longtemps ait sur-réagi.

Cette réaction était due à des neurones épuisés qui lançaient un signal erroné à ses sens, un peu comme les acouphènes pour l'ouïe ou les mirages pour la vue. Bref, cette prétendue attirance pour Raf ne reposait sur rien de réel.

Elle sortit son portable et prit une photo de Zoe et de Raf pour l'album qu'elle ferait un jour, quand elle en aurait la force. Sans doute Zoe serait-elle alors assez grande pour lui demander : « Qui c'est, ce monsieur, maman ? » Comme elles habiteraient probablement ailleurs et qu'elles auraient perdu tout contact avec les Camilleri, elle lui répondrait : « C'était un voisin qui nous aidait beaucoup lorsque tu étais toute petite. »

Les yeux de Raf s'ouvrirent, et un sourire étira sa bouche.

— Salut.

Sa voix rauque et paresseuse résonna en elle.

— Je n'arrive pas à croire qu'elle se soit endormie sur vous. Raf Camilleri, murmureur à l'oreille des bébés…

— Pas du tout.

Le sourire de Raf disparut, et son regard prit une expression hantée qu'elle avait déjà vue auparavant, quand il avait monté le berceau et quand Bianca avait suggéré qu'il aide leur père à s'occuper de Zoe. C'était comme s'il avait accepté d'aider à contrecœur dans toutes ces situations qui concernaient Zoe. Mais pourquoi aurait-il eu peur d'un bébé ?

Chassant cette pensée saugrenue, elle s'assit sur la méridienne.

— Je veux simplement dire que vous avez des pouvoirs magiques, vous êtes parvenu à la faire dormir alors que j'avais essayé en vain pendant des heures.

— Il n'y a rien de magique là-dedans. Pleurer l'a tellement fatiguée qu'elle a fini par s'endormir. Comme elle avait copieusement bavé sur moi pendant que je la berçais, j'ai enlevé mon T-shirt.

A cet instant, Zoe remua les jambes et poussa un vagissement.

— Ah, cette petite a l'odorat fin, dit-il. Elle sent le lait.

Meredith rit et tendit les bras pour soulever Zoe. Ce faisant, elle effleura le torse nu de Raf — tout en muscles durs et peau bronzée.

Ses veines s'enflammèrent, la chaleur se diffusa dans tout son corps et une petite douleur se mit à pulser dans les plis les plus intimes de sa chair. Puis cette sensation disparut aussi vite qu'elle était venue, la laissant pantelante et désorientée.

— Allez la nourrir et donnez-lui son bain, dit Raf en s'asseyant. Je vais passer chez Mario prendre une douche éclair et enfiler des vêtements propres, puis je reviendrai vous préparer le petit déjeuner. J'espère que vous avez faim ?

Elle allait répondre que non — la réponse qu'elle donnait invariablement à cette question depuis la mort de Richard —, quand son estomac émit des gargouillis si sonores qu'ils n'échappèrent pas à Raf.

Elle rit.

— Trahie par mon corps !

— Que faites-vous en plus de votre bénévolat chez les ambulanciers ? demanda Meredith en dégustant les délicieux œufs brouillés à la coriandre de Raf.

Lors du sauvetage sur la plage, elle avait été intriguée qu'il possède son propre défibrillateur.

— Il y a encore peu de temps, je dirigeais une entreprise qui proposait des solutions technologiques aux établissements médicaux. Ma dernière application en date s'appelle HospIT : elle aide les professionnels de santé à centraliser les rendez-vous et à minimiser le délai d'attente des patients ; ainsi, un malade qui doit passer différents examens ou consulter plusieurs spécialistes n'est plus obligé de camper toute la journée en salle d'attente. C'est un gain de temps pour tout le monde.

— C'est vous qui avez créé HospIT ?

— On dirait que ça vous surprend ? Je ne suis pas qu'un joli visage, docteur Dennison, dit-il en imitant une voix féminine. J'ai aussi un cerveau.

Elle rit.

— Je vous avoue que je suis impressionnée. HospIT est utilisé par tous les hôpitaux publics d'Australie.

— Ah bon ? dit-il, pince-sans-rire. Vous m'apprenez quelque chose.

— Ne vous moquez pas de moi. Je manque cruellement de sommeil, et mon cerveau fonctionne au ralenti ces jours-ci. Dites-moi ce qui vous a amené à devenir concepteur de logiciels médicaux.

Le visage de Raf se rembrunit.

— La frustration, le besoin de me rendre utile, de servir à quelque chose.

Sa voix exprimait colère et tristesse. Cette frustration avait-elle un rapport avec son ex-femme et ce berceau qu'il avait autrefois construit de ses mains ?

— Que voulez-vous dire ?

Un soupir échappa à Raf. Quand il releva les yeux de sa tasse de café, elle y lut une émotion intense.

— Teresa et moi, nous avons essayé pendant longtemps d'avoir un enfant au moyen de fécondations in vitro répétées.

Le regard de Meredith se porta machinalement sur Zoe qui gazouillait dans son couffin avant de revenir sur Raf.

— C'est une épreuve difficile pour un couple.

— Teresa a finalement décidé qu'elle ne voulait pas poursuivre la P.M.A.

Etrange. C'était d'habitude l'homme qui se décourageait, pas la femme.

— Est-ce ce qui a précipité votre divorce ?

— Non. Nous avons survécu à cela.

Les doigts de Raf se mirent à jouer avec la salière.

— Je n'en veux pas à Teresa d'avoir renoncé aux protocoles de procréation médicalement assistée. Elle, elle était parfaitement capable de concevoir un enfant.

Ainsi, lui ne l'était pas. Ne sachant que dire, elle préféra garder le silence.

— D'habitude, je n'aime pas évoquer cette période, mais je sens le médecin en vous qui veut absolument connaître le diagnostic.

Il avait raison, sauf que sa curiosité n'était pas uniquement professionnelle. Depuis l'épisode du berceau, elle voulait tout savoir de lui.

— Ne vous sentez pas obligé de m'en parler.

Mais, s'il vous plaît, dites-moi tout.

De toute évidence mal à l'aise, il se remit à jouer avec la salière.

— Je suis stérile. Plus exactement, je souffre d'infertilité « idiopathique », un terme savant dérivé du grec qui signifie en réalité que les médecins ne sont pas capables de l'expliquer.

Quelque part, elle avait du mal à croire Raf stérile. Il respirait la santé, avait un corps d'athlète, bref, c'était l'incarnation même de l'homme viril. Las, en tant que médecin, elle savait qu'une anatomie en apparence parfaite pouvait cacher des pathologies incurables.

— J'ai une idée, dit-elle en adoptant un ton enjoué. Rayons « idiopathique » de notre vocabulaire.

— Si vous voulez, dit-il avec un rire amer.

Et il se leva pour porter sa tasse et son assiette à l'évier. Et lui signifier ainsi que la conversation était terminée.

— Voulez-vous encore du café ? demanda-t-il.

Non, je veux en savoir plus sur vous.

Il semblait regretter ses confidences. Pourtant, quand il revint s'asseoir à table, elle ne put s'empêcher de lui poser la question qui lui brûlait les lèvres.

— Pourquoi avez-vous divorcé d'avec Teresa ?

— Je suis étonné que Mario ou Bianca ne vous l'aient pas déjà dit…

La mine sombre, il l'observa un moment avant de sortir une photo de son portefeuille.

— Voici Teneka, dit-il en la lui tendant.

La photo montrait un bébé potelé à la peau sombre qui, adossé à des oreillers, fixait l'objectif d'un air placide.

— C'est une très jolie petite fille. Maori ?

— Fidjienne.

Reprenant la photo, il la lissa à l'aide du pouce, comme s'il caressait l'enfant, avant de la remettre dans son portefeuille.

— Quand Teresa a décidé qu'elle en avait assez des inséminations intra-utérines et autres procédures invasives, et qu'elle a renoncé à la P.M.A., j'ai compris que, moi, je n'étais pas prêt à dire adieu à mon rêve d'un enfant, et nous nous sommes tournés vers l'adoption. Teresa était d'accord, même si avec le recul je me rends compte qu'elle ne partageait pas mon enthousiasme.

— On ne voit que ce qu'on veut bien voir.

— Très juste. Toujours est-il que nous avons entamé un autre parcours du combattant, tout autant semé d'embûches que celui de la P.M.A. Enfin, après de multiples entretiens avec les services sociaux et autant d'inspections à domicile, nous avons reçu le coup de fil qui nous annonçait qu'une petite fille allait nous être confiée.

— Teneka ?

— Oui, dit-il, une expression douloureuse sur le visage. Je suis aussitôt allé dans une scierie acheter des planches pour le berceau et j'ai passé tous les soirs de la semaine suivante à travailler en grand secret dans le garage pour qu'il soit fin prêt pour le jour de son arrivée…

Son poing se serra soudain.

— Mais elle n'est jamais arrivée, dit-il d'une voix blanche.

— Oh ! mon Dieu. Elle est morte ?

Il secoua la tête.

— Non, non, Teneka n'est pas morte. Elle a été placée dans une autre famille.

— Je ne comprends pas.

— Moi non plus, je n'ai pas compris à l'époque.

Il repoussa sa chaise pour arpenter la pièce comme si cela allait faciliter son récit.

— Le berceau était une surprise pour Teresa, reprit-il. Quand je l'ai terminé, je l'ai monté dans la chambre d'enfant puis j'ai demandé à Teresa de fermer les yeux et je l'y ai conduite. Je m'attendais à ce qu'elle me saute au cou ou, du moins, qu'elle manifeste sa joie. Après tant de tentatives infructueuses et de déceptions, nous allions accueillir notre enfant deux jours plus tard…

Cessant de marcher, il se plaça face à l'océan, dos à elle.

— « Non, je n'y arriverai pas », m'a-t-elle dit. Croyant qu'elle parlait d'étaler les draps sur le petit matelas, je lui ai assuré qu'elle deviendrait une experte en un rien de temps. Hélas, elle ne parlait pas des draps, dit-il en se retournant vers Meredith, le visage blême. Elle m'a alors avoué que les trois années de fécondations in vitro répétées avaient tué son désir d'être mère, qu'elle avait accepté le projet d'adoption pour me faire plaisir, mais qu'elle ne se sentait pas la force d'aller jusqu'au bout. Et elle a ajouté que, si je l'aimais vraiment, il fallait que je renonce à cet enfant pour la faire passer, elle, en premier.

Zoe se mit à pleurer, et Meredith alla la prendre dans ses bras. Teresa avait demandé l'impossible à Raf. Quand on avait commencé à aimer un enfant, fût-ce par l'intermédiaire d'une photo envoyée par un orphelinat, on ne pouvait plus faire marche arrière.

— Avez-vous tenté d'adopter Teneka tout seul ?

— Oui. Mais sans Teresa, mon dossier ne valait plus rien. J'ai perdu Teneka.

Dont il gardait la photo sur son cœur.

— Je suis désolée, Raf.

— C'est ainsi, dit-il en haussant les épaules. J'ai divorcé et je me suis jeté à corps perdu dans le travail.

— Puis vous avez revendu votre entreprise ?

— Oui. Après avoir perdu Teneka, la réussite professionnelle n'importait peu. On m'a fait une offre très généreuse et je l'ai acceptée. L'argent m'a permis de m'essayer à de nouvelles choses, la construction d'une maison à Middle Park, la conception d'un logiciel pour les cardiologues. Et quand papa a eu besoin d'un garde-malade, j'ai répondu présent.

Il remplit sa tasse de café puis revint s'asseoir en face d'elles. Zoe le fixa et émit un petit rot.

— C'est sa manière de me sourire, dit-il.

Comme pour acquiescer, Zoe creusa ses fossettes pour lui faire risette.

— Eh bien, dit Meredith tout étonnée. Je ne l'ai jamais vue sourire aussi franchement à quelqu'un.

Raf sortit son portable.

— Souris pour la postérité, Zoe.

La fillette se renfrogna aussitôt puis grimaça et se mit à pleurer. L'odeur qui monta dans la foulée ne laissait aucun doute sur l'origine de ses pleurs.

Ils éclatèrent de rire. Et Raf sembla oublier quelques

secondes sa tristesse. Las, il reprit un air mélancolique en regardant la photo qu'il venait de prendre.

D'un trait, il vida sa tasse puis se leva et prit sa veste.

— Il faut que j'y aille. Mario va avoir besoin de moi.

— Bien sûr.

De toute évidence, il les fuyait. Zoe lui rappelait ce qu'il avait perdu, et Meredith en avait mal pour lui.

— Merci pour votre aide. Pour *ton* aide. On pourrait peut-être se tutoyer après tout ce qu'on vient de partager ?

Le tutoiement marquerait une étape supplémentaire dans leur amitié car, à défaut d'autre chose, elle voulait être son amie.

— Pourquoi pas ?

Il s'en alla, tête baissée. Elle aurait voulu crier sa colère contre ce monde qui lui avait pris son mari, qui avait détruit le rêve d'enfant de Raf, puis les avait mis face à face dans une situation impossible.

La vie était parfois bien cruelle.

Le lendemain après-midi, au retour de sa séance de jogging sur la plage, Raf prit le café en compagnie de son père. Et il tomba des nues devant ce que celui-ci lui annonça.

— Cette maison est trop grande pour moi, lui dit Mario. J'ai pris la décision de la restructurer complètement, de la diviser en deux appartements, et de faire bâtir une grande terrasse avec vue sur la mer. Puisque je ne peux plus naviguer, je veux au moins voir l'océan.

— Qu'est-ce qui nous vaut ce virage à 180° ?

— Ne t'occupe pas de ça. J'ai déjà pensé à tout : je vendrai les propriétés que je possède à Princetown, l'argent aidera à financer les travaux.

Raf n'en revenait pas.

— Tu es prêt à démolir cette maison qui était un véritable mausolée en mémoire de maman ?

— Les meilleurs souvenirs sont dans le cœur, pas dans le papier peint ni la moquette. Ta mère sera toujours là, dit Mario en se tapant la poitrine.

Après deux décennies d'immobilisme, son père optait pour le changement, et il ne faisait pas dans la demi-mesure.

— Si tu veux mon avis, papa, c'est une excellente idée.

— Tant mieux, parce que je vais avoir besoin de ton aide pour les plans de la nouvelle maison. Les plans, ça te connaît ?

— J'ai dessiné ceux de ma villa de Melbourne.

— Je sais. C'est pour ça que je te le demande.

Mario lui tendait un rameau d'olivier — le premier en dix-neuf ans. Raf était bien décidé à le saisir.

Cela l'obligerait à rester sur l'île et à habiter à côté de chez Meredith et Zoe, qui lui rappelleraient sans cesse ce qu'il avait perdu. D'un autre côté, s'il s'en allait, jamais il ne parviendrait à bâtir une relation d'adulte à adulte avec son père. Entre deux maux, il optait pour celui qui épargnerait Mario. Pas question de le laisser tomber.

— Puisque je m'installe ici pour quelque temps, je vais commander de vrais meubles de bureau pour la chambre d'amis. Je veux pouvoir travailler à l'aise.

— Fais à ta guise, dit Mario. C'est Meredith qui va être contente.

— Pourquoi ?

— Elle va garder son baby-sitter attitré.

Contrairement à Bianca, Mario ne jouait pas les Cupidons. Du moins, en apparence. Raf se demandait parfois si son père n'essayait pas secrètement de le rapprocher de Meredith. Le vieil ours avait plus d'un tour dans son sac.

9.

— Voici ma grille d'heures, Sue.

Meredith glissa la feuille dans le casier prévu à cet effet. C'était le dernier jour pour se faire payer ; si elle ratait le coche, elle devrait attendre encore quinze jours or son compte en banque flirtait dangereusement avec le rouge. Elle avait intérêt à l'alimenter.

La secrétaire-comptable du cabinet médical la regarda par-dessus ses lunettes cerclées de bleu.

— Vous vous plaisez chez nous, docteur Dennison ?

— Oui. J'ai du mal à croire que j'en suis déjà à ma huitième semaine de travail.

— Eh oui, on est déjà en décembre, et officiellement en été sur le calendrier. Comme chaque année des touristes imprudents vont arriver, mettre les insulaires à cran et causer de stupides conflits saisonniers. Nous allons bientôt être débordés, cela nous arrangerait que vous puissiez nous consacrer davantage d'heures.

Financièrement, cela aurait été une aubaine, mais aussi autant de temps en moins pour Zoe. Sa fille de trois mois avait besoin d'elle, et Meredith ne se voyait pas mettre davantage à contribution Mario et Raf. D'autant que l'attirance croissante qu'elle éprouvait pour ce dernier commençait à l'inquiéter. Il devenait urgent de prendre ses distances avec lui.

Demande à Linda.

Non. Si elle faisait appel à sa belle-mère, celle-ci insisterait pour qu'elle rentre à Melbourne.

— Je vais y réfléchir, Sue.

— Donnez-moi votre réponse d'ici mercredi. Si vous ne pouvez pas, je vais devoir passer une annonce pour trouver un médecin intérimaire.

— Entendu.

Elle dit au revoir à Sue et alla acheter une bouteille de champagne au drugstore-épicerie — un rituel qu'elle accomplissait tous les vendredis soir, pour son dîner hebdomadaire chez les Camilleri en compagnie du clan réuni au grand complet.

A la sortie du magasin, elle regagna rapidement sa voiture. Avant de démarrer, elle consulta son portable pour voir si elle avait reçu des messages. Oui. Mario avait envoyé une photo de Zoe souriant dans son parc, entourée de ses jouets ; et une autre de Raf, debout devant le vieux four à pizza de leur patio, le front et le nez couverts de suie.

Elle riait aux éclats lorsqu'un texto arriva.

Meredith, je commence à croire que votre téléphone et votre messagerie Internet sont en panne. Quand pouvons-nous vous rendre une nouvelle visite ? Linda.

Sa joie s'envola, remplacée par la culpabilité, comme si Linda l'avait prise en flagrant délit d'admiration du beau visage de Raf. Elle-même avait du mal à comprendre comment elle pouvait être attirée par ce dernier alors que son mari lui manquait encore. Et sa belle-mère accepterait encore moins qu'elle puisse se rapprocher d'un autre homme, cinq mois seulement après la mort de Richard. Ce qui expliquait en partie pourquoi Meredith tardait à la rappeler.

Quinze jours plus tôt, Derek et Linda étaient venus passer le week-end à Shearwater. Meredith comprenait parfaitement le besoin de Linda de voir sa petite-fille et elle ne voulait pas l'en priver. Hélas, comme chaque fois qu'elles se voyaient, Linda lui avait demandé quels étaient ses projets. Une question à laquelle elle n'avait pas de réponse.

Elle déroula la liste des mails reçus.

Docteur Dennison,

Merci de m'appeler dans les meilleurs délais afin que nous puissions discuter des modalités de remboursement de vos hypothèques sur les maisons de Melbourne et de Shearwater Island.

Samantha Lucas,
Conseillère bancaire.

Son estomac se serra. Richard avait contracté des dettes et pris des hypothèques sur leurs maisons afin de les rembourser ; et c'était elle qui devait dorénavant en assumer les conséquences. Las, elle pensait avoir un peu de temps pour trouver une solution. Pourquoi tout le monde la pressait-il donc de prendre des décisions ?

Un étau enserra sa poitrine — cela se produisait de plus en plus souvent ces derniers temps, sans doute à cause du stress —, et elle s'obligea à prendre une profonde inspiration.

— Richard, dit-elle tout haut, à quoi sert ton plan sur cinq ans pour rembourser tes créanciers maintenant que tu n'es plus là pour l'honorer ?

Le silence lui répondit, assourdissant.

Elle s'apprêtait à mettre le contact lorsqu'un bip lui signala un nouveau texto.

Regarde sur ta gauche.

Elle obéit et sourit. A hauteur de la vitre, Zoe la regardait, couchée dans son landau derrière lequel se tenait Raf.

Il ouvrit la portière.

— Je t'observe depuis un bon moment, tu m'as l'air préoccupée…

Sa sollicitude lui mit du baume au cœur.

— J'ai reçu un message de ma belle-mère et j'ai commis l'erreur de consulter mes mails.

— Puis-je t'aider ?

— Si tu as un demi-million de dollars dont tu ne sais que faire, fit-elle en guise de boutade.

— D'accord, dit-il, parfaitement sérieux. Tu as des problèmes d'argent ?

La honte la submergea. Il n'était pas question de mêler Raf à ses soucis financiers ni a fortiori de le ponctionner d'un demi-million !

— Rien qui ne puisse s'arranger dès que la compagnie d'assurances de Richard aura versé ce qu'elle me doit.

Elle était en litige avec eux. Ils refusaient de payer, arguant que l'avalanche avait été provoquée par l'imprudence de Richard qui faisait du hors-piste, et qu'ils n'étaient donc pas tenus d'honorer le contrat décès. Son avocat lui avait confirmé que cette clause, parmi d'autres, était inscrite en caractères minuscules au bas dudit contrat.

— Les compagnies d'assurances se font souvent tirer l'oreille pour payer, Meredith.

— Je suis bien placée pour le savoir. Mais mon avocat espère parvenir à un accord. Je ne te mens pas, dit-elle comme il semblait sceptique.

— Si cela ne s'arrangeait pas, promets-moi de m'en parler. D'ici là…

Il lui tendit la main pour l'aider à sortir du 4x4. Et il ne recula pas quand elle fut dehors, de sorte qu'elle se trouvait tout contre sa chemise à carreaux verts et bleus.

— Oublie tes soucis et essaie de passer une bonne soirée.

Il se pencha pour l'embrasser sur la joue. Depuis qu'ils se

connaissaient mieux, il l'embrassait pour lui dire bonjour, imitant en cela son père.

Comme à chaque fois, le cœur de Meredith se mit à battre plus fort et ses genoux à trembler.

— Que fais-tu ici ? demanda-t-elle en tentant de se ressaisir. Pourquoi n'es-tu pas à la maison avec Mario pour votre dîner en famille du vendredi ?

— C'est le premier soir où il fait vraiment chaud, Zoe a insisté pour que nous allions acheter un cornet de fish-and-chips sur le quai.

— Voyez-vous cela ! dit-elle en riant et en déposant un baiser sur le front de sa fille. Et que t'a-t-elle demandé d'autre ?

Il orienta le landau vers la promenade.

— Elle veut pique-niquer sur la plage puis faire trempette.

— Elle en a, du vocabulaire, pour un bébé de trois mois.

Comme si elle devinait qu'on parlait d'elle, Zoe agita sa girafe en caoutchouc.

— C'est une petite qui sait ce qu'elle veut, dit-il, et moi, j'aime les femmes de tête.

La manière dont il regardait Meredith fit de nouveau s'accélérer son cœur. Embarrassée, elle se pencha pour saisir la bouteille de champagne calée sur le siège passager.

— J'en déduis que tout le monde nous attend sur la plage ?

Il secoua la tête.

— Bianca et son mari assistent à un dîner du Club des Secouristes. Et Mario a décidé de sortir avec ses vieux copains. Ce qui nous laisse tout seuls. Si tu n'aimes pas le poisson et les frites, on peut se rabattre sur autre chose, dit-il en enfonçant le chapeau sur la tête de Zoe qui essayait sans cesse de l'enlever.

— Tu plaisantes ? Je salive à la seule idée de la peau

croustillante du poisson et des frites salées ! dit-elle en se passant la langue sur les lèvres.

Le regard de Raf s'assombrit, et elle eut la certitude d'y voir le reflet de son propre désir.

Pour la première fois, il lui montrait qu'il la trouvait attirante. Un délicieux frisson la parcourut. Afin de lui cacher son émotion, elle enfila ses lunettes de soleil.

— C'est bon à savoir, dit-il sans quitter sa bouche des yeux.

Zoe tendit la main vers Meredith en pleurnichant.

— Elle réclame le sein.

Quelle mère indigne elle faisait, de rêvasser à propos de Raf tandis que son bébé essayait de lui montrer qu'elle avait faim !

— Je vais acheter notre repas, je vous retrouve sous les pins, dit-il en indiquant les arbres en lisière de la plage. Il y a une couverture et une bouteille d'eau minérale dans le filet sous le landau.

— A tout à l'heure, dit-elle en le regardant s'éloigner.

Grand, mince, les épaules larges et les hanches étroites, il était l'incarnation de l'homme idéal ; et il lui avait prouvé qu'il était tout aussi beau de l'intérieur. Ce soir, elle découvrait que l'attirance qu'elle éprouvait envers lui était partagée.

— Oh ! Zoe, je crois que je vais au-devant de gros problèmes.

Comme pour protester, sa fille poussa un cri et laissa tomber sa girafe au sol.

Le lundi suivant, Meredith déjeunait d'un sandwich dans son bureau, quand la voix de Sue résonna dans l'Interphone.

— Meredith, on a besoin de vous sur le ponton de l'embarcadère. Quelqu'un a fait un malaise.

Saisissant sa sacoche, Meredith sortit, traversa la rue et descendit sur la plage en passant par l'endroit où Raf et elle avaient mangé un fish-and-chips le vendredi précédent.

Essoufflée d'avoir couru dans le sable, elle parvint au ponton et tenta de se frayer un chemin parmi les badauds qui se pressaient là.

— Je suis médecin, laissez-moi passer, s'il vous plaît.

La foule s'écarta. Une fillette était étendue sur les planches en bois brut, en position latérale de sécurité, un masque à oxygène sur le nez. Agenouillé à côté d'elle, Raf tenait un Epipen, un injecteur d'adrénaline, qui avait de toute évidence servi. Une femme sanglotait à côté d'eux.

— Ça va aller, ma belle, disait-il en caressant les cheveux de l'enfant. On va t'emmener à l'hôpital pour te garder en observation, et ta maman va venir avec toi dans l'ambulance.

S'accroupissant près de Raf, Meredith remarqua les plaques rouges sur la peau de la fillette, qui respirait normalement.

— Que s'est-il passé ?

— Choc anaphylactique.

— Une idée de ce qui a pu le provoquer ?

— Aucune. Il n'y a pas d'antécédents d'allergie et elle ne s'est pas plainte d'avoir été mordue ou piquée. Les symptômes sont classiques : éruption cutanée, gonflement des paupières et des lèvres, troubles du discours. Par chance, je passais par le quai et j'avais ma trousse de premiers secours dans la voiture.

Meredith prit les constantes.

— Le pouls est faible et la pression artérielle très basse. Je vais poser un cathéter, dit-elle en choisissant dans la trousse de soins un tube en silicone à petit diamètre. Ainsi, les ambulanciers pourront la réhydrater sans attendre.

Anxieuse, la mère de l'enfant observait chacun de ses gestes.

— Merci d'être venue si vite, docteur. J'ai eu tellement peur quand Stacey s'est arrêtée de respirer.

— C'est Raf qu'il faut remercier, dit-elle en posant la main sur l'épaule de ce dernier pour se relever. Son intervention rapide a permis de sauver la vie de votre fille. Sans l'Epipen et l'adrénaline qui a servi d'antidote à l'agent allergène, je serais peut-être arrivée trop tard.

Le ululement d'une sirène d'ambulance se fit entendre, et Raf souleva la fillette dans ses bras en la serrant contre lui, le visage empreint d'une compassion extrême. S'il se préoccupait autant du sort d'une inconnue, il devait sans doute réserver des trésors d'amour à ses proches…

Le serait-elle un jour, proche de lui ?

Ils étaient amis, ils se tutoyaient, mais cela ne lui suffisait plus. Pourtant, pouvait-elle se permettre de lui demander davantage ?

Revenant à ce qui les occupait, elle résuma la situation aux auxiliaires médicaux, énumérant les symptômes et les actes médicaux effectués. Puis elle s'assura que la mère pourrait voyager dans l'ambulance à côté de sa fille, et téléphona au service d'urgences de l'hôpital de Wongarri pour les avertir de l'arrivée de la petite patiente.

Ce soir-là, assis côte à côte sur la plage des Camilleri, Raf et Meredith regardaient les vagues mourir sur le sable.

Perdu dans ses pensées, il prenait des poignées de sable qu'il laissait filer entre ses doigts.

— La vue d'un enfant malade me terrifie, dit-il finalement.

— Moi aussi. Pourtant, tu as montré d'excellents réflexes tout à l'heure. Mon Dieu, j'espère que Zoe ne développera jamais d'allergies. Richard n'en avait pas, mais ma mère souffrait d'asthme.

Il tourna de nouveau ses yeux vers le large. Il avait l'impression d'être à la fois au paradis et en enfer. Enfin, il avait Meredith pour lui tout seul, mais il devait la partager avec les fantômes d'un mari, Richard, et d'une enfant, Teneka. Et il n'y avait pas que ça. Meredith lui envoyait des signaux ambigus ; un moment, elle se comportait en voisine amicale, sans plus, et l'instant d'après, elle le regardait avec une expression étrange, comme si elle était attirée par lui.

Peut-être prenait-il ses désirs pour des réalités.

Le vendredi soir, il avait cru un instant qu'ils étaient sur la même longueur d'ondes mais, au cours du repas sur la plage, elle s'était ensuite comportée comme une simple amie, enjouée, et taquine juste ce qu'il fallait. Leur petit chaperon âgé de trois mois n'avait bien sûr pas aidé à un rapprochement…

Ce soir, c'était elle qui était venue le trouver sur la plage. En médecin consciencieux, s'inquiétait-elle pour lui ? Craignait-elle que le sauvetage de Stacey ait ravivé son traumatisme et sa perte ? Ou était-ce la femme qui venait s'asseoir à côté de lui pour faire plus ample connaissance ?

Il ne savait plus où il en était. La vérité, c'était qu'il devenait fou à force de la désirer.

Il voulait coucher avec elle, mais son désir allait bien au-delà. Il rêvait de lui dire qu'il était amoureux d'elle tout en sachant qu'un tel aveu signerait sa perte puisqu'elle avait perdu son mari à peine cinq mois auparavant.

Combien de temps devrait-il attendre avant de lui ouvrir son cœur ? Jusqu'à Noël ? Jusqu'au premier anniversaire de la mort de Richard ? Il aurait fallu exister un mode d'emploi pour aimer une veuve.

— Combien de temps as-tu vécu à Melbourne ?

Rien ne lui interdisait de faire un peu mieux sa connaissance en attendant de faire sa déclaration.

— Depuis mon départ de la ferme pour l'université. Je voulais être médecin de campagne, puis j'ai rencontré Richard qui faisait carrière en ville, et j'ai renoncé à mon projet pour pouvoir vivre avec lui.

— La vie en couple exige des compromis de part et d'autre.

Poussé par un petit démon perché sur son épaule, il voulait l'entendre critiquer Richard. Ce type n'avait certainement pas été un saint.

— C'est vrai, dit-elle, un soupir aux lèvres. J'aurais aimé n'être pas la seule à devoir en faire mais, quand on tombe amoureuse d'un chirurgien, il faut s'attendre à le partager avec beaucoup de monde.

Le souvenir de Teresa surgit à son esprit. Les compromis n'avaient pas non plus été son fort. Elle avait tenté plus d'une fois de le décourager de faire du bénévolat car elle n'aimait pas le partager avec d'autres.

— Ce n'est pas toujours facile de vivre dans l'ombre de quelqu'un.

— Je n'ai pas dit que je vivais dans l'ombre de Richard. Ce que j'avais le plus de mal à supporter, c'était son besoin de pratiquer des sports de plus en plus dangereux. Je… j'ai l'impression de le trahir en disant cela.

Il essuya ses mains couvertes de sable sur son short.

— Pourquoi ? Tu as le droit d'émettre des opinions, cela n'enlève rien à l'amour que tu lui portais.

Elle se tourna vers lui.

— Je l'aime toujours, malgré ses défauts.

— Il en avait ?

Sa voix avait été plus sarcastique qu'il ne l'aurait voulu, et il regretta aussitôt sa question. Vouloir forcer Meredith à dire du mal de son époux décédé était un petit jeu malsain.

— Me prendrais-tu pour une femme qui met son mari mort sur un piédestal en le parant de toutes les qualités ?

Elle semblait peinée, et c'était à cause de lui. Il aurait pu se gifler.

— Je suis idiot. Ne fais pas attention à moi.

Nouant ses bras autour de ses genoux, elle y posa son menton.

— C'est mon problème, Raf. Je fais un peu trop attention à toi.

Son cœur bondit contre ses côtes. Il la dévisagea, dans l'espoir de trouver des indices qui auraient expliqué cette remarque.

Un feu intense brûlait dans les yeux de Meredith, elle semblait lui lancer une supplique.

Elle cherchait à lui dire quelque chose.

Aide-la. Et ne gâche pas tout, cette fois.

— Est-ce une bonne ou une mauvaise chose, selon toi ?

Meredith ne savait que répondre.

— Les deux.

— Est-ce que le bon l'emporte sur le mauvais ? demanda Raf d'une voix qui tremblait.

Sur le point de faire une réponse vague, Meredith se ravisa. Elle avait suffisamment tourné autour du pot.

— Quand je suis près de toi, je me comporte comme une gamine de seize ans…

— C'est-à-dire ?

Courage. Va jusqu'au bout maintenant que tu as commencé.

— Je me sens attirée par toi, et paniquée…

— Bienvenue au club.

— Tu veux dire que… ?

— Depuis des semaines, dit-il en lui caressant la joue, je ressens exactement la même chose pour toi.

Le soulagement l'envahit. Ainsi, elle ne s'était pas

trompée. Elle tourna le visage pour déposer un baiser au creux de sa paume et elle n'opposa aucune résistance lorsqu'il la fit basculer sur le sable avec lui. Elle se laissa faire. Son désir d'être touchée et aimée était plus fort que la voix de la prudence qui lui soufflait de s'en aller.

Il l'embrassa avec ferveur, presque délicatement, comme si ses lèvres étaient de précieux trésors qu'il risquait de briser en y appliquant trop de pression. Soupirant contre sa bouche, elle ouvrit la sienne qu'il explora de sa langue au goût de sel. Telle une coulée de lave filant dans ses veines, le plaisir déferla en elle, emportant ses dernières hésitations.

Aussi merveilleux que fût ce baiser, elle voulait davantage. Elle le voulait, lui, et elle mêla sa langue à la sienne pour le lui signifier. Ce fut à qui aurait le dessus, dans ce ballet hardi où ils étaient tous deux affamés du goût et du parfum de l'autre.

Elle se cambra contre lui pour le sentir de tout son corps, et il poussa un gémissement rauque.

Il la voulait, il voulait la prendre.

Ses doigts impatients glissèrent sous sa chemise pour l'encourager, et elle enfonça les ongles dans son dos. Le plaisir qui se déchaînait à la croisée de ses jambes faisait vibrer chaque partie de son corps.

La bouche brûlante de Raf descendit vers ses seins. Ses mamelons se raidirent sous la caresse de ses lèvres puis, soudain, elle se figea. Son soutien-gorge se mouillait.

Son lait.

La réalité la rattrapait. Saisissant Raf par les épaules, elle le repoussa.

Des yeux brouillés de désir la fixèrent, étonnés.

— Qu'y a-t-il ?

Elle ne prit pas la peine de décrire le problème en détail.

— Nous n'avons plus seize ans, Raf. Nous sommes

sur une plage publique, et je ne veux pas être accusée d'attentat à la pudeur.

Le portable de Raf sonna à cet instant, et il lâcha un rire amer en regardant l'écran.

— Il ne manquait plus que lui ! Mario nous rappelle qu'il nous attend pour dîner avec Bianca et les jumeaux !

Il roula sur le côté.

— Parfois, je déteste le monde des adultes !

Et elle donc.

10.

Raf arpentait la cuisine de Meredith de long en large en attendant qu'elle le rejoigne.

Au retour du dîner chez Mario, elle avait disparu dans la nursery avec Zoe, où elle se trouvait depuis maintenant un quart d'heure.

Il s'en voulait, tout était de sa faute. Au lieu de précipiter les choses sur la plage, il aurait dû attendre d'être chez elle. Ils seraient à présent dans le lit de Meredith. Au lieu de quoi il trompait l'attente en stérilisant biberons et tétines tandis qu'elle couchait le bébé — en prenant son temps.

Un rire amer lui échappa. On aurait dit un jeune mari se plaignant que l'arrivée du bébé tuait sa vie sexuelle.

Une comparaison qui n'avait pas lieu d'être. La raison pour laquelle Meredith l'avait repoussé n'avait rien à voir avec Zoe. Et tout avec le souvenir de Richard, qui était venu s'immiscer entre eux.

Elle le rejoignit enfin.

— Elle s'est endormie.

— Tant mieux.

Quand il voulut l'attirer à lui, elle se déroba avant même que sa main ne touche sa taille.

— Veux-tu du thé, du café ? demanda-t-elle.

— Non, merci.

— Quelque chose de plus fort ? fit-elle en se penchant vers le placard du bas où elle conservait les alcools.

— Meredith, tu crois vraiment que j'ai envie de boire ?

L'air sombre, elle secoua la tête.

— Non. Mais moi, si.

Débouchant une bouteille de porto, elle remplit un petit verre qu'elle vida d'un trait avant de se servir de nouveau.

— Si tu as besoin de te soûler pour te donner le courage de m'inviter dans ta chambre, il vaut mieux que je m'en aille.

Elle parut surprise.

— Tu ne comprends pas…

— Alors, explique-moi.

— Je n'ai plus seize ans…

— Moi non plus. Et j'en suis bien content.

— Mais, toi, tu ne viens pas d'avoir un bébé…

La logique de ses propos lui échappait.

— Meredith, dis-moi quel est le problème.

— Eh bien… Tu as un corps musclé, affûté, sans la moindre once de graisse. Moi j'ai encore des kilos en trop, des vergetures, les seins qui fuient et… et… C'est toi qui as mis au monde Zoe, tu…

Un sanglot étrangla sa voix.

— Tu m'as vue… Et le spectacle n'était pas très sexy…

Le soulagement l'envahit. Ce n'était donc pas le souvenir de Richard qui empêchait Meredith de franchir le pas.

Fou de joie, il la prit dans ses bras et enfouit son visage dans ses cheveux.

— Quand je te regarde, je vois une femme magnifique, avec un corps sensuel qui me soumet constamment à la tentation.

— Tu dis ça pour me flatter.

— Et tu mérites ces flatteries. Et davantage.

— C'est-à-dire ?

— Laisse-moi te montrer.

Sans crier gare, il la souleva dans ses bras pour l'emporter dans la chambre.

Le corps de Raf palpitait. Il venait de faire l'amour avec Meredith, et elle reposait contre lui, ses cheveux d'or étalés sur sa poitrine. La réalité avait dépassé de loin ses rêves les plus fous. Il savait à présent sans l'ombre d'un doute qu'ils étaient faits l'un pour l'autre.

— Ça va ? demanda-t-il en lui caressant les cheveux.

Sa voix haletait comme s'il avait couru un cent mètres.

— Oui. Et toi ?

— Très bien. C'était… magique.

Ils restèrent enlacés, à écouter le bruit des vagues. Ses paupières se faisaient lourdes, ses muscles se détendaient…

— Raf ?

Il rouvrit les yeux.

— Oui ?

— Merci, dit-elle en relevant la tête pour le regarder.

— A votre service, madame. Jour et nuit, fit-il, malicieux.

Il se pencha pour l'embrasser et, au contact des seins ronds pressés contre son torse, sentit son corps réagir aussitôt. Serait-elle partante pour une autre séance ?

— Raf, j'aimerais que cela reste entre nous.

— Tu n'es pas pour le triolisme ?

La plaisanterie ne la fit pas rire.

— Je suis sérieuse.

— D'accord, je n'en parlerai à personne.

Lui aurait rêvé de confier à ses proches qu'il l'aimait.

— Merci, dit-elle en l'embrassant sur la bouche.

— Pas de quoi.

Le cœur lourd, il lui rendit son baiser avant de se rallonger pour attendre le lever du jour et rentrer chez Mario.

Les deux semaines suivantes se passèrent comme dans un rêve. Raf rejoignait Meredith la nuit, une fois que Zoe était couchée, et regagnait son lit chez Mario aux premières lueurs du jour, ce qui convenait parfaitement à Meredith. Du moins essayait-elle de s'en convaincre car elle n'avait pu se défaire complètement de la culpabilité qu'elle éprouvait envers Richard.

— Si tu n'es pas là pour le petit déjeuner, Mario se doutera que tu as découché, dit-elle un matin où Raf proposait de lui servir son repas au lit.

— Mon père n'est pas un imbécile. Je suis sûr qu'il a compris notre petit manège.

— Comment ? Nous ne laissons rien voir aux repas du vendredi soir.

— Justement, nous faisons un peu trop attention, cela a dû leur mettre la puce à l'oreille. Les Camilleri ne sont pas nés de la dernière pluie.

Qu'ils puissent être au courant la contraria. C'était un problème supplémentaire, qui venait s'ajouter à la longue liste de ceux qu'elle avait déjà — la banque qui la relançait sans cesse, les démêlés avec la compagnie d'assurances, et Linda.

Quand Meredith s'était décidée à sortir de sa bulle pour inviter enfin ses beaux-parents sur l'île pour le week-end suivant, Linda avait été glaciale.

— Derek doit assister à un séminaire à Sydney. Si vous aviez pris connaissance des nombreux messages que je vous ai laissés, vous sauriez que le week-end dernier aurait été parfait.

Pour se faire pardonner, Meredith lui avait envoyé une vidéo qui la montrait donnant le bain à Zoe — c'était Raf qui les avait filmées.

Le dimanche suivant, à 8 heures, Linda l'avait appelée pour lui demander si c'était la voix de Mario Camilleri qu'on entendait en arrière-fond de la vidéo. Prise de court, Meredith avait menti et acquiescé.

— Il a l'air de passer beaucoup de temps avec ma petite-fille, avait dit Linda d'un ton réprobateur.

— Quels sont vos projets pour Noël ? avait-elle alors demandé pour se racheter.

Ce qui n'avait fait qu'aggraver ses problèmes.

Le jeudi soir, Raf monta en sifflotant les marches du porche de Meredith, une bouteille de vin dans une main et un bouquet de fleurs dans l'autre. La journée s'était bien passée. Ses clients cardiologues étaient fort satisfaits de la première mouture de l'application qu'il avait conçue pour eux. Un bonheur n'arrivant jamais seul, la municipalité avait donné un avis favorable pour la transformation de la maison de la plage en deux logements séparés.

Il avait hâte de partager ces bonnes nouvelles avec Meredith et Zoe, qu'il n'avait pas vues depuis le matin.

Meredith avait suggéré qu'il amène Mario à dîner. Las, quand il avait transmis l'invitation, ce dernier lui avait répondu avec un clin d'œil qu'il était désolé de les décevoir, mais qu'il irait dîner au club.

C'était la preuve, s'il en était besoin, que son père était parfaitement au courant de sa relation avec Meredith.

— Je m'en remettrai, avait répondu Raf en riant.

En entrant dans la salle de séjour, il vit d'abord Zoe qui, dans son parc, rampait sur ses avant-bras dodus.

— Bonsoir, ma puce, dit-il en se penchant pour l'embrasser sur la tête.

Un gazouillis ravi lui répondit, et il rit avec elle. Il aimait cette enfant tous les jours un peu plus et il ne pouvait plus imaginer sa vie sans elle. Sans elles.

En se redressant, il vit Meredith. Assise sur le canapé, entourée de papiers, elle semblait fixer le vide. Son visage paraissait pâle, et hagard. Cela faisait des semaines qu'il ne lui avait pas vu cette expression.

Il posa les fleurs et le vin sur la table basse.

— Meredith ?

Elle sursauta et ne sembla l'apercevoir qu'alors.

— Mon Dieu, il est déjà 6 heures ?

— 6 h 15. Moi qui me croyais en retard…

— Je n'ai encore rien préparé, désolée.

Comme elle rassemblait les papiers en une liasse désordonnée, l'un d'eux tomba au sol.

Il se pencha et reconnut le logo de la Westpac, l'une des principales banques d'Australie.

Si tu avais un demi-million de dollars à me donner, ça arrangerait mes affaires.

A défaut de pouvoir atténuer son chagrin de veuve, il pourrait l'aider financièrement.

— Est-ce que tout va bien ?

— Bien sûr. Pourquoi me demandes-tu ça ? demanda-t-elle, de toute évidence sur la défensive, en lui arrachant presque le papier des mains.

— Je ne sais pas, tu sembles tendue. Dis-moi quel est le problème.

Elle sembla hésiter un instant puis poussa un soupir.

— La mort de Richard m'a laissée avec deux hypothèques sur les bras. La dette aurait dû être remboursée par l'argent de l'assurance, mais…

— Ils refusent de payer en prétextant que le risque n'était pas couvert.

— C'est exactement cela. Richard était protégé pour les risques qu'il prenait en faisant du ski et du snow-board, mais il est mort dans une avalanche, sur une pente hors-piste. Ils prétendent qu'il pratiquait ce jour-là un sport extrême apparenté au ski acrobatique — un risque qui n'est pas couvert. Mon avocat fait tout pour obtenir gain de cause, mais cela va prendre du temps. Et la banque réclame le remboursement des hypothèques.

— Si l'affaire est portée devant les tribunaux, cela peut traîner des années. As-tu vraiment besoin de deux maisons ? Tu ne vas pratiquement plus à Melbourne depuis la naissance de Zoe ; et tu sembles te plaire ici.

— Je ne suis pas prête à prendre ce genre de décisions.

Autrement dit, elle ne l'était pas non plus pour s'engager sur le long terme avec lui.

— Je pourrais jeter un coup d'œil aux sommes que la banque te réclame et…

— Non. Je n'accepterai pas d'argent de toi.

— Pourquoi pas ? Je ne te ferais pas la charité, ce serait un prêt, dit-il pour ménager son amour-propre. On conviendra d'un faible taux d'intérêt, et tu me rembourseras dès que le litige sera réglé avec l'assurance.

— Je t'ai dit non, dit-elle de sa voix calme et autoritaire de médecin.

— D'accord. Et si tu mettais ta maison de Melbourne en location ? Le loyer te permettrait de couvrir au moins le paiement mensuel d'une des hypothèques.

Le visage de Meredith pâlit.

— Je refuse de faire cela.

Sans doute à cause des souvenirs qu'elle avait avec Richard dans cet endroit. Elle révérait le souvenir d'un homme qui s'était tué en assouvissant sa passion des sports extrêmes et qui la laissait avec des dettes jusqu'au cou.

— Pendant que je prépare le dîner, dit-elle en adoucissant le ton, pourrais-tu donner le bain à Zoe et lui enfiler son pyjama ?

— Bien sûr.

Elle partageait volontiers sa fille avec lui, mais son cœur appartenait encore à son mari mort.

11.

Au terme de consultations qui avaient débordé de deux heures en raison d'un afflux de patients sans rendez-vous, Meredith prit enfin le chemin du retour. On était vendredi, jour de dîner chez les Camilleri.

Elle se gara devant chez Mario. Raf se tenait sous le porche.

— Enfin, dit-il. Je t'attendais.

— Qu'y a-t-il ? Zoe va bien ? demanda-t-elle, aussitôt inquiète.

— Oui, oui. Il y a juste une petite complication…

— Quel genre de complications ?

A cet instant, un éclat de voix se fit entendre par une fenêtre ouverte du rez-de-chaussée. Mario était en train de se disputer avec quelqu'un.

— *Mio Dio*, vous ne comprenez rien à rien !

— C'est ma petite-fille ! s'exclama une voix féminine que Meredith reconnut sans mal. J'ai le droit de la voir quand il me plaît !

— Personne ne prétend le contraire. Tout ce que je vous dis, c'est que Meredith m'a confié la garde de sa fille, qu'elle ne m'a pas prévenu de votre arrivée et que Zoe restera donc chez moi jusqu'à son retour.

La douleur qui lui barrait la poitrine s'accentua.

— Mon Dieu ! Pourquoi ne m'as-tu pas téléphoné pour me prévenir ? demanda-t-elle à Raf.

— Je m'apprêtais à le faire. Linda n'est là que depuis

cinq minutes, mais elle l'a tout de suite pris de haut. Je ne sais pourquoi, elle ne supporte pas que mon père et moi nous occupions de Zoe.

— Je ne comprends pas ce qu'elle fait ici. Elle devait accompagner Derek à Sydney ce week-end. Je suis désolée.

— Ce n'est pas ta faute.

Si, ça l'était. Au cours de leurs conversations de ces dernières semaines, Linda n'avait pas caché sa réprobation de voir les Camilleri père et fils jouer les baby-sitters. Et Meredith n'avait rien dit pour les défendre, par crainte de créer un énième sujet de discorde.

— Viens, on va essayer de calmer les choses, dit Raf en lui prenant la main.

Ils s'engageaient dans le vestibule, quand la voix de Linda monta dans les aigus, exprimant une colère mêlée de désespoir.

— Que ce soit bien clair, monsieur Camilleri. Vous n'êtes pas la famille de Zoe. Moi, si !

Si Meredith entrait à cet instant dans la salle de séjour, sa main entrelacée à celle de Raf, elle porterait le coup de grâce à sa belle-mère.

Elle se dégagea.

— Je vais aller lui parler.

Raf renoua aussitôt ses doigts à ceux de Meredith.

— Laisse-moi t'aider.

Elle secoua la tête.

— Cela ne fera qu'empirer la situation. Elle n'accepte déjà pas que ton père et toi gardiez Zoe durant mon absence. Si elle nous voit entrer ensemble, elle ne le supportera pas.

Le sang de Raf se glaça.

— Oh. Alors c'est moi, le problème, maintenant ?

— Ne sois pas stupide. C'est juste que Linda n'est pas prête à me voir sortir avec quelqu'un d'autre.

— Je vois. Et quand le sera-t-elle ?

— Il faut lui laisser du temps…

— Alors, chaque fois que Derek et elle viendront vous rendre visite, tu me renverras chez Mario avec ma brosse à dents !

Elle fronça les sourcils.

— Je ne vois pas ce qui te met en colère. Nous étions convenus de ne parler de notre relation à personne. Devant Mario, cela ne te gêne pas de donner le change, alors pourquoi pas devant Linda ?

— Cela fait longtemps que Mario et Bianca voient clair dans notre petit jeu, et je suis sûr que la moitié de l'île est au courant pour nous. Et il me tarde de l'annoncer à l'autre moitié. Meredith, je ne veux pas être un secret dans ta vie, un secret honteux.

— Je n'ai pas honte d'être avec toi.

— On le dirait, pourtant.

— D'accord. On n'a qu'à dire à ta famille que nous sortons ensemble. Mais pas à Linda.

— Ma famille le sait déjà ! dit-il, perdant patience. Et c'est mal de continuer à cacher la vérité à Linda.

— Un mal nécessaire.

— Linda s'offusque que des étrangers gardent sa petite-fille. Si elle savait pour nous, elle serait dans de biens meilleures dispositions envers le clan Camilleri. Il faut qu'elle sache que nous aimons Zoe tout autant qu'elle.

— Raf, dit-elle d'un ton implorant, tu m'as aidée comme personne ne l'a jamais fait ; et ces deux dernières semaines ont été merveilleuses. Ne pouvons-nous pas continuer ainsi, sans rien changer ?

— Non.

— Pourquoi pas ?

— Parce que je ne veux pas être en lisière de ta vie. Je veux être au centre.

— Tu l'es. Bon sang, tu as passé plus de temps que moi avec Zoe cette semaine !

— Alors, dis-le à Linda. C'est garder notre relation secrète qui risque d'envenimer les choses. Les secrets finissent toujours par être découverts.

— Je ne peux pas lui dire.

— Je veux partager ta vie, Meredith, pas seulement ton lit et quelques promenades sur la plage. Je veux être à tes côtés pour le meilleur comme pour le pire, y compris les problèmes familiaux. Je t'aime, et j'aime Zoe, dit-il en prenant son visage en coupe. Et mon vœu le plus cher est que nous formions une famille.

Il la sentit se figer.

— Je… je ne m'attendais pas à une telle déclaration…

Allait-elle, comme il l'espérait, lui dire en retour qu'elle l'aimait aussi ?

— S'il te plaît, dit-elle, de toute évidence au supplice, pouvons-nous oublier ce que tu viens de dire et juste conserver le statu quo ?

A présent, il était fixé. Non seulement elle ne voulait pas annoncer officiellement qu'ils étaient ensemble, mais elle ne partageait pas ses sentiments. Et cela faisait atrocement mal.

— J'ai compris, Meredith. Tu as besoin de temps, et je vais t'en donner. Au revoir.

Il sortit de la maison et redescendit l'allée sans un regard en arrière.

Raf passa le jour de Noël sur la plage à faire du kitesurf avec son neveu et sa nièce. Il leur avait offert de nouvelles planches et leur apprenait à s'en servir. Depuis que Meredith et Zoe étaient reparties vivre à Melbourne chez Linda, il essayait de s'occuper l'esprit en dessinant les plans de la nouvelle maison, mais il avait bien du mal à ne pas penser à elles.

Elles lui manquaient tellement qu'il en avait perdu le sommeil et l'appétit.

— Rafael ! cria Mario depuis la terrasse de la maison. Rentre donc boire un *digestivo* avec moi.

Ils s'installèrent sous la pergola couverte de vigne et agrémentée d'une guirlande de saison. Tout en sirotant la liqueur, il ne put s'empêcher de jeter un coup d'œil vers la villa aux volets fermés.

— A cette époque, l'année prochaine, nous serons assis sur la terrasse de ta nouvelle maison à profiter de la vue sur la mer.

— Si Meredith était restée, répondit Mario, nous aurions pu le faire de chez elle. Cela m'étonne qu'elle ne nous ait pas appelés pour nous souhaiter un joyeux Noël.

— Elle doit être très prise avec sa belle-famille. Demain, papa, je t'emmène voir les villas témoins à Wongarri. Il faut que tu aies une idée plus précise de l'agencement que tu souhaites pour la salle de bains et la cuisine.

— Tu l'aimes, dit Mario, visiblement pas dupe de la tentative de diversion.

— Papa, je n'ai pas envie d'en parler, dit-il en vidant son verre. Elle et moi, c'est terminé.

— Je ne comprends pas. Tout semblait bien se passer entre vous. Pourquoi avez-vous rompu ?

— J'ai commis l'erreur de lui dire que je l'aimais. Le week-end suivant, elle m'a fui comme si j'avais la peste puis elle est partie en emmenant Zoe. Voilà, tu sais tout. Content ?

— Bien sûr que non ! répondit Mario en retrouvant ses accents de vieil ours. Comment pourrais-je l'être alors que je vous aime tous les trois ? Vous êtes faits pour être ensemble, et elles mettent du bonheur dans notre vie à tous.

C'était vrai. Meredith avait joué un rôle déterminant dans sa réconciliation avec son père, et sa présence aux dîners du vendredi avait gommé toutes les petites tensions du clan Camilleri. Sans elle, il y avait désormais un vide dans la famille.

— Le problème, papa, c'est qu'elle a peur de prendre des décisions importantes. J'aimerais être avec elle sans avoir à me cacher, mais elle préfère que nous restions dans la clandestinité.

— Elle a besoin de temps.

— Combien ? Six mois ? Un an ?

— Le temps qu'il faudra, mon fils.

Sa gorge se noua. Son père ne l'appelait jamais ainsi.

— Eh bien, papa, moi qui croyais que les émotions étaient le domaine réservé de maman…

Mario se leva pour poser la main sur son épaule.

— N'abandonne pas. Meredith viendra à toi quand elle sera prête.

— J'espère qu'elle n'attendra pas que Zoe soit majeure !

La veille du nouvel an, Raf profitait d'un moment de répit entre deux allers-retours en ville. Tout le monde — Mario, Bianca et les jumeaux — avait, semble-t-il, décidé de l'utiliser comme chauffeur. Au moins, il se rendait utile et cela lui occupait l'esprit.

Ayant quelques heures devant lui avant d'aller chercher son neveu et sa nièce au club de tennis, il décida de faire du surf. Il enfila sa combinaison jusqu'à la taille et alla chercher sa planche dans le garage. En fermant la porte, il jeta machinalement un coup d'œil vers la villa d'à côté. Et son cœur bondit.

Le 4x4 de Meredith était garé dans l'allée.

Elle était revenue. Mais peut-être pas pour lui. Venait-elle mettre la villa en vente ?

Décidé à en avoir le cœur net, il remonta l'allée voisine, la planche sous le bras.

Meredith l'avait sans doute vu et sortit sous le porche.

— Bonjour, Raf.

Elle avait changé. Elle semblait différente, même s'il aurait eu du mal à dire en quoi. Ses cheveux semblaient plus courts de quelques centimètres…

Comment va Zoe ? Où est-elle ?

Il résista à l'envie de poser ces questions.

Par la porte ouverte, filtra une voix d'homme suivi d'un joyeux babil. Zoe était là !

— Linda et Derek m'ont accompagnée, dit Meredith.

— Et cela ne te dérange pas d'être prise en flagrant délit avec moi ?

Il regretta ces mots dès qu'ils eurent franchi ses lèvres. Le sarcasme était l'arme des aigris.

— Pouvons-nous parler dans un endroit tranquille ? demanda-t-elle avec un sourire hésitant.

— Cette allée me semble l'endroit parfait.

Au point il en était, il ne pouvait plus aggraver son cas.

— Raf, je suis désolée de t'avoir blessé…

— Si c'est pour me dire cela que tu es revenue, ce n'était pas la peine.

— Laisse-moi terminer, s'il te plaît. J'ai décidé de vendre les deux maisons, celle-ci et celle de Melbourne.

— Content que tu aies enfin pris une décision.

Elle s'approcha pour poser la main sur son bras.

— Tu ne veux pas savoir pourquoi ?

— Je le sais déjà. La banque t'a mise au pied du mur, et c'était la seule solution pour t'en sortir.

— Ce n'est pas la seule raison. Pouvons-nous aller nous asseoir sur la plage ?

Il accepta, sachant qu'il allait le regretter.

Meredith avait l'impression de jouer son va-tout. Le discours qu'elle avait répété durant le trajet lui parut soudain emprunté, et elle décida de laisser parler son cœur.

— Raf, je t'aime.

Il se tourna vers elle, l'air furieux.

— C'est pour cela que tu ne veux pas être vue en ma compagnie ?

— Je t'ai blessé, et je le regrette. Mais j'avais peur qu'ils ne comprennent pas comment je pouvais pleurer Richard tout en tombant amoureuse de toi, qu'ils prennent cela pour une trahison. Puis j'ai compris que c'était *ma* vie. Je ne peux pas me laisser dicter mes décisions par d'autres. En plus, Richard n'aurait certainement pas voulu que je passe mon temps à pleurer ni que je transforme la maison où nous avions vécu en un mausolée, comme Mario l'avait fait pour ta mère. La nouvelle année est synonyme de renouveau, et j'ai pensé que c'était le moment de regarder vers l'avenir, pour moi autant que pour Zoe. Alors, si ta proposition de m'accueillir dans ta famille tient toujours, je l'accepterai avec grand plaisir.

Incrédule, il lui prit la main pour la serrer sur son cœur.

— Tu accepterais de m'épouser ? En sachant que je ne pourrai probablement pas te donner d'enfant ?

— Raf Camilleri, écoute-moi. Zoe est *notre* enfant, tu l'as mise au monde, et elle est à toi autant qu'à moi. Nous sommes sa famille.

Il enfouit son visage dans ses cheveux, et elle sentit son cœur battre à l'unisson du sien.

— Qui sait ? Les progrès de la médecine nous permettront peut-être un jour de donner un frère ou une sœur à Zoe mais, notre fille et toi, vous suffirez amplement à mon bonheur. Je n'ai besoin de rien d'autre.

— Oh ! Meredith, dit-il, la voix éraillée par l'émotion, alors tu acceptes de m'épouser et de me laisser devenir le père adoptif de Zoe ?

— Oui aux deux questions, mon général, dit-elle en riant. Mais, dis-moi, j'espère que tu as l'intention de rester sur l'île ?

— Oui. On m'aurait dit cela il y a un an, je ne l'aurais pas cru. Les relations sont bien meilleures avec mon père, il ne me traite plus comme un matelot corvéable à merci ; et, moi, je suppose que j'ai grandi et réglé mes différends avec lui.

— Alors, c'est parfait. Quel dommage que je doive vendre la maison de la plage. Il n'y aurait pas eu de meilleur endroit pour élever un enfant.

— Figure-toi que j'ai un demi-million de dollars qui dorment à la banque, dit-il, l'œil pétillant de malice ; et qui ne demandent pas mieux que d'être investis de manière judicieuse. Quel meilleur placement qu'une villa en bord de mer avec famille incluse et bonheur garanti ? Je vais téléphoner à ta banque pour leur annoncer que je rachète l'hypothèque.

— Je n'aurai pas de cartons de déménagement à faire ?

— Eh non. Le seul voyage à prévoir dans un avenir proche sera pour notre lune de miel. Réfléchis à une destination.

— Hum. Je connais une petite île paradisiaque au large de l'Australie…

— Ne me dis pas. Laisse-moi deviner.

Et il la fit basculer doucement sur le sable pour s'emparer de ses lèvres.

BLANCHE

HARLEQUIN

Retrouvez prochainement,
dans votre collection

BLANCHE

Le sauveteur de Bondi Beach, d'Emily Forbes - N°1556

De retour à Sydney où elle a décroché un poste d'ambulancière, Poppy se précipite à Bondi Beach. Elle a tant de merveilleux souvenirs sur cette plage de sable, appréciée des surfeurs pour ses courants. Mais quelle n'est pas sa surprise d'y retrouver Ryder Evans, son premier amour, devenu nageur-secouriste ! Or, les émotions qu'il fait naître en elle sont aussi vertigineuses que les vagues qu'il affronte pour sauver des vies…

Pour le sourire d'un bébé, de Deanne Anders

Infirmière à l'hôpital de Houston, Hannah apprécie de travailler au côté du Dr William Cooper. Elle admire le neurochirurgien pour ses qualités professionnelles et le contrôle qu'il garde en toutes circonstances. Aussi, quand celui-ci devient brutalement le tuteur d'un bébé dont il doute de savoir s'occuper, Hannah lui propose-t-elle volontiers son aide. Mais, en gardant l'adorable Avery, elle craint de trop s'attacher à la petite famille qui n'est pas la sienne…

Mariage australien, de Meredith Webber - N°1557

Paradise Lake. C'est dans ce coin perdu du bush australien que Cam débarque avec sa fille. Il n'est que de passage ici, le temps pour lui de mettre en vente le cabinet vétérinaire que lui a légué son oncle. Pourtant, à mesure qu'il découvre la petite ville, Cam se prend à apprécier la sérénité qui y règne. Surtout, il éprouve pour Lauren, le médecin local, des sentiments troublants mais dangereux, car tous deux n'ont aucun avenir ensemble…

Une princesse pour patiente, de Karin Baine

La princesse Georgiana a toujours considéré sa couronne comme une malédiction. Dès qu'elle l'a pu, elle a fui le palais pour s'engager dans l'armée, en quête de sens. Hélas, blessée au combat, la voilà de retour dans sa prison dorée, où elle étouffe. Pressée d'écourter sa convalescence, elle accepte que le Dr Edward Lawrence se charge de sa rééducation. Mais être la patiente du séduisant chirurgien se révèle pour elle un défi supplémentaire…

Leur mission : sauver des vies.
Leur destin : trouver l'amour.

BLANCHE

Les jumeaux d'un rival, d'Amy Ruttan - N°1558

Chirurgienne à San Diego, Adeline convoite le poste très prisé de médecin-chercheur. Aussi, le jour où un nouveau résident arrive à l'hôpital, voit-elle en lui un rival. Et pour cause, le Dr Elias Garcia se révèle aussi talentueux que séduisant. Or, au lieu de garder une distance professionnelle avec Elias, Adeline succombe à une nuit de passion entre ses bras. Et bientôt, elle se découvre enceinte de jumeaux…

Une infirmière au grand cœur, de Marion Lennox

Freya se réjouit de l'arrivée d'un médecin sur l'île de Shearwater où elle est infirmière. Enfin, elle ne sera plus seule pour gérer les urgences. Pourtant, quand elle fait la rencontre du Dr Angus Knox et de son garçon, elle sent le doute l'envahir. Angus est bien trop séduisant pour sa tranquillité d'esprit et le petit Noah, si adorable qu'elle pourrait s'attacher à lui. Or, il n'est pas question pour elle de mettre en péril son cœur : bientôt, père et fils seront repartis…

Le mystérieux inconnu de minuit, de Susan Carlisle - N°1559

SÉRIE : MARIAGES À SAVANNAH - 1/2

Ashley n'en revient pas. Kiefer Bradford, le nouveau médecin engagé par la ville de Savannah pour mettre de l'ordre dans le quartier défavorisé de Southriver, n'est autre que l'inconnu aux yeux verts qui a osé l'embrasser lors d'un bal costumé quelques mois plus tôt ! Si, sur le coup, cette incartade l'avait mise hors d'elle, elle doit reconnaître qu'elle n'est pas insensible au charme de Kiefer. Pire, elle brûle de goûter de nouveau à ses baisers…

Inavouables sentiments, de Lynne Marshall

SÉRIE : MARIAGES À SAVANNAH - 2/2

Pour rien au monde Charlotte ne manquerait son rendez-vous du vendredi avec le Dr Jackson Hilstead : il suffit que le médecin entre dans la pièce pour que son cœur batte la chamade ! Pourtant, elle doit s'efforcer de ne pas accorder trop de place à son fantasme. Comment, en effet, cet homme brillant et séduisant en diable pourrait-il s'intéresser à elle ? Autrefois déçue par l'amour, Charlotte s'est promis de se méfier de ses sentiments…

HARLEQUIN

Leur mission : sauver des vies.
Leur destin : trouver l'amour.

HARLEQUIN
www.harlequin.fr

BLANCHE

Une chirurgienne aux Fidji, de Sue MacKay - N°1560

Passer une semaine de vacances aux îles Fidji ? Avec Zac ? Olivia est désemparée lorsqu'elle gagne un séjour paradisiaque en compagnie de son ex-petit ami : si elle l'a quitté, c'est parce que leur histoire devenait trop sérieuse, à une période où elle devait se consacrer à sa carrière de chirurgienne. Pourtant, en retrouvant Zac dans ce cadre idyllique, Olivia se demande si elle n'a pas commis une erreur en l'éloignant d'elle…

Un choix si difficile, de Scarlet Wilson

Austin réalise enfin son rêve : intégrer le programme aérospatial et devenir astronaute ! Pourtant, contre toute attente, il peine à se réjouir. C'est sa rencontre avec le Dr Corinne Carter qui le bouleverse, celle-là même qui sera son superviseur lors de la formation. Car, Austin le sait, partir dans l'espace c'est abandonner tout espoir de mieux connaître Corinne. Or, après avoir croisé son regard, il n'est plus aussi sûr de vouloir approcher les étoiles…

HARLEQUIN

Leur mission : sauver des vies.
Leur destin : trouver l'amour.

HARLEQUIN
www.harlequin.fr